寃家勾勾纏

上

風文創 497

紅葉飄香 著

目錄

自序

紅葉飄香

寫完《冤家勾勾纏》番外時已經是凌晨了，其實這種事在《冤家勾勾纏》的創作後期已經是家常便飯——白天總是被各種事務纏身，偶爾閒下來又覺得雜念太多，只有到了晚上才能完完全全靜下心來寫待續的故事，自然在寫的過程中也免不了不斷地刪減、不斷地修改，常常一不留神就到了凌晨。

所以當我寫下最後一個「完」字的時候，心裡的第一個念頭竟然是「我終於可以好好睡一覺了」，第二個想法才是「萬幸沒有爛尾」，也萬幸沒有讓這本書成為我眾多文坑的其中一個。

說起我寫這個故事的初衷，其實也不複雜。一直以來我都憧憬著簡單溫情的愛情，不需要海誓山盟，也不需要諸多坎坷，一世遇到一個相愛的人已是幸運，又何必將時間浪費在誤解和爭吵上？所以我筆下的故事沒那麼多的波折，也沒那麼多的苦難，如果想在我的故事裡看到大起大落、相愛相殺的小夥伴們，可能是要失望了（笑）。

而之所以選擇古代為故事背景，則是出於我對中國古代文化的喜愛。我喜歡古代的庭院建築，喜歡古代的精緻服飾，更喜歡深宅大院裡的各種故事。我總愛想像在那樣網路不通、娛樂甚少的年代，深閨裡的少女們又會有怎樣的生活？會不會在嚴厲的管教下，她們也有著不為史書所熟知的一面？不管怎樣，我一直相信古代女子雖然限制頗多，但她們的生活肯定比史書上記載得更為多姿多采。

在這本書的創作過程中，我也有過非常疲倦的時候，甚至想過放棄，但是現在再來回顧整個故事，我是多麼地慶幸當初沒有放棄。對於現在的我來說，故事裡的每個人物在我心裡都變得鮮活起來，他們不再只是書中一串串生硬的文字，而是真實地活在另一個世界，認真地過著屬於他們的小日子。

也許對很多讀者來說，這還是個稚嫩的故事，文字還略顯晦澀，但是對我來說，如果讀者在看完這本書後能夠露出一抹溫柔的笑容，那便是成功的。

第一章

天空飄落下來的雪花越來越密集，寒風似乎都能颳進骨子裡。

峨蕊攏了攏衣服，加快了步伐，到達正房的時候恰好看見翠螺在門口張望。峨蕊收起傘，翠螺上前為其拍去肩頭的落雪，峨蕊道了聲謝後，問道：「夫人可起身了？」

翠螺點了點頭，兩人便一起進屋。

屋中，寧汐正坐在鏡檯前，曬青拿著桃木梳為其挽髮，鏡中女子眉眼似黛、容顏秀美，眼波流轉盡顯女子嬌媚，只是臉色蒼白了些。

峨蕊低嘆了聲。這般美好的女子怎地侯爺就是不知道珍惜？

聽見聲音，寧汐轉過頭來，見是峨蕊、翠螺兩人，淡聲道：「回來了。」

峨蕊上前走了幾步，恭敬地答道：「奴婢去老夫人院中問過了，老夫人說，這侯府既已交給夫人打點，自是一切都由夫人安排；至於侯爺那邊，聽管家說，馬車已經進城了。」

寧汐點了點頭，這都在她的預料之中。老夫人吃齋唸佛多年，早已不過問府中之事，只不過今日來客是老夫人的血親，她才差峨蕊去問一聲。

等曬青挽好髮，寧汐便叫人取來織錦鑲毛斗篷，帶著峨蕊等人向府門口走去。

寧汐乍看之下並無不妥，但眼中隱隱跳躍的恨意卻透露了她的心情。十年了，她終於又要見到那個女人了，那個毀了她下半輩子，同時也曾是她唯一摯友的女人——歐陽玲。

寧汐到門口的時候，正好看見舒恒攙扶歐陽玲下車，雖然舒恒背對著府門，可從他溫柔、仔細的動作來看，想來此刻他的臉上應滿是柔情。

但，那人是她的夫。

歐陽玲下來後，舒恒便放開她的手，轉過頭來看見寧汐，不禁皺了皺眉。

歐陽玲也看見了寧汐，她快步越過舒恒，走到寧汐面前，嬌笑道：「寧姊姊，多年未見，身子可安好？」

寧汐看著眼前這個全身縞素、言笑晏晏的女子，除了那身衣服，哪裡看得出她是個剛喪夫的婦人？「我母親只生了我一個女兒，擔不起嚴夫人的這聲姊姊，嚴夫人可莫亂認皇親，這可是死罪。」

沒想到寧汐會當著這麼多人的面拆她的臺，歐陽玲臉上的笑意有些掛不住，而寧汐一口一聲「嚴夫人」更是讓她惱怒萬分。當年若不是因為寧汐，她也不會遠嫁江南，成為一個小家婦人！歐陽玲眼睛一轉，眼中多了分嘲諷。

「郡主娘娘嫁來我侯府多年，卻未為我侯府誕下一男半女，還不准我表哥納妾，委實不該啊！」戲謔的眼神黏在寧汐身上，似乎就在等寧汐發怒。

「歐陽玲！」

然而寧汐還未開口，歐陽玲身後就先傳來了一道低沈的男子聲音，話中帶著濃濃的警告。

歐陽玲心中暗叫一聲糟糕，她怎麼忘了此事也是舒恒的逆鱗！她忙回頭道歉。「表哥，玲兒舟車勞頓，才會口不擇言，表哥莫怪玲兒才是。」

舒恒仍皺著眉頭，沒說話，但歐陽玲知道這次是逃過一劫了，等再轉過頭來面對寧汐時，卻見其似笑非笑地看著她，歐陽玲心頭一顫。她與寧汐已有十年未見，顯然寧汐已經不是她記憶中那個溫和、怯弱的女子了，竟讓她生出幾分畏懼之心來。

半晌後寧汐才說道：「適才嚴夫人的話語中有幾個錯處，若不介意，我來為嚴夫人糾正一二。」話語一頓，眉向上挑。

歐陽玲隱隱有些不安，便聽寧汐繼續說道——

「首先，這侯府中的女主人是我，而妳只是個表小姐，收留妳不過是老夫人心善，在這侯府中，妳終究只是個客人；其次，侯爺納不納妾，那是他的事，不是妳一個外人該關心的；最後，我之所以未能生育的原因，妳應該比誰都清楚才是，莫逼我將事情鬧大，我怕到時妳承受不住太后的責問。」

聞言，歐陽玲眼眸一垂，露出泫然欲泣的模樣看向舒恒。「表哥，玲兒已經知道錯了，玲兒早就悔改了，那件事也過去了十年，為何表嫂還不肯原諒我？」

寧汐不屑地瞟了舒恒一眼。

舒恒眼眸一黯，低聲對歐陽玲道：「妳不是說累了嗎？先回院子吧！」說完看向峨蕊。

「送表小姐去她的院子。」

峨蕊看向寧汐，見寧汐頷首，才對歐陽玲說：「嚴夫人，這邊請。」

歐陽玲本還有幾分不願意，可峨蕊一個眼神過去，忠毅侯府的丫鬟、嬤嬤們就簇擁過來將她拉進了府。

看著歐陽玲離去的背影，寧汐眼中晦暗不明。明明之前還對歐陽玲恨之入骨，可見了面後，竟沒了那份好鬥的心，只覺得疲倦——對女人之間這種明爭暗鬥、唇槍舌戰的把戲感到厭倦——原來這十年的安靜生活，早已消磨掉她的稜角。

舒恒走到寧汐身邊，淡淡道：「妳身子不是不舒服嗎？怎麼還冒雪出來了？她又不是什麼貴客。」

寧汐冷笑一聲，看向舒恒。「你是在關心我？還是怕我為難你親愛的表妹？如果你是關心我，那麼你大可放心，我會比誰都保重自己的身體，畢竟我死了，豈不是便宜了歐陽玲？」

「都過去十年了，為何妳戾氣還是這般大？難道妳就不能放過她、放過妳自己嗎？」舒恒的語氣有些不悅。

「不能！」

斬釘截鐵的答案讓舒恒再也待不下去，吩咐翠螺照顧好寧汐後便拂袖而去。

舒恒一走遠，寧汐就再也堅持不下去，劇烈地咳嗽起來，驚得翠螺、曬青兩人忙上前攙扶住寧汐，片刻後，寧汐方止了咳，翠螺吵著要去找御醫，卻被寧汐阻止了。她的身子她自己知道，太醫說過她是鬱結於心，若不解開心結，用再多藥石也於事無補，既然如此，她又何必再請大夫？不過是聽同樣的話、喝同樣的藥罷了。

等回到屋子時，外面的風雪已經停了，寧汐靠在榻上，懷裡抱著一隻通體雪白的狗，透過窗戶看著天空中逐漸散去的愁雲，竟生出幾分感觸來。嫁來侯府已有十餘載，可快活的日子卻極少。

新婚當晚，歐陽玲重病昏迷不醒，舒恒在歐陽玲屋外守了一夜，快天亮才回新房，而自己則獨自一人在新房裡坐了一宿。那時的她還太過天真，竟以為兩人之間只是兄妹情深，不但不怪罪兩人，還屈尊親自照顧歐陽玲。

兩年後她懷孕了，還未從驚喜中緩過神來，就被歐陽玲的一番話給打懵了。歐陽玲說，她自小在侯府長大，不願離開，還說她願意屈身給舒恒做妾，不求舒恒的寵愛，只求能留在侯府安穩度過一生，望寧汐成全。

笑話，她堂堂一個郡主，竟要與其他女子分享自己的丈夫，而這個女子還是自己的摯友，這讓她如何忍得？自是果斷地拒絕了。

沒想到一向軟弱的寧汐會如此堅決地拒絕她的請求，歐陽玲怒不可遏，利用寧汐的信任，在膳食裡下了墮胎藥，生生打掉了寧汐的孩子，寧汐也因此再不能受孕。

後來真相被揭穿，侯府為了安撫她，將歐陽玲遠嫁江南，而她的夫君卻只扔給了她一句

「歐陽玲已經受到懲罰，妳不必再對此事耿耿於懷」，便再未踏入她的房門。

歐陽玲不過是遠嫁，雖然對方不是豪族，但配歐陽玲這個孤女卻是綽綽有餘了，這算哪門子的懲罰？她可是失去了此生唯一的孩子，失去了成為一個母親的機會！你卻叫我莫再計較？舒恒，你為何如此狠心？

至此，她與舒恒的夫妻緣分走到了盡頭，成為一對名副其實的、相敬如「冰」的夫妻。直到現在，她耳邊都還會時時響起歐陽玲臨走前說的那些話——

「寧汐，妳自恃身分是表哥的正妻，但妳可知，那位置本該是我的，表哥要娶的人本該是我！」

「妳以為表哥是喜歡妳才娶妳的嗎？不過是皇命不可違而已！表哥他喜歡的人是我，從來都不是妳、也不會是妳！」

「寧汐，我接近妳不過是想要求一個側室的身分，妳真以為我會把妳當成摯友嗎？在我心裡，可是恨毒了妳！」

寧汐轉過身來，將狗放到地上，輕輕閉上了眼睛。

歐陽玲，妳恨我，認為是我毀了妳的姻緣，但妳可知我和舒恒的婚事是經過他同意後皇上才下旨意的，若我早知道妳和舒恒之間的情意，我又怎會同意嫁給舒恒？我再怎麼心悅他，也不會做奪人所愛的小人。妳恨我，那我又該恨誰呢？恨舒恒明明不喜我卻娶了我？恨他明明喜歡的人是妳卻對我處處溫柔小意？恨他明明是我的夫，明明承諾了要照顧我一生一世，最後卻處處維護妳？

一滴清淚從寧汐眼角滑落，包含著她無限的恨與哀，也許還有她深埋在心底的、對舒恒的愛。

無愛何來恨，無情怎言哀……

春去秋來便是兩載，歐陽玲搬來侯府也已兩年，這兩年裡，舒恒依舊宿在書房。聽下人說，歐陽玲往書房跑得挺勤的，寧汐也不甚在意，人家是郎有情、妾有意，她又何必棒打鴛鴦招人嫌？不過兩年下來卻未曾傳來舒恒要納妾的消息，寧汐想，莫不是真等著她給歐陽玲騰位置？不過她也沒那個心思去計較，兩年來她的身子變差了許多，近一年裡，她下床的時間越來越少，府中的大小事務幾乎都交給了自己帶過來的四個一等丫鬟；因為她的要求，太醫也未曾向府中人透露過她的病情，或許知道她命不久矣的，只有自己院中親近的人吧！

這日，寧汐發覺自己比起往日精神了許多，便叫峨蕊扶她出去曬曬太陽。

翠螺等人搬來一張榻放在院子裡的桃樹下，那裡既曬得到太陽，也不至於太熱。

寧汐穿了一件湖水綠的繡衫羅裙，倒是將臉色襯得紅潤了些。她走到樹下，不急著坐下，反而說道：「我記得這樹是當年我剛嫁來時種的，過了這些年長大不少呢！」說完才扶著峨蕊的手坐下來。望著站在自己面前的四個丫鬟，寧汐心中有些苦澀。她看向茗眉，茗眉是這四人中唯一嫁了人的，夫家是她陪嫁莊子上的管事，茗眉平常都在打理莊子上的事務，回府的時間並不多。「今兒個怎麼過來了？可是出了什麼事？」

茗眉走到寧汐面前，低著頭，勉強扯出一個笑容。「莊子上的瓜果成熟了，奴婢便送些過來給夫人嚐嚐鮮。」

寧汐點點頭，又看向其餘三人，見三人的臉都跟個苦瓜似的，不禁打趣道：「妳們這是吃了黃連嗎？怎麼一個個都苦著張臉？」

峨蕊是四人中最大的，聽寧汐這樣一說，忙揚起嘴角，故作輕鬆道：「奴婢們是見茗眉偏心才不高興的，雖說是朝夕相處的姊妹，但在茗眉心中果然奴婢們還是比不上夫人。」

曬青和茗眉兩人忙附和，將氣氛炒熱了些，唯獨翠螺仍是一副不高興的模樣，寧汐皺著眉頭看向她。

峨蕊見狀，扯了扯翠螺的衣袖，見翠螺沒有反應，又狠狠捏了她一把。

誰知翠螺竟一把甩開了峨蕊，不顧峨蕊拚命地向她使眼色，大喊道：「我受不了了，妳們明明心裡很難過，明明知道夫人她、她……」說到這兒，翠螺一頓。「為何妳們還要做出這副輕鬆的模樣？我沒有妳們那麼冷靜，我做不到強顏歡笑，我只知道我不想夫人離開，不想夫人離開我們。」

話一說完，其餘三人面上的笑容都凝窒了，半晌後，臉上的笑容盡數消失。

看著她們四人，寧汐嘆了口氣，叫四人圍到自己身邊來，輕聲說道：「我知道叫妳們不要為我的離去而傷心是強人所難，但是答應我，等我走了後，痛快地哭一場，便去過自己的日子吧！妳們跟了我二十餘載，我什麼也沒為妳們做過，還害妳們為我蹉跎了歲月……最後我也沒什麼能留給妳們的，那些嫁妝一半留給我英國公府的兩位堂姊，剩下的一半妳們四個分了吧，至少夠妳們下半輩子生活了。」

四人跪了下來，臉上帶著淚痕。

「夫人千萬別這樣說，一直以來夫人都未將奴婢四人當下人看待過，待奴婢們如姊妹般，能跟著夫人，是奴婢們的福氣。」

寧汐蒼白的臉上露出一個淡淡的笑容，道：「好了，妳們且去忙妳們的，讓我一個人待著。」

「夫人，讓奴婢們陪著您吧！不要趕我們離開。」翠螺跪著向前移了幾步，拉住寧汐的手。

寧汐抽出手拍了拍翠螺的手，柔聲道：「下去吧，我想一個人靜靜。」

「那奴婢去請侯爺過來。」

寧汐搖搖頭。對他，她已無所求。

這次翠螺卻是不依，哀慟地說：「明明您還在乎侯爺，為何就不肯面對自己的真心？為何就是不願放過自己，讓自己幸福？」說完就站起來跑了出去。

「翠螺。」其他三人擔心地大喊了一聲。

峨蕊不安地看著寧汐，眼帶侷促。「奴婢這就去攔下她。」

寧汐卻低低嘆了口氣，擺擺手。「任她去吧，妳們三人也下去吧，讓我一個人好好看看這個世界，這許是最後一眼了。」

聞言，三人又紅了眼眶，卻是依言退了下去，站到院門口，遠遠看著寧汐。

寧汐低頭看了眼一直蹲在自己身邊的小狗，伸手摸摸牠的頭。你是來陪我走完這最後一程的嗎？接著抬頭看向湛藍的天空，今日天氣真好，陽光曬在身上暖暖的，就像多年前見到的那個笑容般，能輕易地掃去陰霾。但那時的她並不知道，陽光曬多了，會害怕回到陰霾中。

她的意識越來越模糊，眼皮越來越沈重，慢慢地，她陷入了黑暗中。在失去意識之前，她似乎聽到了舒恒的聲音，不過已經不重要了，只是，她想，若能重活一次，她絕不會戀上那抹陽光……

長公主府的大門緩緩打開，一輛精美的馬車徐徐駛了出來。自從長公主去世後就未曾打開過的大門突然開啟，自是引得過往行人的注目；再細想一下，今日是英國公的壽辰，便明白了其中緣故，想來是傳言中孤傲冷清的平樂郡主要去為自己祖父祝壽了。

馬車在繁華的街道上慢慢行駛著，裡面的人悄悄撩開馬車的小簾子，注視著車外的一切，若是有人朝馬車望一眼，便會發現撩開簾子的人正是頗受外界揣測的平樂郡主——寧汐。

在峨蕊的提醒下，寧汐才戀戀不捨地放下車簾。自她生病醒來也有半個多月，直到現在她都不敢相信自己真的回到了十三歲，回到了十五年前，可是眼前的一幕幕又都在提醒著她，這一切都是真實的，老天真的給了她一個重來的機會。

看來老天爺還是憐惜她的，給她一個機會去彌補前世所做錯的種種。

上世她沒有參加祖父的壽宴，這世說什麼也不能錯過了，而且她還有另一個目的。只是多年未回去，心中不免忐忑，加上怕身邊的丫鬟在英國公府惹出什麼亂子，便只帶了峨蕊、曬青兩人。

長公主府本就離英國公府不遠，很快地馬車就到了英國公府，寧汐下車後下意識抬頭看了眼懸掛在門口的牌匾，竟有種恍如隔世的感覺，自己已經有十餘年未踏足此地了。

前世，她雖是英國公的嫡孫女，但因母親長公主的身分，她極少到英國公府，後來父親戰死沙場，母親受不了這個打擊，不久也隨之去了，唯留她孤身一人。

本來英國公要接她回來住，但因她十分不喜自己的繼祖母，便沒有答應英國公的提議，那年，她年僅八歲。因此在嫁入忠毅侯府前，她都是獨自住在長公主府，不過英國公府的世子夫人偶爾會來看看她。她因體弱極少出門，也不善與人交往，不知怎麼就落了個孤僻清傲的名號，現在想來，正是因為自己當時的性子才會讓歐陽玲有機可乘吧？

看到長公主府的馬車駛來，英國公府的世子夫人許氏有些驚訝，自己這位姪女之前幾年都只是叫人送份禮物過來，從不曾親自來參加過壽宴呢！心中雖是這樣想著，她還是連忙帶著丫鬟、嬤嬤迎上去，畢竟寧汐是皇上親封的郡主。

「汐兒，快過來讓大伯母看看，不過一些日子未見，可漂亮了不少呢！」

許氏的話裡沒有半分疏離，倒是讓寧汐放心不少，她還真怕英國公府的親人將她當作客人般對待。「大伯母，是寧汐不孝，許久未曾上門探望，祖父的身體可安康？」世子是寧汐她父親的同胞大哥，所以在他們面前，寧汐不願以郡主自居。

「喲，我說是誰呢，這不是我們的平樂郡主嗎？這麼多年都不曾踏進英國公府半步，怎麼今兒個知道回來了？」尖銳的聲音從許氏背後傳來。

寧汐微微垂眸。這個聲音她自是熟悉的，除了英國公府裡那個爭強好勝、樣樣都要拔尖的三夫人，還能有誰？

因著小秦氏的話，眾人皆將眼神放到了寧汐身上，有些個大膽的夫人已經在竊竊私語。

許氏眼中閃過些許不悅。小秦氏仗著自己是老夫人的姪女，作風越發大膽了，平時愛與自己對著幹也就算了，今日竟然在府門口給自家的嫡孫小姐沒臉！她不知道這也是在丟英國公府的臉面嗎？「汐兒一向體弱，常年在府中靜養，這才極少回來，但每年長公主府都會送來不少好東西，那難道不是汐兒的孝心？對了，三弟妹今日早上用的燕窩還是長公主府鋪子上的管事送來的呢！三弟妹可莫和汐兒說笑，她一向臉皮薄。」

聞言，小秦氏臉色微變，勉強笑了幾聲，離開去招待其他客人了。

寧汐嘴角含笑。她現在才知道自己這位大伯母竟是這般能說會道。

許氏拍拍寧汐的手，示意她不要在意。

寧汐感激地看了她一眼，搖搖頭。

見寧汐似乎真的沒把這件事放在心上，許氏招來身邊的嬤嬤，道：「這是于嬤嬤，我現在走不開，叫她陪妳去尋妳的兩位姊姊，她們會帶妳去見祖父的。」

寧汐點點頭，跟著于嬤嬤走進英國公府。

寧汐對英國公府的印象已有些模糊，一路上便走得有些緩慢，想要將英國公府的景色牢牢印在自己腦子裡。

于嬤嬤卻以為寧汐是多年未來英國公府，心中有些緊張，便寬慰道：「三小姐不必擔心，大小姐和二小姐都是好的，妳們雖多年未見，但畢竟是血脈相連的姊妹，見了面自會熟絡起來。」

寧汐笑著點了點頭，心裡卻並不擔心。前世她雖未再踏入英國公府，但嫁入侯府後反而與同樣已成人婦的兩位堂姊有了交集，雖不算親密，但她們的性子她多少還是摸得清的。

很快地，于嬤嬤就帶著寧汐進了後院，遠遠便看見身著鵝黃色百褶裙的寧嫵和身著月牙色百合裙的寧妙在水榭中招待各家小姐。

寧嫵和寧妙兩人皆是許氏所出，英國公世子只娶了許氏一人，身邊並無姬妾，只有兩個通房，但皆無所出。除去寧嫵兩人，許氏還生了兩個兒子，長子寧樺已有十九，訂下了楊侍郎家的嫡女，而次子寧堯比寧汐還小上幾歲。

寧汐一踏進水榭中，原本喧嚣的氣氛頓時安靜了幾分，眾人皆悄悄打量著她，暗裡猜想這是哪家小姐？

寧汐也不覺得不適，她從不參加這種宴會，這些小姐會對她好奇也是在情理之中。

寧妙本也有些迷惘，可突然眼睛一亮，再看了眼寧汐身旁的于嬤嬤，見其對自己點了點頭，便更加確定自己心中所想，遂繞過眾人，走到寧汐面前，拉起她的手道：「三妹妹出落得越發漂亮了，姊姊眼拙，差點沒認出來。」

「二姊姊莫笑話妹妹，在座的小姐哪個不是花容月貌？姊姊這樣說，可折煞妹妹了。」

聽到寧妙的呼喚，眾人才反應過來。原來這位就是極少出門的平樂郡主，如今一見似乎和傳言並不相符，看起來還滿可親的。見寧氏姊妹已經聊了起來，她們都紛紛收回目光，繼續之前的話題。

見眾人收起了目光，寧妙也鬆了口氣。自己還不瞭解這位堂妹，還真怕那些小姐的目光會惹惱她。「妹妹回來可去見過祖父了？」

寧汐搖了搖頭。「還沒來得及。」

「那我們一同過去吧！」說完就與各位小姐告辭，拉著寧嫵走了出去。

寧汐走在寧妙旁邊，見寧嫵一臉不情願的模樣，不由得抿起了嘴角。大姊姊品性率直，喜歡就是喜歡，討厭就是討厭，絕不會與人裝模作樣，看樣子自己這些年未回府，倒是把她給惹怒了。若是以前，寧汐可能不知道該如何是好，可如今自己有著前世的記憶，足夠應付當下的情況。

寧汐突然停下腳步，寧妙兩人也跟著停了下來，不解地看向寧汐。

寧汐伸手拉了拉寧嫵的衣袖，低著頭，細著嗓子，軟軟地道：「大姊姊可是在生妹妹的氣？妹妹幾年未歸，確實是妹妹的錯，妹妹知錯了，大姊姊莫要與妹妹置氣。」

寧嫵冷哼一聲。「妳是高高在上的郡主，誰敢與妳置氣？」

寧汐的頭埋得更低。「適才三嬸已經在門口訓過我了。」

聞言，寧嫵的眉毛倏地挑起，聲音提高了幾分。「她在門口罵妳了？妳就是再不該也不應由她一個三房的人來教訓，妳說妳一個郡主的身分是擺設嗎？」說到最後還恨鐵不成鋼地戳了戳寧汐的額頭。

寧汐露出一個狡黠的笑容。自己的父親寧知逸和大伯父寧知遠都是已過世的英國公夫人所生，而三叔寧知守則是現在的英國公夫人所生，因著這層關係，大房和二房的感情自是重於三房。大姊姊一向護短，雖然和自己置氣，但心裡還是將她當自己人看的，所以才會見不得她受氣。

寧汐抬起臉，讓寧嫵能清楚看見她嘴邊的笑容。「我是沒有回嘴，不過，大伯母已經訓了三嬸一頓。」

一旁的寧妙噗哧一聲笑了出來，知道自己是被寧汐耍了。

寧嫵則是眼睛一瞪，轉身向前走去。

寧汐見狀，跟在後面，邊走邊說：「大姊姊不要生氣，寧汐知道錯了。」

見寧嫵突然停了下來，寧汐也忙停下來，在寧嫵的眼睛看過來時，努力擺出一副小白花的模樣。

「夠了，不要再裝出這副委屈的模樣了。」

「那大姊姊是原諒妹妹了？」

「這……」寧嫵覺得有些不甘，自己怎麼能就這樣輕易地原諒這個小白眼狼呢？可是這些年她獨自一人住在長公主府，也滿可憐的。

對寧嫵頗為瞭解的寧妙見狀，知道自家姊姊又在糾結了，便上前道：「既然三妹妹已經道歉了，大姊姊妳就大人有大量，放過她吧？」

寧嫵瞧了寧汐一眼，喃喃道：「那這次就暫時原諒她吧！」

聞言，寧汐一掃之前委屈的神色，明朗地應了，自是免不了又被寧嫵罵一句古靈精怪。

隨兩位堂姊一起到了花廳，寧汐心下有些疑惑。

寧妙回頭解釋道：「祖父在大廳待客，現下我們女眷也不方便過去，所以就先帶妳來見祖母。」

寧汐點點頭。自己與這位繼祖母大秦氏已有十七年未見了吧？

祖父的這位續弦出身臨安伯府，是府中側夫人所出，不是嫡出卻比嫡小姐的氣性還要高，嫁到英國公府後便攬了後院大權，將前夫人留下的人全換成了自己人，偏偏又沒那個本事約束好下人，因此英國公府曾一度被搞得烏煙瘴氣。

還好後來世子夫人許氏進門，英國公一聲令下，執掌中饋之人便換成了世子夫人。大秦氏心裡有氣卻不敢往英國公身上發，只好頻頻找世子夫人的碴。許氏出身江南豪族，性子溫婉，做事滴水不漏，倒也沒被大秦氏挑出過什麼大錯處，不過大秦氏一直希望自己的兒子能承爵，所以對大房和二房之人一向不待見。

前世寧汐極不喜大秦氏為人小氣、說話尖酸刻薄，她為了躲避這位祖母，讓大秦氏要走了她長公主府不少的好東西。很好，今日終於又要再見了。寧汐嘴角緩緩露出了笑意，她已經不是當年那個軟弱可欺的女孩了。

走進花廳，大秦氏攬著一個看起來約莫八、九歲的小女孩和身邊的夫人聊著天，不知在說些什麼，樂得嘴巴都合不攏，見到寧嫵、寧妙姊妹兩人進來，毫不掩飾地皺了皺眉。

「妳們不在外面招呼客人，過來做什麼？」

寧嫵本就不喜大秦氏，聽見她如此說話，當即反駁道：「我與二妹在外面招呼了許久客人，怎麼就沒見五妹妹出來幫我們這些姊姊一把呢？」說完不屑地看了一眼大秦氏懷中的女孩。

大秦氏懷中的女孩聞言，身子微微瑟縮了下。

該女是三房所出的嫡女，名喚寧顏，排行老五，因性格活潑，懂得討好人，頗受大秦氏喜愛，在大秦氏的寵愛下，性子漸漸變得跋扈，在府中更是囂張慣了，卻不知為何偏偏有些害怕寧嫵。三房除了寧顏外，還有個嫡子和庶女，嫡子寧勤在府中排行老二，比寧樺小三歲，如今十六；而庶女寧巧，如今也有十一了。

感覺到自己乖孫女情緒的變化，大秦氏心中生出幾分不悅，語氣便有些不善。「妳們到底有什麼事？」

「兩位姊姊是陪妹妹來拜見祖母的。」清脆的聲音在寧嫵、寧妙身後響起。

大秦氏這才看見一直站在兩人身後的寧汐，雖一時覺得有些陌生，但根據寧汐剛才的話，還是猜出了她的身分。「妳是寧汐？」

寧汐走到寧嫵身邊，微笑著點了點頭。

「妳怎麼來了？」話一出口，大秦氏便驚覺自己說錯了話。今日是公爺壽辰，寧汐來賀壽再正常不過，自己這般說似乎不歡迎她一樣……雖然是真的不大歡迎，但也不能說出口啊！只怪寧汐好幾年沒回來過了，自己才會如此驚訝。「瞧祖母這人，見到妳心情太激動，連話都說不清楚了，快上前讓祖母看看。」大秦氏忙給自己打圓場，說著還放開了寧顏，向寧汐招了招手。

寧汐也不拆穿，走到大秦氏跟前，任大秦氏拉著自己打量。

一旁的寧顏沒認出寧汐來，不高興地噘著嘴，問道：「祖母，這是誰啊？為什麼她一來，您就不理顏兒了？」

大秦氏笑著拍拍寧顏的頭。「這是妳三姊姊，她許久未回來了，妳年紀小，可能不記得她了。」

寧顏打量了寧汐一眼，便將頭轉了過去，著實無禮。

大秦氏卻也不責怪，反而笑著說道：「這孩子是害羞了。」然後看向寧汐，接著說：「汐兒妳多年未歸，今日可得多留會兒陪陪妳祖父，他可常常念叨妳呢！」

從她進來後，大秦氏句句都提她多年未歸，這是要給她扣上頂不孝的帽子嗎？寧汐心裡暗想，面上卻是不顯，反而笑著順著大秦氏的話說下去。「汐兒確實很久沒有回來了，既然祖母如此想念汐兒，那汐兒便在府中住下吧！對了，祖母也不用操心，汐兒住父親的院子便好。」

聞言，大秦氏的臉色變了變，她不過是客套幾句，沒想到寧汐就順杆子爬上來了。寧汐父親留下的院子已經久沒人住，之前因為寧汐的父母偶爾還會回來住上幾日，便一直給他們留著，可是後來他們雙雙去了，寧汐又不回來，那個院子便沒了主人；而且自己兒子住的院子比那個院子小，她早有將那個院子給自己兒子的念頭，只是還未向公爺提，現在寧汐的要求她自是不願答應。

大秦氏正想著該怎麼拒絕，寧妙就先開了口。「三妹妹若是回來住，想來祖父定會極為高興，我馬上叫人去跟母親說一聲，讓她把二伯父的院子收拾收拾。」

大秦氏皺了皺眉。「那院子很久沒住人了，怕是一時也收拾不過來，汐兒還是換個地方住吧？不如先在賞荷居住下，那兒風景好又養人，極適合妳們女孩子住。」

寧汐眨了眨眼。那賞荷居確實不賴，可大秦氏不可能不知道那只是個客院吧？哪裡是英國公府的主子住的地方？看來大秦氏十分不歡迎自己回來呢！畢竟自己回到英國公府不僅要霸占一個院子，而且自己的身分對大房也是極為有利的。

「祖母，汐兒是英國公府的孫女，怎能住在客院呢？我聽大伯母說，父親的院子她一直有派人打理，想來也不會太亂，祖母不必擔心。」

大秦氏還想再說什麼，此時卻走進來一個小廝，原來是英國公聽說寧汐回來了，便喚她去書房一趟。

寧汐笑著與大秦氏告辭後便走了出去，寧嫵、寧妙兩個姊妹也以招呼客人為由離開了花廳。

寧家姊妹將寧汐送到書房門口便離去。

寧汐深吸了幾口氣，又吩咐峨蕊與曬青兩人留在屋外後，才走了進去。

剛踏進書房，便看到祖父那已經略微駝背的身影，英國公聽到聲響轉過身來，寧汐才發現記憶中的祖父雙鬢已經變得灰白。

英國公看著寧汐的眼睛，神情有片刻的恍惚。

寧汐想，祖父應是想起了父親。父親長相極為俊美，一雙明眸十分出色，雖然自己長得更像母親些，但這雙眼睛卻是最像父親。「祖父。」寧汐叫了一聲。

英國公回過神來，淡淡道：「身子可還好？」

寧汐笑了笑。「十歲後身子便有起色，再加上這些年的靜養，身子已經好了許多。」

英國公點了點頭，看了寧汐須臾，才又說道：「妳父親的院子我一直叫許氏給妳留著，等妳想回來住的時候，直接搬過來便好。」

寧汐愣了愣。她之前還在想該如何開口與祖父說此事，沒想到祖父就先開了口，祖父他……其實是希望自己回來住的吧？她以前為何就沒注意到呢？

寧汐點點頭。「那汐兒今日就先住下，明日再回長公主府派人將東西搬過來。」

英國公一時愣住了，他沒想到寧汐這麼容易就答應。

寧汐見狀也有些無措，疑惑地問：「祖父，可是有不妥之處？」

英國公搖搖頭，神色有幾分落寞。「妳回來住我自是高興的，只是我以為……以為妳還怨著祖父，不想再見到祖父了，畢竟當年若不是因為我的舉薦，知逸也不會死於戰場，長公主更不會隨知逸而去……」

寧汐這才如醍醐灌頂。原來在祖父心中，一直以為她不回英國公府是因為自己怨恨於他。

前世，她從長公主府出嫁時，大伯母等人都來參加她的婚禮，卻唯獨缺了祖父，她以為是祖父認為她不孝、厭棄了她，現在才知道，原來自己一直誤會祖父，祖父是怕自己見到他不高興才沒有露面，難怪英國公府出的那份嫁妝那般厚重，想來也是祖父的意思。想到這兒，寧汐覺得鼻子酸酸的，原來祖父一直是關心自己的——用這種笨拙、深沈的方式。

「汐兒從未怨過祖父，從來都沒有。」寧汐雙眼直視著祖父，她想用這雙與父親相似的眼眸告訴祖父，自己和父親是有多麼地敬重他。

英國公怔住了，半晌才道：「……原是我多想了。」頓了頓，又說：「妳且出去與堂姊們聚聚吧，院子我會叫人收拾出來。」

寧汐笑著應了。

等寧汐離開後，英國公才伸手擦了擦自己的眼角。知逸，你生了個好女兒啊……

寧汐走出書房後，看了眼明媚的藍天，和自己前世離世那日的天空可真像，但從今日起，她將走出和前世截然不同的道路。舒恒、歐陽玲，這一世願我們永不相見。

寧汐帶著峨蕊、囇青兩人往之前見到寧嫵姊妹的水榭走去，不想卻在途中看見一隻渾身雪白、體形只有她兩個手掌長的小狗坐在假山上直直地盯著她，這讓寧汐馬上想起了她當年離世時陪在她身邊的那隻狗。那隻狗是突然出現在她的院子裡的，因為一直不肯離開，且自己本就喜歡動物，便收留了牠，現在想來，那些日子有那隻狗相伴倒也不錯。

許是因這層緣故，寧汐現在對這隻狗也生出了些喜歡，伸手想抱牠，不想這隻狗竟然不認生，直接跳到她的身上，寧汐心裡更是稀罕得很，揉了揉牠的頭，逗弄道：「也不知是哪家養的，倒是機靈得很。」

「小溪。」

小汐？溫潤的男聲在寧汐身後響起，寧汐轉頭一看，一時竟覺得有些晃花了眼。

男子長相英挺，五官出色，尤其是面部輪廓猶如被刀一筆一劃雕出來般，但晃花寧汐眼睛的，卻是男子掛在嘴上那暖陽般的淺笑，和當年寧汐瞥見的一模一樣。

舒恒！他怎麼會在這兒？

「你是在叫我？」忍住內心強烈的波動，寧汐故作平靜地發問。

舒恒收起笑意，皺了皺眉，變回那個寧汐熟悉的、不苟言笑的男子。

「姑娘喜歡和狗搶名字？」說完，看向寧汐的眼神變得微妙起來。

寧汐愣了愣，呆呆地看了狗一眼，好像明白了什麼，慢吞吞地道：「這隻狗叫小溪？是你養的？」

舒恒點了點頭，看寧汐將小溪抱在懷裡，眉頭皺得更深了。

寧汐見狀，心想舒恒大概是不喜歡一個陌生女子抱著他的狗，於是馬上將狗還給他。

尋回狗的舒恒顯然心情好了許多，嘴角上揚了些許。自己前世多麼努力都難以換來的笑容，此刻他卻如此輕易地顯露出來，果然是人不如狗啊！寧汐自嘲地想到。

寧汐不想多留，匆匆地走了。她重生後多少得意了些，竟然忘了自己祖父大壽這樣的日子，怎麼可能缺了舒恒這個京中最年輕的侯爺。

此時的寧汐被舒恒的出現攪亂了心緒，根本沒想過舒恒一個外男為何會出現在寧府的後院裡？

而被寧汐落在身後的舒恒，則靜靜地看著寧汐離去的背影，眼神如一汪泉水般幽深，讓人捉摸不透。等寧汐的背影完全出了他的視線，他才收回目光，低下頭看了眼懷中的白犬，嘴角彎得更高，右手輕撫著牠的頭，喃喃地喊著。「小溪、小溪……」寵溺的聲音就像是在喊自己的愛人一般。

第二日，寧汐就搬回了英國公府，只帶了部分下人過來，剩下的都留在了長公主府。

寧汐搬回英國公府的事很快就傳到太后耳中，不出意外，寧汐受到太后的傳喚。

在寧汐的印象中，自己這位外祖母對她並不親厚，除了逢年過節會傳自己入宮照例詢問自己的情況外，其他時候很少會召見她，所以她對這位外祖母一點都不瞭解。

寧汐懷著忐忑的心情進了延壽宮，行過禮後就低著頭，乖乖站在一旁。

太后雖然已年過五十，但由於保養得宜，再加上諸事順遂，看起來不過四十來歲。

太后端起茶杯輕抿了一口後，才抬眸看向寧汐。

「聽說妳搬回英國公府了。」語氣淡淡的，聽不出喜怒。

寧汐頷首，回道：「之前臣女的身體一直不大好，想著長公主府安靜，適合調養身體，便一直沒有回英國公府，如今身體已經大好，自是應該回去替父母盡孝。」

「妳倒是孝順。」

明明太后的語氣沒什麼改變，可不知為何，寧汐卻感覺到太后的不悅，於是將頭壓得更低，沒有說話。

太后看寧汐這副軟弱的樣子，心中更是煩悶。「罷了，妳回去也好，多跟妳大伯母學學中饋之事，日後妳嫁去別家後也有用。」

若是其他未婚女子聽了太后這番話，怕是早就羞紅了臉，可寧汐畢竟是經歷過婚姻的人，並不是真正的未婚少女，聽後也沒覺得有什麼不妥，只乖順地應了。

太后點了點頭。

剛好此時皇上走了進來，見到皇上，寧汐上前行禮，嘴角多了絲笑意。前世皇帝舅舅對她頗為照顧，對此她一直都非常感激。

見到寧汐，皇上也不覺得詫異，笑著道：「汐兒和母后說了些什麼？看母后的樣子挺高興呢！」

聞言，太后暗地裡瞪了他一眼。

寧汐則是現在才發現，自家這位舅舅睜眼說瞎話的本事不小，果然是每天都要面對朝中一堆老狐狸的人。「適才臣女不過是和太后說了說自己的近況。」

「是嗎？那妳日後一定要多進宮來陪陪妳外祖母，看把妳外祖母高興得。」

雖然太后不宣她，她是不能進宮的，但皇上這樣說，寧汐不可能與其較真，於是笑著應了。

「妳剛搬回英國公府，事情繁多，哀家就不留妳了，回去吧！」太后擺了擺手。

寧汐嘴邊掛著笑，剛想應下，不想皇上卻插話。

「妳許久未進宮了，去看看皇后吧！」

寧汐雖不懂皇上這是什麼意思，但還是點了點頭，然後退了出去。

等寧汐一走，太后便拉下臉來，語氣有些不悅。「你在她面前胡謅些什麼？哀家一向不喜她，你以為她沒有察覺到嗎？你何必替哀家掩飾？」

皇上嘆了口氣，走到太后面前。「汐兒她畢竟是皇妹的女兒，母后您看在皇妹的面上，也該多照看她一二。」

太后聞言，臉色變得更加陰沈。「當初哀家就不同意她嫁給寧知逸，他除了那張臉，哪還有可取之處？可她偏要一意孤行，最後竟還隨寧知逸而去，她都不顧念哀家這個老母了，哀家又何必顧念她的女兒？」說完，太后眼中泛起了淚光。那是她從小捧在手心裡長大的寶貝兒啊，竟然折在了英國公府，這讓她如何甘心？也許她最恨的是她的女兒最愛的人竟不是她，而是她一向看不上的寧知逸。

皇上知道皇妹是太后心中的逆鱗，便也不再勸說，免得惹得太后神傷，大不了以後他對寧汐多照看一些，也算是對得起皇妹了。

皇后聽說寧汐晉見，眉頭一挑，要不是聽到這個名字，她都快把這個人給忘了。寧汐表面上是她的外甥女，可兩人幾乎沒有單獨相處過，今兒怎麼會想起過來這邊？皇后不由得看向恰好在她宮中的二皇子李煜。

李煜淡淡道：「聽說平樂郡主是被皇祖母召進宮的，適才父皇好像過去了延壽宮。」

聽李煜這樣說，皇后算是明白了，寧汐之所以會過來鳳儀宮，怕是皇上的吩咐。

「既然如此，煜兒，你還是迴避一下。」

一向不喜與女子沾上關係的李煜卻搖了搖頭，道：「既是親戚，也沒必要太過生疏。」

皇后略一想，覺得李煜說得在理，便沒再多說，將寧汐喚了進來。

其實李煜那句話不過是個說辭。他之前才去見過父皇，父皇不是不知道他這會兒在鳳儀宮，在這種時候叫寧汐來晉見母后，他不得不懷疑父皇的用意，怕是不願看到他避開寧汐。

寧汐沒想到二皇子也在鳳儀宮，心中有些詫異，面上卻不顯，上前給兩人行禮。

「表妹何必如此見外？喚我一聲二表哥便好。」

皇后知道皇上挺看重寧汐，自然樂得他們兩人關係親厚些，便也搭腔道：「你們兩人本就是表兄妹，以兄妹相稱自是應當。」

寧汐當然不會忤逆這兩個地位、輩分都比自己高的人，遂笑著應了。

在鳳儀宮坐了會兒，寧汐便找了個藉口離去，而李煜竟主動要求送她出宮，想來皇后也是乏了，點點頭算是應了。

兩人一同向宮門走去的時候，寧汐故意落後了李煜幾步。

走了一段距離，李煜突然停下來，轉過頭來，笑著道：「表妹不必在意宮中的繁文縟節。」

寧汐看著眼前這個笑意未達眼底的男子，心中一突。在他面前怕是別想要心機，於是也不推託，上前幾步走到李煜身旁，露出一個俏皮的笑容。「那寧汐就恭敬不如從命了，還請表哥原諒則個。」

李煜將手握拳抵到嘴邊，笑了幾聲。「適才見妳在鳳儀宮言談舉止得宜，還以為是個內斂的性子，不想也有活潑的一面。」

「寧汐許久未見皇后，難免有些拘謹，而且宮中禮節繁多，雖說娘娘不在意，但終歸還是得守規矩不是？」

李煜眉頭向上一挑，沒有說話，打量寧汐一番後又繼續向宮門走去。身邊這個女孩真的是那個傳言中拙於言辭、性子軟弱的平樂郡主嗎？呵，之前那些傳言不像是空穴來風，若這個女子以前一直假扮成懦弱的大家閨秀，現在又為何在他面前暴露性子呢？

若是寧汐不曾重活一回，現在的她確實是個良善柔弱的女子，只是有了上世十餘年侯府夫人的磨練，她的性子早已變得堅毅，處事也圓滑許多，重活一回，她也不想藏著、掖著，只求能按自己心意好好活上一遭。

寧汐在宮門口與李煜道別，看著李煜離去的背影，心底暗暗將李煜列為危險人物。

李煜是中宮所出，自小聰慧過人，再加上性子溫潤，很得皇上喜愛，在朝臣中口碑頗佳，前世寧汐與李煜見面的機會不多，但直覺告訴她，這個人絕不是好相與的，今日一見，果不其然。相處下來，李煜的行為舉止沒一點錯處，待人看似禮貌卻透著疏離，那張笑臉讓人永遠也猜不透他的想法，這樣的人城府不可謂不深，她還是和李煜保持距離較好，免得被算計了還不知。

在回英國公府的途中，馬車突然停了下來，本來閉著眼睛休息的寧汐緩緩睜開眼睛，峨蕊見狀立即質問車伕。「馬車怎麼停下了？」

車外的車伕忙回道：「前面的路被馬車堵住了，一時過不去。」

車伕剛說完話，車外就響起了一個女聲——

「奴婢是忠毅侯府的丫鬟，此次是陪同我家小姐出門為老夫人祈福，不想回來的時候馬車出了點問題，現下府中小廝正在將馬車向路邊挪動，還請貴人擔待片刻。」

寧汐嘴角緩緩浮起一絲嘲諷的笑容。「我沒聽過忠毅侯還有個妹妹，莫不是我多年未出門，孤陋寡聞了？」

此時曬青一板一眼地回道：「忠毅侯確實沒有妹妹，但老夫人身邊卻養著個表小姐。」

寧汐拍了拍額頭，恍然大悟道：「瞧我這記性，怎麼把這茬給忘了，原是忠毅侯家的表小姐啊！」

車外的丫鬟聞言，臉驀地紅了一片。她家表小姐因自小在忠毅侯府長大，便一直對外自稱忠毅侯家的小姐，以前那些世家小姐雖不屑小姐的這種作為，但看在忠毅侯的面上，也不會拆穿，不想今日在大街上卻被人這般諷刺，也不知車上坐的是誰？

「罷了，換條路走吧！」說完，馬車緩緩動了起來。寧汐撩開車邊的簾子，看了一眼戴著帷帽、被幾個丫鬟簇擁著站在路邊的歐陽玲，眼角浮現出的冷意慢慢散去。

終歸這一世，她們再無交集。

第二章

回到自己的院子後，寧汐打量了一遍宮中賞賜的東西，見有兩疋上好的雲錦，便叫人送了一疋去老夫人的院子，另一疋則打算留給寧嫵，寧嫵日後嫁入的門第不低，有兩身雲錦做的衣服總歸是好的；而三房那邊，寧汐叫人送去了三疋上好的綢緞。

不想，這天傍晚卻來了個意料之外的客人。

寧汐看著打扮得俏皮可愛的寧顏，彎起嘴角。「五妹怎麼想著來我這兒了？」

寧顏也絲毫不顧忌寧汐的郡主身分，逕自在她身邊坐下。「祖母說讓我多和三姊姊走動走動，我便過來陪陪三姊姊。」

寧汐眉一挑。以英國公府的門第，難不成還愁寧顏找不到一個好婆家？根本犯不著上趕著與她一個掛名郡主打好關係吧？想到上世寧顏久久未出嫁，直到皇上最小的適婚皇子成了親，英國公府才匆匆將寧顏嫁出去。寧汐不由得猜想，莫不是老夫人想讓寧顏嫁給王府世子……甚至是皇子？若真是這樣，那老夫人的心可比她想像的要大得多啊！

寧汐垂下眼眸，掩蓋住眼中的譏誚。

一旁的寧顏自是不知寧汐心中的這番思量，拿起翠螺端上來的茶飲了一口，剛入嘴就忍不住吐出來，嫌棄道：「三姊姊，妳這是什麼茶啊？難喝死了！」

寧汐輕笑一聲。「這是苦丁茶，味道極苦，想來五妹妹是不會喜歡這個味道的。」說著對翠螺說道：「去給五小姐換杯蜜水來。」

「三姊姊，妳怎麼會喜歡這種茶？難不成長公主府連好茶都用不起？」寧顏絲毫不掩飾自己的不屑。

剛好這話被來上茶的翠螺聽見了，翠螺撇了撇嘴，眼中的不滿都要溢了出來。

寧汐笑著搖搖頭。依翠螺那直率的性子，沒有當場將寧顏的話頂回去已經算是收斂了。

「倒不是長公主府沒有好茶，只是我喜歡這種苦澀的味道，便叫人買了這種茶來。」畢竟比起上輩子的苦，這真的不算什麼。

寧顏顯然不認同寧汐的品味，撇了撇嘴。

時間已經有些晚了，寧顏明顯想離開，卻又一副支支吾吾的模樣，顯然是有事要說，寧汐卻也不開口詢問，想看看寧顏什麼時候會開口？

「……聽說三姊姊今天給祖母送了一疋雲錦過去？」半晌，寧顏才憋出這句話。

聞言，寧汐眼中閃過一絲了然，嘴角上揚了幾分。「今日宮中送來了兩疋雲錦，我便給祖母送去一疋。」

寧顏聽到這話，再也掩飾不住心中的喜悅。「既然有兩疋，那三姊姊不如把另一疋送給我吧！三姊姊是郡主，也不缺這些。」

也不等寧汐答應，寧顏就衝她身邊的翠螺催促道：「快去將那雲錦給本小姐取來。」

翠螺卻老僧入定般，根本不理會寧顏。

「妳沒聽見本小姐的話嗎？」

翠螺淡淡地看了一眼寧顏，道：「奴婢的主子只有郡主一人。」

寧顏狠狠地瞪了翠螺一眼，轉過頭用極度委屈的聲音說道：「三姊姊，這個丫鬟竟然敢和主子頂嘴，這種刁奴妳一定要嚴懲。」

寧汐抿了一口茶，輕笑一聲。「這些奴才都是我從長公主府帶過來的，她們都是長公主府的奴才，自然只聽長公主府主子的話，五妹妹莫見怪才是。」頓了頓，接著說道：「至於那另一疋雲錦，我已經打算給別人，恐怕不能再送給五妹妹。」

聽完寧汐的話，寧顏的臉色馬上就變了。「難道那人能有我與三姊姊親厚？還是說，這只是三姊姊的推辭，其實是捨不得那雲錦？我不管，我就要那疋雲錦，不然我就去找祖母評理。」

看到寧顏蠻不講理的樣子，寧汐微微皺了皺眉。之前雖聽聞寧顏性子跋扈，但因沒有相處過，對她也沒什麼偏見，不想要性子竟然耍到她面前來。寧汐畢竟前世當了二十多年的郡主和十餘年的侯府夫人，哪裡見得寧顏的這般姿態？不自覺地，聲音就變得強硬起來。

「這雲錦雖說名貴，但既是五妹妹來討，能給我自然會給，我寧汐雖沒多少錢財傍身，但也不是那等吝嗇之人；五妹妹既然覺得委屈，又何必留在這兒受我的氣？」

聞言，寧顏停下了乾號，竟真的落下淚來。想她出生這麼久，從未被人這般訓斥過，真是越想越覺得委屈，當下便奔出屋子，朝大秦氏的院子跑去。

翠螺不屑地呸了一聲。「還真把自己當回事了。」

峨蕊捏了翠螺一把。「妳給我收著點兒，才來英國公府就想給郡主添亂子嗎？」

翠螺吐了吐舌，卻也沒有反駁。

峨蕊走到寧汐身邊，有幾分擔憂地說：「郡主，五小姐那兒不用去安撫一番嗎？」

寧汐放下茶杯，道：「一個被寵壞的孩子罷了，不必擔憂。」呵，這寧顏也太把自己當回事了，她來要，自己就一定要給嗎？真是不知深淺。

矖青的眼皮抬也沒抬一下，輕輕道：「郡主，您也是個孩子。」

寧汐一愣，然後調皮一笑。「可我們的矖青再過兩年就是大姑娘，可以嫁出去了。」說完，其他三個丫鬟都笑了。

對於寧汐的調侃，矖青臉上沒有露出絲毫的羞澀，只是閉上眼睛，權當沒聽見眾人的笑聲。

寧汐無趣地摸了摸鼻尖。矖青還是一如既往的淡定，比她一個重生的人還來得穩重，有時想想還真是憂傷呢！

第二日，寧汐早起去正房給老夫人請安。臨走前，她提醒身邊的四個丫鬟，日後在府中都稱呼她為「三小姐」。

到了正屋，雖然寧汐沒有遲到，但大房、三房的人都已經到了。

見到寧汐上前請安，大秦氏故意皺了皺眉，道：「妳是郡主，怎麼能給我這個老婆子行禮呢？」話雖這樣說，大秦氏卻未避開寧汐的動作。

寧汐站起身來，淺笑道：「這裡沒什麼平樂郡主，只有英國公府的三小姐，祖母您是我的長輩，給您行禮是應當的。」

大秦氏臉上才浮現出滿意之色。

站在大秦氏一旁的寧顏見狀，扯了扯大秦氏的衣角。

大秦氏會過意來，看向寧汐。「聽說昨日顏兒上妳那兒去胡鬧了一番？這事本來只是妳們姊妹之間的小打小鬧，我也沒想多過問，只是昨兒個晚上顏兒跑到我面前哭訴，聽著著實可憐，既然我是妳的長輩，那麼我就仗著長輩的身分，管一管這件事了。」

寧汐抬起頭，看寧顏正一臉挑釁地看著她，不禁微微瞇了瞇眼睛，看樣子，大秦氏是要維護寧顏啊！果然人心都是偏的，就算大秦氏昨日才收了她的雲錦，到了關鍵時候還是不會維護她這個他房的孫女。

「昨日顏兒的作為確實不妥，但她也是因為妳是她的姊姊才會毫無顧忌地開口，妳如果不願割愛直言便好，又何必平白喝斥她一頓，且縱容下人欺辱她？顏兒再不濟，也是我英國公府的嫡孫小姐。」越說，大秦氏越是憤怒。在她的想法裡，寧汐不把寧顏當回事，就是不把她當回事，這英國公府誰不知她最寵的人就是寧顏？

一旁的寧嫵似乎想說些什麼，卻被寧妙拉住了。

「我還以為昨日我已經與五妹妹說清楚了呢！」寧汐瞥了一眼寧顏，接著道：「這雲錦我總共只得了兩疋，但馬上就給祖母送來一疋，祖母覺得我會是那等吝嗇之人嗎？只是在五妹妹來向我討雲錦之前，我已有了其他安排，這才沒有將其贈與五妹妹，而且昨日我送到三房的那些綢緞也都是上好的料子，五妹妹應該會喜歡的；至於我縱容下人欺辱五妹妹一事更是無從說起，我身邊的丫鬟都是由宮中嬤嬤調教出來的，想來不會做出這般無理之事。」

寧汐態度恭敬，但說出的話卻讓大秦氏聽得刺耳。既然寧汐說那些丫鬟是宮中嬤嬤調教出來的，她自然是不能反駁什麼，難不成她敢說宮中規矩還沒有英國公府的規矩好嗎？只是她在英國公府裡橫慣了，除了公爺，誰敢給她臉色看？因此當下便想斥責寧汐一番。

小秦氏暗叫一聲糟糕。之前她敢諷刺寧汐是因為那時還不知道寧汐會回到英國公府，以為寧汐對她沒任何用處，如今寧汐對寧顏的前途還有些作用，可不能隨意開罪她，於是忙說道：「母親，昨日的事確實是顏兒的錯，汐兒身為姊姊，教導妹妹也是應該的。顏兒，妳跟誰學的亂嚼舌根？還不給妳三姊姊道歉。」

寧顏沒想到自己的母親竟突然翻臉，一時覺得更加委屈，便撲到大秦氏身上痛哭起來。

大秦氏拍拍寧顏的頭，瞪了小秦氏一眼，卻看見小秦氏在向自己使眼色，想起之前兩人策劃之事，馬上反應過來，表情遂緩和了些，對寧汐說道：「既然是誤會，妳們姊妹私下解決便好，我這個老婆子也就不摻和了。」

見到大秦氏和小秦氏態度的轉變，寧汐更加確定之前的猜測，只是，寧顏的性子如此驕縱，嫁入皇家真的好嗎？她們就不擔心寧顏被皇室那群女人啃得連骨頭都不剩？

很快地，大秦氏就放她們幾個小輩回屋。

寧汐和寧嫵姊妹走在一起，寧顏本落在她們身後，卻突然加快步伐走到寧汐身邊，冷哼了一聲，說道：「要我給妳道歉？作夢！」

寧嫵之前就忍了一肚子氣，因在長輩面前不好放肆，此時哪裡還需要再忍，當下就回了句。「沒見過這麼厚臉皮的，向人討東西還有理了。」

寧顏畢竟還是小女孩，被寧嫵這麼一說，馬上就氣紅了眼睛，卻又不敢和寧嫵對上，於是跺了跺腳就跑開了。

跟在寧顏身後的寧巧歉意地對她們三人點了點頭便追了上去。

寧妙搗嘴輕笑一聲，道：「妳跟她較什麼勁？左右她還是孩子脾氣。」

「嘖，我就看不慣她那副蠻橫的樣子，還真以為有祖母護著就能在府裡橫著走了？」說完還不屑地將頭轉向一邊。

寧汐無奈地搖搖頭。若說寧顏霸道的性子讓人生厭，那寧嫵直率的性子就讓人擔憂了。上世自己也沒特意去關注她們姊妹兩人，不知她們究竟生活得痛不痛快；這世，自己重生的時候寧嫵已經訂了親，對方是安國公府的世子，也算門當戶對。前世只聽說這名世子風流倜儻、不拘小節，大概會包容寧嫵的性子吧？

幾日後，寧汐突然收到了一張請帖。寧汐將手中的帖子反覆打量了好幾遍，終於確定這真是三公主府送來的，讓她更覺奇怪了。

先皇子嗣不豐，總共就得了四個兒子、三個女兒，其中三皇子和二公主還夭折了，所以對於自家女兒，先皇向來不吝嗇寵愛，也就養成三公主驕傲自負的性格。在她的記憶裡，自家這個三姨母眼界高得很，一向不屑與自己看不上眼的人來往，更別說辦什麼宴會了，今兒個怎地會廣發邀請函，請各家小姐、公子出席這勞什子迎春宴？

寧汐看向送帖子進來的林嬤嬤，問道：「嬤嬤，妳說三姨母是什麼意思呢？」

旁邊的林嬤嬤原是許氏身邊的嬤嬤，因她將自己以前的管事嬤嬤都留在了公主府，許氏見她無人可用，特意把林嬤嬤送過來供她差使，寧汐對許氏也放心，便讓林嬤嬤管理整個汐園的大小事務，這一個月來，林嬤嬤將她的院子打理得井井有條，她也頗為滿意。

這院子本不叫汐園，而是她搬來不久後，英國公給更名的，說這才像女孩子住的地方。

林嬤嬤笑得隱晦，答道：「三公主的一雙兒女也到了說親的年齡。」

這句話馬上點醒了寧汐。可憐天下父母心，三公主再怎麼自命不凡，也不能不在意兒女的婚事。

知道自己這次只不過是個陪客，寧汐也不在意，只是這府中只有寧妙正值議親的年紀，三公主嫁的是武昌侯府次子，門第也配得上，怕是大伯母不會錯過這次機會。這樣想著，寧嫵、寧妙姊妹就進了屋，寧汐忙叫茗眉上茶。

寧妙坐下後，掃了眼寧汐身旁的帖子，淺笑道：「三妹妹不必招呼我們兩人了，都是姊妹，哪用得著這麼客氣。」

寧汐點了點頭，調皮一笑。「既然二姊姊都這般說了，一會兒可別嫌我的茶苦得很。」聞言，一旁的寧嫵忙擺手。「可別再用妳那苦茶來招待我，我可受不了那味道。」

寧嫵話音剛落，寧汐、寧妙兩人便搗嘴笑了起來。

記得寧嫵第一次來她這兒時，不過喝了一口茶水，就嚷嚷著喝了兩杯蜜水。

「大姊姊放心，那茶是為我自己備的，我這兒自然還有其他茶葉用來待客。」

寧嫵聞言瞪了她一眼。「那妳上次是故意用那勞什子苦丁茶招待我們的？」

寧汐無辜地睜大了眼睛。「上次可能是丫鬟弄錯了吧！妳也知道，我身邊的丫鬟年齡還小，容易出點小差錯。」

曬青默默地看了自家主子一眼，她怎麼覺得自家主子越來越無恥了呢？

三人又打趣了一番，寧妙才說起正事。「過幾日便要去三公主府赴宴，母親說要我們做兩套衣服，讓我們過來問問妳喜歡什麼花樣？」說著就讓身旁的丫鬟遞了幾個花樣給寧汐。

寧汐也不推辭，接過來，看了幾眼，抽出兩張給寧妙。

看寧妙不痛不癢地說起幾日後的宴會，不知她是不知其中深意還是真的不在意，寧汐有心試探一番，便故意問道：「也不知三公主辦這場宴會是有何目的？」

寧妙看了寧汐一眼，淡淡地道：「管她是什麼目的，反正都與我們無關，我們只管玩好便夠了。」

寧汐微微瞇了瞇眼。這話中的意思，是對三公主府無意了？可惜了，本來她還想當個紅娘牽牽線呢！

「對嘛，管他們皇室之人在想什麼，我只知道我終於可以出去透透氣了。」寧嫵大剌剌地說道。

「我還以為大伯母不會讓大姊姊出府呢！」畢竟翻過年寧嫵就要出嫁了，所以這段時間一直被許氏拘在府裡學中饋之事。

「本來是不許的，不過聽說安國公夫人也會過去，母親便答應了，想來是要姊姊去看看未來的婆母吧！」

聞言，寧汐看向寧嫵，眼中滿是打趣，很不給面子地笑了出來。

寧嫵對兩人翻了個白眼。「兩個促狹鬼，茶都堵不住妳們的嘴。」

聞言，兩人笑得更歡了。

幾日後到了赴宴的日子，寧汐身著淺紫色羅裙，裙襬上繡著幾朵合歡花，頭髮簡單地挽了髻，插上兩支玉釵，不夠隆重，也不算出色，好在還算活潑，合乎她這個年紀的打扮。

出門的時候，碰到了府中其他女眷。雖寧顏還小，小秦氏還是給寧顏好好打扮了番，看起來著實漂亮不少，卻少了分天真；而寧妙則是穿了身鵝黃色的羅裙，妝容還算精緻，但也只能算是中規中矩的打扮，看來她確實不打算做三公主的兒媳婦。反觀寧嫵，打扮就精緻多了，一身藕荷色長裙，裙襬和袖口均用金絲繡著雲紋，頭上戴著一對鑲玉鳳蝶簪，耳朵上是與之配套的耳墜，妝容淡雅，加上寧嫵本就是個大美人，這樣一打扮，就算是平時見慣了的人也免不了驚豔一番。

不過寧嫵一臉不情願的模樣卻生生破壞了臉上的美感，想來這樣打扮非她所願；再看一旁一臉喜氣的許氏，寧汐眼中浮現出些許笑意。許氏對這門親事很是滿意呢！

到了三公主府，三公主看到寧汐並無太多喜色，畢竟三公主與長公主非一母所出，兩人感情一向很淡，對寧汐這個外甥女自也不會有太多關注；而寧汐也不失望，反正她對這個姨母也沒多少感情。

和主人見過面後，許氏便拉著她們三人來到一個貴婦人面前，寧汐和寧妙不約而同地看向寧嫵，寧嫵則暗暗瞪了她們兩人一眼。

安國公夫人看起來比許氏大上十幾歲，但仍可見其年輕時的美貌。聽說她將近三十歲才得了這個兒子，所以在選兒媳這件事上頗為慎重，最後不知為何選了寧嫵？倒不是寧嫵不好，只是寧嫵性子坦率，不精於算計，寧汐還以為安國公夫人會替自己的兒子找個精明的媳婦呢！聽說兩人小時候見過面，莫不是裡面還有青梅竹馬的情意在？

安國公夫人是第一次見到寧汐，聽到寧汐的身分後也不似其他人那般驚訝，而是一臉慈愛地拍拍寧汐的肩，連連說了兩個「好孩子」，之後又叫人給寧汐三人各送了塊玉珮，說是給小輩的見面禮，三人皆不推辭，收了起來，接著又與三人說了些話，便放她們離去，這其間沒有特意詢問寧嫵，倒是讓寧嫵安心不少。

不過，寧汐還是敏銳地察覺到安國公夫人的眼光在寧嫵身上停留的時間最多，看來也不是不在意這個未來的兒媳。

出了屋子後，寧嫵重重地鬆了口氣。

寧汐見為她們引路的丫鬟離得挺遠，便打趣道：「我見安國公夫人挺和氣的，以後大姊姊嫁過去不用擔心婆媳問題了。」

寧嫵賞了寧汐一記眼刀。「小姑娘說什麼嫁人，害不害臊？」

寧汐嘻嘻一笑，拉住寧嫵的手，道：「大家都是要嫁人的，有什麼好害臊的？大姊姊，看安國公夫人的長相，妳未來夫婿應該也長得不差，我聽說你們小時候見過面，他長什麼樣子啊？」

寧嫵皺皺眉，有些嫌棄地說道：「他小時候長得沒我高，還特別膽小，我就沒見過那麼愛哭的男孩子，也不知母親怎麼想的，竟把我嫁給一個愛哭鬼。」

寧汐窘了。不是吧？寧嫵口中的人真的是她前世聽說的那個翩翩佳公子？

等寧汐三人走遠，假山後面慢慢走出一個男子，手中抱了隻渾身雪白的小狗，嘴角微微上揚。愛哭鬼嗎？

在三公主府的一處亭閣上，三個男子圍桌而坐，桌上放著一壺酒和幾盤糕點，周圍沒有下人服侍。聽見門口傳來腳步聲，其中一個身著墨綠色繡袍的男子看向門口，輕笑道：「少桓，你竟然也會遲到。」

門口的男子冷著一張臉走了進來，陽光落在他的臉上，令他的表情看起來柔和了不少。此人正是忠毅侯舒恒，字少桓。

舒恒看向說話的男子，淡淡道：「被一些事絆住，才遲了些。」頓了頓，道：「子玉，你身為皇子，總是往宮外跑，不妥。」

穿墨綠色衣服的男子正是二皇子李煜，其他兩位則是三公主府的少爺楊旭和安國公世子許逸凡。因二皇子身分特殊，他們的交往極為隱秘，沒人想到他們四人竟會成為好友。

李煜淡淡一笑。「大好時光總窩在宮裡多沒意思？再說今日是容之選妻的日子，我這個表弟怎麼能缺席呢？」

楊旭的臉驀地紅了起來。與三公主的強勢不同，楊旭是個極為害羞的性子。「表弟快莫笑話我了，若不是不忍傷母親的心，我絕不會同意她辦這場宴會的。」

一旁的許逸凡爽朗地笑起來。「三公主心急是應該的，你是我們四人中最年長的，是時候成家了。」

聞言，楊旭的臉又紅上了幾分。

見沒自己什麼事，舒恒走到桌邊隨手倒了杯酒，緩緩品了起來。

四人中許逸凡是個好玩的，舒恒卻是個嚴肅的性子，是以許逸凡最愛打趣舒恒，此時見舒恒置身事外的模樣，便起了玩心。「少桓，你的年歲也不小了，打算什麼時候成親啊？有沒有看上的姑娘？說出來也讓我們為你參謀參謀。」

舒恒連眼皮都懶得抬一下，冷聲回道：「你何時也成了長舌之婦？」

一旁的楊旭、李煜兩人見慣了這種場景，早已見怪不怪，只坐在一旁看某人作死。

許是被舒恒打擊慣了，許逸凡不但不生氣，反而將臉靠近不少。「我可是在為你們侯府考慮呢！這些年也沒見你對哪個姑娘上心過，整天又冷著張臉，不知討女子歡心，我怕日後沒姑娘嫁給你，你只能和你那隻狗過活了。對了，說到那隻狗，今天怎麼沒看你帶來？」

舒恒右手轉動著酒杯，突然轉過頭看著許逸凡，嘴角勾起一絲笑容。

許逸凡瞪大了眼睛。他沒看錯吧？舒恒竟然捨得對他笑了。

「我再不濟，也總比某個喜歡跟在女孩子身後轉悠的愛哭鬼強一些。」

許逸凡瞬間僵住了，看著舒恒臉上的笑容，他都忍不住想罵街了。揭人不揭短，這舒恒也忒狠了點，竟然把他小時候的事給翻了出來；而且他小時候雖然愛哭了點，但什麼時候愛跟在女孩身後轉悠了？不對，舒恒怎麼會知道他小時候愛哭?!

「誰告訴你的？」

舒恒不理會許逸凡，又將眼光放回到酒杯上，那專注的模樣，似乎世上再沒有其他東西能分散他的注意力。

當許逸凡正在跳腳的時候，窗外傳來銀鈴般的笑聲，他一時惱火，轉頭看向窗外，想看看是哪家姑娘笑得這麼放肆。

他們的亭閣在二樓，各家小姐都被三公主安排在湖心亭玩耍，是以他們一眼便能望見正在湖心亭裡聊天的女子，這也是三公主的用意，希望自家兒子能選個合乎心意的妻子。

許逸凡一眼就望見其中笑得最大聲的女子，那面貌、那身段，他不久前才看過她的畫像，而且兩人小時候見過面，他絕不會認錯。

「寧嫵。」這兩個字幾乎是從許逸凡的牙縫裡擠出來。他怎麼把這個大嘴巴的女人給忘了？知道他小的時候愛哭又大嘴巴的人，除了她還能有誰？

李煜也朝窗外看了一眼，笑道：「原來是寧家姊妹到了。」

楊旭有些好奇，看了眼窗外，卻是分不清李煜所說的寧氏姊妹是誰。「你怎麼認識英國公府上的女眷？」

「我自是不認識寧家姊妹，只是見寧汐表妹和她們在一處，猜測罷了。」

「寧汐表妹？」楊旭皺了皺眉，想了好一會兒才反應過來。「是長公主府的那個平樂郡主？」

「正是。」

楊旭摸摸鼻尖，有幾分不好意思地說道：「她不愛出門，我都快把她給忘了，不知哪個是表妹，你指給我看看，免得見了面不識得，惹出尷尬來。」

李煜收起手中的摺扇，向窗外一指。「就是那個穿紫色衣服的女子。」

楊旭順著李煜所指的方向望過去，看見一著紫色衣衫的女子坐在石凳上，不知旁邊的人說了些什麼，逗得她笑個不停。

「皎若太陽升朝霞，灼若芙渠出鴻波。」看到寧汐的容貌，楊旭不由得讚道。

李煜笑著拿摺扇敲了一下楊旭的頭，搖著頭道：「你可別是看上我們的小表妹了，先提醒你一句，她的婚事不是英國公府的人能作主的。」

楊旭苦笑著搖搖頭。他不過是稱讚一句，哪有別的想法？再說，他可沒有喜歡自己妹妹的癖好。

一旁漫不經心的舒恒在聽見李煜的話後，停住了手上轉動酒杯的動作，稍稍皺起眉，似乎在思索著什麼，片刻後才仰頭將手中的酒喝下，只是其他三人的注意都放在窗外，並未發現他的異常。

被李煜他們談論的女主角，此刻正蹙眉看著跟她打招呼的女子。說真的，她不是沒想過會在一些宴會上碰到歐陽玲，只是她沒想到歐陽玲會主動跟她打招呼。寧汐無奈地看了眼站在歐陽玲旁邊的寧顏，她們兩個是怎麼混到一塊兒去的？

「平樂郡主，上次給您造成的不便，歐陽玲在此向您賠禮了。」只見歐陽玲露出一個溫柔的笑容，聲音依舊如記憶中那般柔美。

那日寧汐衝歐陽玲的丫鬟說的那番話，歐陽玲自是知道了，本來歐陽玲心裡窩火得很，可是一查才知道那日坐在馬車裡的人是寧汐，根本不是她能惹得起的。她知道自己的身分在這滿地都是貴族的京城裡根本上不了檯面，所以才會忍住心底的怨氣，上前來與寧汐結交，想著和郡主交好，京中貴女也會高看她幾分。

「原來是忠毅侯府家的。」寧汐頓了頓。「上次的事沒什麼大不了的，歐陽小姐不必介懷。」

歐陽玲暗暗緩了一口氣，她還真怕寧汐當眾讓她下不了臺。

寧顏不知道她們兩人在說些什麼，便拽了拽歐陽玲的衣袖，用眼神詢問。

歐陽玲安撫地笑了笑，輕聲細語地將事情的經過講給寧顏聽。

寧汐沒興趣聽她們說話，便跑到寧嫵姊妹身邊了。

寧嫵姊妹正和三公主的長女楊玲瓏坐在亭裡的一角說話，見到寧汐走過來，楊玲瓏作勢要行禮。

寧汐忙攔了下來。「表姊不必與我這般客氣，那些虛禮我們姊妹間就不必介意了。」

當年她失去雙親，皇上怕她被人欺負，特意將她封為郡主，而楊玲瓏是沒有封號的，是以位分比寧汐低。

楊玲瓏臉上本就沒什麼笑容，聽見寧汐的話神色也沒變，只是微微頷首，算是認同寧汐說的話。

四人在一起聊了會兒脂粉、首飾、四季衣物等內容後，寧汐才發現雖然楊玲瓏乍看性子像三公主，都是孤高的人，但與三公主的自恃身分、看不起人不同，楊玲瓏更多的是出於骨子裡的貴氣與矜持。她的話不多，不會巧言如簧地將人捧上天，甚至有時候說出的話能戳得人心窩疼上好一陣，但她給寧汐的印象卻很好，這樣的人著實值得結交。

她們正聊得火熱時，周邊的姑娘們突然喧囂起來，四人不由得望過去，就見一隻雪團般可愛的小狗站在亭外，一雙濕漉漉的大眼睛無辜地望著眾位貴女，模樣煞是惹人愛，難怪會引起騷動。

楊玲瓏皺了皺眉，向外走了幾步，淡淡道：「不知這是誰家小姐帶來的？」

寧汐姊妹也隨楊玲瓏走了出來。

「這是我家表哥養的狗，一直和表哥形影不離，也不知為何會跑到這兒來，驚擾了各位小姐，還請見諒。」歐陽玲從人群中走出來，輕聲說道，臉上的歉意恰到好處。

在座的各家小姐聞言，臉上瞬間露出淡淡的紅暈。歐陽玲的表哥自然是指忠毅侯，那忠毅侯長相俊美，年紀輕輕便繼承了爵位，又受皇上器重，自然是未來夫婿的好人選。

寧汐見狀，心中生了幾分惆悵。原來他從不缺愛慕者。

為了顯示自己與舒恒的親近，歐陽玲特意向小狗走了幾步。「小溪，來姊姊這裡。」

寧嫵看了眼寧汐，做了個「小汐」的口形，毫不掩飾眼中的戲謔。

寧汐揉了揉額頭。和一隻狗「撞名」也是夠無奈得了，特別是聽見自己討厭的人親熱地喚著時，真的很想把某人痛打一頓啊！

那隻名叫小溪的狗卻沒有搭理歐陽玲，眼睛在人群中打了個圈，最後落在寧汐身上。

寧汐的眼皮驀地跳了跳，她有種不好的預感。果然，下一刻，小溪便越過歐陽玲，撲到了寧汐的腳邊，在她腳下蹭了蹭、聞了聞後，便扒著寧汐的裙襬不願離去。寧汐嘆了口氣，莫不是前些日子自己抱過牠，牠便認住自己了？

歐陽玲走到寧汐身邊，笑道：「小溪和平樂郡主很有緣分呢！」說著便蹲下身想要強行抱走小溪，不料手剛伸過去，小溪便衝她大叫了起來，頗有幾分凶惡之相。歐陽玲的笑容有幾分僵硬，尷尬地站起身來，勉強道：「看來小溪很喜歡郡主，連我都不讓抱了。」

寧汐無奈地低頭看向扒著自己裙襬不願離開的小狗，牠那雙濕漉漉的眼睛緊緊盯著寧汐，頗有幾分可憐的意味。寧汐恍然想起前世陪在身邊的那隻狗，初遇時也是這般望著自己，心頓時軟了幾分，便伸手抱起牠，對歐陽玲說道：「我叫寧汐，牠叫小溪也算是和我有緣，歐陽小姐不介意的話，讓我先陪牠玩會兒，之後我再叫人把牠送還給忠毅侯可好？」

歐陽玲現在也算知道這隻狗和自己不熟，根本不會和自己離開，與其強行抱走牠，還不如乘機賣寧汐一個人情，便笑著應了。

寧汐抱走小溪後，繼續和寧嫵等人回到原處聊天，見楊玲瓏雙眼死死地盯著自己懷中的小溪，寧汐眉頭揚起，故意靠近了楊玲瓏一些，楊玲瓏見狀，不著痕跡地挪了挪自己的位置，寧汐遂掩口笑道：「原來表姊怕狗啊！」

楊玲瓏也不否認，瞪了寧汐一眼。「怎麼，怕狗是件很丟人的事嗎？」頓了頓，放軟了語氣，苦惱地道：「小時候還滿喜歡狗的，只是一接觸狗，身上就長紅疹，吃了幾次苦頭，後來就不敢與狗親近了，甚至有些畏懼。」

聞言，寧汐趕緊往後坐了坐。她剛才以為楊玲瓏怕狗，才生了逗弄之心，現在知道其中的緣由，自是不會再往楊玲瓏面前湊了。

寧汐又低頭看了眼窩在自己懷裡、正安逸地瞇著眼打盹的小狗，不由得失笑。這副慵懶的模樣也不知道像誰，反正和牠那位主人是一點也不像。

等到快開宴的時候，寧汐叫公主府的下人將狗送回去，只說是在公主府偶然碰見的。而尋回愛犬的舒恒則揉了揉小溪的頭，嘴角微微翹起。「看來你今天過得不錯。」

從三公主府回來後，寧嫵這幾天的興致就一直不高，寧汐便叫人取來剩下的那疋雲錦去了聽雨閣。

聽雨閣，那是寧嫵的住處。

到了聽雨閣門口，剛好碰到了寧妙，兩人相視一笑，攜手走了進去。

寧嫵正坐在窗邊發呆，見到寧汐、寧妙兩人來了，便迎了出來。

三人坐下後，寧汐叫曬青拿出雲錦，笑著說道：「這雲錦我本是想等大姊姊出嫁時拿來給妳添妝的，可惜出了寧顏那樁事，到時候眾目睽睽之下拿出來，怕大姊姊會被祖母記恨，所以今兒個就先送來了。」

聽到寧汐提到婚禮一事，寧嫵臉上有些不高興。

寧汐有些疑惑，以往談到這件事，寧嫵都是大大方方的，被她們調笑久了，最多也就是瞪她們兩眼，還從未有過今天這般表情。

一旁的寧妙輕抿了口茶後，對屋中的丫鬟說道：「我們姊妹三人想說點體己話，妳們都出去候著吧！」

寧汐對曬青、峨蕊兩人點了點頭，兩人都恭順地退了出去。

寧嫵也沒覺得有何不妥，將身邊的丫鬟遣了出去。

「好了，說吧，在三公主府發生了什麼事？」丫鬟離開後，寧妙慢悠悠地拋出了這個問題。

寧汐抿嘴一笑。寧嫵是個直爽的性子，要問她事情跟她繞彎子沒用，還是寧妙這樣直去直來最好使。

寧嫵面上一僵，有些生硬地回答道：「沒什麼啊！」

「得了吧，這幾天連三妹妹都看出了妳的不對勁，難不成妳還想瞞住我這個自小和妳一起長大的妹妹嗎？也別矯情了，說吧，到底發生了什麼？」

寧汐挑了挑眉。在她印象中，寧妙雖然看上去溫婉可人，但內裡卻極其聰明圓滑，就算是罵人也會繞個大彎子讓人自己鑽進去，沒想到在寧嫵面前也有這般率性的時候。

寧嫵深深地嘆了口氣，她本就不是藏得住話的人，忍了這幾天也是極限了，被寧妙這樣一問，也不再顧忌什麼，便實話實說道：「那日在三公主府，我更衣回來的時候不小心聽到兩個小丫鬟說……」寧嫵頓了頓，半晌才又接著說：「說安國公世子身邊早已有兩位通房，這兩位通房自小服侍安國公世子，和世子情分深厚，怕是等我嫁過去後就會馬上被抬為妾室。」說到最後，寧嫵不由得抓緊了身下的椅子。

聞言，寧汐眼中閃過一絲冷意。三公主府那麼大，偏偏讓寧嫵這個未來的安國公世子夫人聽到這些事，還真是巧啊！寧汐這樣想著，望向坐在她對面的寧妙，不知這事寧妙怎麼看？

寧妙漫不經心地敲著桌子，寧嫵話音落下半晌，才緩緩開口。「且不說這事是真是假，就算是真的，安國公府的做法也沒有錯處。說句閨閣女子不該說的話，哪個世家子弟身邊沒一、兩個通房？姊姊何必為此事心煩？」

寧嫵苦笑一聲。「這十多年來，父親和母親兩個恩愛有加，父親連一句重話都不曾對母親說過，我在他們跟前長大，自然耳濡目染，一心想找個對我一心一意的男子白頭到老。」

寧汐沒想到一向大剌剌的寧嫵，竟然也有如此柔情的一面，想來自己對她……不，應該是對她們姊妹兩人都還不夠瞭解。

寧汐畢竟是曾有過一段婚姻的人，如今也有心提醒一二，便說道：「這話本不該我一個未嫁女來說，但這兒只有我們姊妹三人，我也就沒什麼好顧忌的了。」說著看向寧嫵。「說句不中聽的話，大伯母嫁入英國公府前，大伯父身邊也是有通房的，可那些通房有影響到大伯母和大伯父之間的感情嗎？這日子都是自己過出來的，大姊姊只須把安國公世子的心牢牢把住，那兩個通房也翻不了天去。」說完，寧汐發現寧嫵一臉詫異地看著她，寧汐暗叫一聲糟糕，莫不是自己說得太過了？

寧嫵慢吞吞地開口道：「三妹妹，我以為妳是個純良的，沒想到妳和二妹一樣，內裡都是黑的。」

寧汐被寧嫵一噎，半晌說不話來，只能無奈地看向寧嫵。其實寧嫵才是最狡猾的那個吧？

和寧妙一同離開的時候，寧汐漫不經心地說了句。「安國公府的事我們英國公府這邊都不清楚，為什麼三公主府的下人會知道呢？還真是怪哉。」

寧妙看了一眼寧汐，點了點頭。

兩人告辭時，寧汐看寧妙去的方向是許氏的院落，嘴角彎出一個弧度，回了汐園。這事自有人管，用不著她操心了。

「母親，我不明白，妳為何要將姊姊嫁入安國公府？姊姊的性子，實在不適合嫁入世家。」寧妙開口就拋出自己的疑慮。

許氏眼帶笑意地看向自己的這個小女兒。這孩子自小就聰慧，待人處世更是圓滑，比起寧嫵倒是讓她省心不少，但終歸還是個孩子，有些事還是看不清。

「那妳覺得妳姊姊應該嫁入什麼樣的人家？」

寧妙抿嘴想了想，道：「姊姊性子直率，不屑與人爭寵，心眼又少，她這樣的性子最該嫁入低一點的門第，那樣夫家看在我們英國公府的面子上，也不敢欺了姊姊去。」

許氏點了點頭。「若嫵兒真是個天真愚笨之人，我和妳父親大概也會像妳說的那樣做，但是，嫵兒她並不蠢笨；相反地，她很聰明，只是沒把心思放在內宅而已。她現在懶得去爭、懶得去鬥，等她不得不去爭、去鬥的時候，她可不一定會吃虧。」

寧妙皺了皺眉，還是不放心。「可是，依姊姊的性子，她未必願意為了個男人去算計別人。」

許氏噗哧一聲笑出來，用手戳了戳寧妙的額頭。「妳這孩子，妳覺得依嫵兒的性子，這婚事若是她不喜歡，她會這麼老老實實待嫁？」

寧妙有些驚訝，在許氏面前也不用掩飾，忙問道：「母親的意思是，姊姊其實對安國公世子有意？怎麼會？我都沒發現。」

許氏搖了搖頭。這小女兒在感情方面還是遲鈍了點，於是笑著說：「感情的事，哪是妳一個閨閣姑娘懂得？逸凡是我和妳父親看著長大的，性子是風流了點，但秉性不壞，他和嫵兒小時候還滿愛待在一起，青梅竹馬的情意怎麼說也是不壞的。」

寧妙點了點頭。許是她過於擔心了，父親和母親怎地也不會害了姊姊。

幾日後，安國公夫人特意上門拜見，來意自是來道歉的，當然明面上不會這樣說。

寧汐見到寧妙時，寧妙隱晦地提到，英國公府的那兩個通房已經被送出府了。寧汐倒不覺得意外，畢竟安國公夫人再怎麼疼兒子，還是要顧忌未來兒媳婦的臉面，只是不知道這事究竟是誰在背後搞的鬼？

總之，這事也算是揭過去了。

很快就到了年底，許氏忙碌起來，可寧汐卻是無所事事，每日除了請安外就沒事可做。寧嫵被大伯母拘著做繡工，寧妙則跟著大伯母打理事務，根本沒空搭理寧汐。

這日，寧汐無奈地在英國公府的院子裡轉悠，忽然看見一個人快步走過來，仔細一看，原是許氏長子，寧樺。由於寧樺一向待在前院，去年剛入太僕寺做事，是以寧汐很難見到他。「大哥。」寧汐輕喚道。

寧樺停下腳步，這才發現寧汐，點了點頭，和寧汐說了幾句客套話後便提腳離開。

待寧樺離開後，茗眉看了眼寧汐，欲言又止。

見狀，寧汐問道：「怎麼了？」

茗眉看了眼四周，見四下無人，才輕聲在寧汐耳旁說道：「適才奴婢在大公子身上聞到了胭脂的味道，不是府中女眷所用的那種。」

寧汐的臉色變得嚴肅起來。英國公府女眷所用的胭脂水粉都是聞香閣送來的，京中官家女眷大多也都是用他家的東西，茗眉的嗅覺一向靈敏，她既然這般肯定，那定不會出錯。可是除了府中女眷，寧樺又能和什麼女子接觸呢？驀地，寧汐想起了前世之事。記得是在寧樺成親後不久，就抬了個青樓女子進府，這事讓英國公府被御史給參了一道，也得罪了楊侍郎家，明面上相安無事，但內裡卻已經生了嫌隙。因為那個女子，寧樺的仕途也變得坎坷起來，難不成，寧樺早在婚前就與那名女子有了交集？那可真是不妙啊！

寧汐回到汐園後，便叫人把她之前留在長公主府的李嬤嬤喚了過來。這李嬤嬤本是跟在長公主身邊的貼身宮女，後來隨著長公主出宮，再後來嫁給了長公主府的一個管事，長公主過世後一直待在寧汐身邊照顧她。寧汐搬來英國公府時，因不忍讓李嬤嬤和家人分別，便讓她留下來照看公主府。

李嬤嬤過來見到寧汐，自又是一番感嘆，待李嬤嬤哭完，寧汐才說起正事。

「嬤嬤，這次叫妳過來，是有事要勞妳去辦。」

李嬤嬤一聽主子要用自己了，忙坐正了身子，屏氣聆聽。

寧汐見狀笑著搖頭，開口說道：「嬤嬤，妳找人幫我盯住寧樺。」

李嬤嬤有些詫異，自家這個主子一向良善，也不會耍心眼，現在竟然要自己去盯英國公府的公子？莫不是在這英國公府受了氣，不得不反抗？

寧汐哪裡知道李嬤嬤想偏了，只繼續說道：「特別是要注意他和哪些女子接觸過。」

李嬤嬤點了點頭。

李嬤嬤是宮女出身，所以做事一向不問為什麼，只知道忠於自己的主子便是，這也是寧汐最喜歡李嬤嬤的一點。

送走李嬤嬤後，寧汐坐在椅子上發呆，希望來得及阻止。雖然她對寧樺沒太多情分，但他畢竟是英國公府的繼承人，光是這一點，就足以讓她去拉寧樺一把。

年一翻過，很快就到了元宵節，京裡的東街每年都會舉辦盛大的元宵燈會，前世寧汐很少出門，自是沒去過這種燈會，現在雖然她很想去玩，但又不願煩勞許氏，便沒開口請求。

倒是英國公說寧嫵馬上就要出嫁，以後很少有機會和她們姊妹待在一塊兒了，這次准許她們出去玩一遭。因此，這次英國公府的所有小姐、少爺都一起出了府，因為寧堯還年幼，便被許氏留在了府中。

一般世家子弟出來參觀燈會，都會先在客棧訂好包廂，坐在二樓觀看，因為街上太過擁擠，女眷們也不好露面，寧家自也不例外。

寧汐坐在高樓上，看著樓下人來人往，燈火通明，好不熱鬧，不由得勾起了嘴角。連一向穩重的寧妙，眼中都帶著興奮。

寧樺從樓下上來，手裡拿著幾個花燈，遞給自己的幾個妹妹。幾個女孩倒也高興，連寧顏都沒有吵鬧。

「剛才上來的時候我碰到了逸凡，他們就在我們隔壁，嫵兒，要不要過去打個招呼？」寧樺突然開口說道。

寧樺口中的逸凡便是安國公世子，寧嫵的未婚夫。

寧嫵皺了皺眉。「這不符合規矩吧？」

寧樺訕笑。其實他也是為寧嫵好，想著他們就快大婚了，先見個面，互相有個底，說不定還能培養培養感情，對他們婚後的生活也有好處，不想一向率性的妹妹竟然拿規矩來搪塞他。「不過逸凡說安國公夫人也在，嫵兒妳是小輩，該過去請個安。」

寧嫵抿了抿嘴。說實話，她現在不知道自己對許逸凡究竟是個什麼態度，要說感情吧，是有的，畢竟是小時候的玩伴，但要說感情有多深厚嘛，也說不上去；但一想到自己還未嫁過去，他就有了通房，心裡還是惱得很。

寧嫵沒有回話，一旁的寧妙卻突然說道：「既然安國公夫人在，那我們小輩理應過去見個禮。」

寧汐聽到寧妙的話，將視線從窗外收了回來。她可不認為寧妙是真心想要過去給安國公夫人請安，看來寧妙對那個許逸凡很感興趣啊！或者說，前幾天那件事真的惹惱她了。

「大哥，我想下去看看，可以嗎？」

寧樺皺了皺眉，看向寧顏，知道寧顏這是不願去見安國公夫人，故意找了個藉口。他想著，寧顏他們並不是大房的人，便對寧勤說道：「你陪五妹妹去吧，照顧好她。」

寧顏這才露出笑容。在她眼中，安國公夫人是寧嫵未來的婆婆，與她何干，她憑什麼也要過去見禮？

寧巧本來是打算跟著寧樺等人過去的，卻被寧顏拉住了，還被寧顏瞪了一眼。

「妳跟著他們幹麼？隨我下樓去。」

寧汐隨著寧嫵等人踏進隔壁包廂時，正好看到許逸凡坐在燈下和一長相甜美的女子說著話，寧汐的心驀地一緊，此情此景竟讓她想起了前世的舒恒與歐陽玲。寧汐垂下眼眸，掩去眼中的情緒。

安國公夫人見到寧汐等人並不驚訝，許是已經從許逸凡口中聽說了她們就在隔壁。

「既是出來玩的，何必那麼多禮？快坐快坐。」四人行了禮後，安國公夫人笑著說道。

寧樺畢竟是外男，不太方便留下，便找了個由頭離開了。

許逸凡也隨著寧樺走了出去，臨走前似乎還看了眼寧嫵。

寧汐三人則依言圍著圓桌坐了下來，似乎都沒看見那名女子一般，也不曾開口詢問。

倒是那名女子先走了過來，朝三人露出一個甜美的笑容。「幾位便是寧家小姐吧？卓雅在這裡給幾位姊姊行禮了。」

寧嫵不太想搭話，想是剛剛進來的時候也看到了這位女子和許逸凡相處的情景，心裡多少有些不舒服。

寧妙見狀便接過話頭。「恕我眼拙，沒認出這位小姐，不知是哪家千金？」說著看向安國公夫人。既然是跟著她出來的，肯定是她家的親戚。

安國公夫人看了眼卓雅，笑著說道：「這是逸凡的表妹，她以前住在江南那邊，不太瞭解京城這邊的風俗民情，今日我家老夫人便讓我帶她出來看看燈會，剛好逸凡有空，就讓他陪我們出來了。」

寧汐嘴角露出笑意。這是在解釋卓雅為何會和許逸凡在一塊兒嗎？看來寧嫵這個未來婆婆挺看重寧嫵的嘛！

「原來是卓家表妹。表小姐日後有空的話，一定要來我們英國公府玩耍，我們姊妹幾個總在一處也是膩得很，日後有了卓小姐的加入，想是也能多幾分新意。」寧妙笑著開口。

「承蒙幾位姊姊不棄，卓雅有空一定會上門叨擾，到時候幾位姊姊別嫌棄卓雅才是。」接著自又是一番寒暄，見時間差不多，三人便離開了，剛從包廂出來就碰到上樓來的許逸凡。

寧嫵不由得望了眼許逸凡身後，有些疑惑地道：「我大哥呢？」

許逸凡挑了挑眉。「寧大小姐要找妳大哥，叫個丫鬟去尋便是，問我作什麼？」

許逸凡的語氣瞬間點燃了寧嫵的火氣，寧嫵怒目瞪著許逸凡，恨不得上前咬他幾口。

寧汐見寧妙想要阻止寧嫵，忙伸手拉住寧妙，將其拉進了包廂。

「三妹妹，妳這是作什麼？幹麼把我拉進來？妳看大姊姊那個模樣，若是婚前就惹得未來夫君不悅，嫁過去還能有好日子嗎？」

寧汐不急著解釋，反而慢悠悠地拿起桌上的茶壺倒了杯茶，遞給寧妙。

「二姊姊，妳就是擔心得太多了，有些事可不能只看表面。妳現在啊，就安心看燈會，我保證，大姊姊不會惹惱安國公世子的。」

寧妙雖然並不相信寧汐的話，但最終還是留在了房中。

寧汐也給自己倒了杯茶，細細品了起來，看到一旁有些煩躁的寧妙，心裡不禁失笑。寧妙畢竟是沒有經歷過男女之事的閨中女子，她哪裡看得出寧嫵和許逸凡之間若有還無的情意？不過現在兩人心中皆因之前通房的事憋著氣，見了面難免有些火藥味，與其靠外人上前調和，還是讓他們自己解開心結比較好。想到這兒，寧汐不由得自嘲一笑，自己看別人倒是看得清，到了自己身上卻是拎不清了，若是自己能看開點，前世也不至於飲恨而終，說到底，這男女之事，其實她自己也未必弄明白了吧？

這天，寧嫵回到客棧包廂時雖然極力掩飾自己的情緒，但寧汐還是感覺到她的心情好了許多，仔細一看，臉上還有著淡淡的紅暈呢！寧汐嘴角微翹，看來她這次的決定做得還算正確。

倒是寧樺，回來得比寧嫵還晚，也不說去了哪兒，只說隨意走了走。寧汐悄悄皺起了眉頭，但也沒說什麼。

第三章

很快就到了寧嫵出嫁的日子，寧汐送了一套藍寶石頭面和一對白玉手鐲，本來寧汐還想送一些銀兩的，卻突然反應過來，自己嫁的是姊姊不是女兒啊，銀錢自有大伯母為其準備。不過她這重活一遭的人，看到寧嫵出嫁，不就像是在嫁女兒一般嗎？

寧嫵被寧樺揹出府的時候，寧汐就站在遠處默默看著，眼眸漸漸變得模糊，她彷彿看到了當年的自己。那時她也是這樣被寧樺從長公主府揹出去的，那個時候的她與寧家子弟沒有感情，可在自己坐上花轎那一刻，寧樺還是說了句「別委屈了自己」。

那日十里紅妝，她身著一襲似火的嫁衣，帶著滿心的歡喜與期待嫁入了忠毅侯府，她自認為命運還是眷顧她的，世間有幾個女子能像她一樣嫁給自己心儀之人？卻不想，這只是噩夢的開端……寧汐擦了擦眼角，眼淚卻止不住地往下掉。好在今日寧嫵出嫁，自己哭了，別人也不會多想，只會當她是捨不得姊姊。

然而，這一幕卻落入了遠方舒恒的眼底。舒恒驀地握緊雙手，轉過身閉上雙眼，不論重來多少次，他仍然不敢面對那張流淚的面容，他覺得心口疼得厲害，踉蹌地逃離了此處。

寧嫵出嫁後的第三日，英國公府的下人們很早就忙起來，今日是大小姐歸寧的好日子，可不敢馬虎。

寧汐也一早就收拾好自己，跟著許氏等人在大堂等待。

不一會兒，寧嫵和許逸凡就出現在視線裡，兩人並肩而行。今日寧嫵穿了一件梅紅色刺繡羅裙，頭上戴了一套紅寶石頭面，整個人喜氣洋洋的。

很快地，兩人進了屋子，與眾人見過禮後，許逸凡便被祖父、大伯父等人叫去書房，留下一眾女眷。

大秦氏象徵性地說了幾句，便以身體乏了的理由離去，同時三房的人也都跟著走了。寧汐先回了院子，想來許氏定有許多體己話要與寧嫵說。

寧汐回到院子不久就聽到寧嫵尋來的聲音，忙將寧嫵和寧妙迎進屋子。將丫鬟都遣出去後，寧汐調笑道：「本來還擔心大姊姊在安國公府過得不好，今日見大姊姊面如桃花的模樣，生生比出嫁前還水嫩了幾分，想來世子待大姊姊還是不錯的。」

寧嫵瞋了寧汐一眼。「妳個促狹鬼，今日還不忘打趣我，等妳出嫁後，看我不連本帶利地討回來。」

「那大姊姊可有得等了，二姊姊還沒許人家呢，我還早得很。」然後便轉移了話題。「那卓雅究竟是個什麼情況？」

寧嫵捧起茶杯抿了一口，淡笑道：「還能是什麼情況？表妹唄！她母親是安國公府的庶女，自小在老夫人腳下長大，老夫人待她母親也有幾分情意，這次喪夫後便從江南回到了安國公府。」

「那妳可得多長個心眼。」寧汐提醒道。不是她對卓雅有什麼意見，只是上輩子的經歷讓她實在是怕了這類借住在夫家的女子，誰又能保證卓雅不是另一個歐陽玲呢？

寧嫵笑著謝了她的好意，卓雅這人，她還真不放在心上，畢竟許逸凡若是執意要納妾，她難不成還能綁了他不許嗎？可只要男人沒了這個心思，再多的女子撲上前也沒用，所以她現在要思考的，是如何簡單粗暴地斷了許逸凡納妾的心思。

寧嫵嫁了人後便極少歸家，時間一晃入了春。

這日，寧汐斜靠在榻上看著話本，聽聞李嬤嬤過來了，寧汐忙扔了手中的話本，端正地坐好，叫人把李嬤嬤請進來，待李嬤嬤進來後，便叫人端出杌子，讓李嬤嬤先行坐下。

李嬤嬤謝過後，開口道：「郡主上次讓奴婢查的事，奴婢已經查好了。」

寧汐點了點頭，示意李嬤嬤繼續說。

「奴婢查到寧大少爺在外面有個一進的小院子，裡面安置了一名女子，那名女子名喚柳茹意。奴婢特意留了個心眼，叫人去查柳茹意的出身，不想卻是青樓出身；雖說是賣藝不賣身，但傳出去終歸不好，所以奴婢趕緊來向郡主稟報。」

寧汐目光一凜。能被寧樺看上的女子，想必姿色不遜，還是個賣藝不賣身的，要贖她出青樓，怕是所需的銀錢不少。寧樺哪來那麼多銀錢能在外面給她安置宅子？寧汐微微瞇著眼睛。

李嬤嬤看了眼寧汐現在的模樣，只覺得坐在自己面前的不是什麼不知世事的閨閣小姐，更像是個閱世豐富的貴婦人。半晌，李嬤嬤狠狠搖了搖頭。胡想些什麼呢？面前坐著的分明是自己從小看到大的姑娘。

「嬤嬤，妳可有查到大哥是怎麼與這名女子相遇的嗎？」不是她多心，寧樺是大伯父親自教養長大的，從小熟讀禮儀，怎會去那等風月場所？只怕是被人設計了還不自知。

李嬤嬤自然聽出了寧汐這話的意思。「奴婢也懷疑過其中是不是有鬼？早讓人調查過，卻查不出任何端倪。一年前寧大少爺去遊湖，寧大少爺的友人請了柳茹意前去奏樂，這柳茹意極通音律，不想竟入了寧大少爺的眼；後來寧大少爺出遊便極愛邀請柳茹意去奏樂，一來二去的，兩人生了情意，背後並未有他人推波助瀾。」

寧汐皺了皺眉。如此倒是更難斷了大哥的心思。「此事我與嬤嬤知道便好，切不可外傳。辦事的那人可靠得住？」

「我知道此事關係重大，因此是讓我家那個臭小子去調查的，他雖是不著調，但忠心卻是足的。」

寧汐點了點頭。「我既信得過嬤嬤，自然信得過嬤嬤的家人。勞嬤嬤再去幫我查查，大哥哪裡來的那麼多銀兩贖那柳茹意？」

李嬤嬤應了後，便告辭離開。

待李嬤嬤走後，寧汐低嘆了口氣，有些猶豫是否要阻止寧樺？若寧樺真的與柳茹意兩情相悅，自己難不成要做那棒打鴛鴦的惡人？

幾日後，李嬤嬤傳來的消息讓寧汐堅定了自己的心意。看著手中的紙條，寧汐眼角染上幾分冷意，抬起頭時卻恢復平常的模樣。

「茗眉，大哥在府裡嗎？」

「剛剛聽外院的小廝說，大少爺一大早就出府了。」

「今天不是休沐嗎？」寧汐皺了皺眉，似乎想到了什麼，急忙揚手道：「峨蕊，妳回長公主府一趟，讓李嬤嬤給我備一輛普通的馬車。」然後又接著說道：「翠螺、曬青留下，茗眉跟我走。」

四個丫鬟雖然不知道寧汐這是怎麼了，但見其著急的模樣，也不敢怠慢，忙聽從寧汐的話去做事。

寧汐帶著茗眉直接去了許氏那裡。茗眉大概猜到了寧汐這麼急是因為寧樺的事，見她進了許氏的院子，以為寧汐會將寧樺的事透露出來，卻不想寧汐只是請許氏允許自己回一趟長公主府。

許氏聽到寧汐要回長公主府一趟，只當寧汐是要回去取東西，也沒多問，馬上叫人給她安排了馬車。

寧汐回到長公主府後，帶上峨蕊和茗眉，直接換了馬車出府。

峨蕊見到寧汐越發冷峻的臉色，有點不安，又看了眼坐在車外的阿牛。她記得李嬤嬤這個兒子是在鋪子上做事的，一向不管府中的事宜，今日寧汐卻將他也帶來了。峨蕊不知道寧汐究竟要去哪裡，自家小姐自從上次病好了後，整個人似乎就變了一個樣。

寧汐自然知道自己丫鬟心頭的疑惑，這次既然帶她們出來，便不打算瞞著她們，但她也沒打算開口解釋。

很快地，馬車駛到了一個偏僻的巷子。

峨蕊撩開簾子看了一眼，這裡地處偏僻，大多是一進的小院子，而他們的馬車就停在一個院落門口。

「茗眉，去敲門，討點水。」

茗眉比起峨蕊知道的要多一些，自然猜到了寧汐的目的，點了點頭，拿起茶壺就下了車。

寧汐靠在車廂，閉上眼睛，聽著車外的動靜——

「這位姑娘，我家小姐想喝茶，奈何出門匆忙，忘了帶水，不知能否在姑娘這裡打點井水？」

開門的女子有些猶豫，但見茗眉穿著體面，頭上也戴著銀釵，想來是個富貴人家的丫鬟，便讓茗眉進了門。

茗眉進門後不動聲色地打量著院中景色，這時走出一名女子，長相頗為明豔，一雙柳葉眉尤其美麗。

「阿魚，這位是？」

之前開門的女子忙回了一句。「主子，她是路過來討水的。」

茗眉朝那名女子屈膝一笑。「奴拿了水馬上離開。對了，姑娘手上的鐲子是琳琅閣買的吧？之前我跟著我家小姐在那家店鋪看到過。」

那名女子臉色一僵，有些在意地望了望屋內，笑道：「姑娘看走眼了，我一個普通女子，哪裡戴得起琳琅閣的東西？這不過是劣質的鐲子，戴著好玩罷了。」

說著，阿魚已經取來了水。

茗眉收下水壺，向她們點點頭便轉身離開，眼角卻掃到那女子突然放鬆下來的表情。

茗眉上了車後，寧汐驀地睜開雙眼。「看到了嗎？」

茗眉放下茶壺，規矩地坐好。「看到了，的確是個美人，手上戴著一個鐲子，奴婢瞧著像是琳琅閣的東西，她卻否認了，而且看上去似乎很怕被人聽到一樣。」

寧汐諷刺一笑。李嬤嬤傳的紙條上可是寫著為了贖柳茹意，寧樺和柳茹意都花光了積蓄，寧樺甚至還向自己的友人借了銀錢，若真是如此，柳茹意哪裡還戴得起琳琅閣的鐲子？只怕所謂的花光積蓄也只是騙寧樺的伎倆罷了。

「回去吧！阿牛，待會兒你再過來等在這兒，見到寧大少爺出來就請他過府一聚。」

聽到寧汐的吩咐，再加上之前寧汐與茗眉的對話，峨蕊哪裡想不透這是怎麼回事，一時也慌了手腳。「小姐，大公子的事要不要先稟報世子夫人一聲？您是未出閣的小姐，而且與大少爺還隔了一層關係，終究不好插手。」

「我豈會不知這事不該是我管的？只是依大伯母的脾性，若是知道了這事，肯定會暗中將柳茹意送走，我不想他們母子兩人因為這件事生了嫌隙，為了一個風塵女子，不值當。」

「恕奴婢直言，您與大少爺本就沒多少情分，且不說大少爺是否會聽您的勸，若是您因為此事觸怒了大少爺，您們之間的情誼真的就所剩無幾了，這般吃力不討好的事，您又何必過問？」

「若真是妳說的那樣，便當我眼拙，識人不清吧！」

見寧汐這般說道，峨蕊知道寧汐已經打定主意不會再改，便也不再相勸，但心裡仍然覺得自家小姐不該管這閒事。

「小姐怎麼知道大少爺在那個院子裡呢？」見兩人都不說話，茗眉趕緊換了個話題。

寧汐嘴角上揚。「適才妳說柳茹意似乎害怕被人聽見妳說的話，想來是怕人知道她手上的鐲子是在琳琅閣買的吧？除了我那個傻大哥，她還能怕誰知道呢？」

茗眉想起柳茹意緊張地望向屋內的表情，突然反應了過來。原來大少爺當時就在屋裡。

寧汐回府後不出一個時辰，寧樺便上門了，寧汐是在長公主府後院的一個亭子裡接待寧樺的，丫鬟都被遣了出去。

寧樺見寧汐坐在亭中，一副悠然自得的模樣，不禁頓住了腳步，站在亭外，臉上雖然極力遮掩，但仍洩漏了幾絲慌亂。「三妹妹，我……」

「大哥，別急，先坐下喝杯茶，這水可是我特意從外面取來的，想來大哥定會喜歡。」

寧樺不知寧汐這是何意，只得穩了穩心緒，坐了下來。

寧汐微微一笑，親自給寧樺倒了杯茶。

寧樺拿不准自己這個身分高貴的堂妹是什麼意思，躊躇地端起杯子，胡亂飲了一口。

寧汐卻是不同於寧樺，悠閒地抿了口茶，放下茶杯後，才緩緩開口。「大哥，自古就說女子在家從父，出嫁從夫，你說女子的下半輩子是不是就只能繫在自己夫君身上？」

寧樺一愣，下意識地回道：「那是自然。」

「既然女子將自己的一生都繫在未來夫君的身上，那麼男子又能給自己的正妻什麼呢？尊重？富貴？這些東西女子真的稀罕嗎？」

寧樺看著寧汐，眼中神色不定，幽幽地說道：「自古男女親事講究父母之命、媒妁之言，我雖是男子，卻也不能忤逆自己的父母，有些事雖非我所願，但我也不得不去做。不是所有男子都會愛上自己的正妻，做不到愛重，便只能敬著。」

寧汐輕輕闔上眼睛，掩去眼中的冰涼。男子不喜歡自己的正妻，還可以納幾房溫柔可人的小妾寵著愛著，可是女子呢？蓋上紅蓋頭嫁給不認識的人，她們的一生便都繫在這個不認識的男子身上，她們又何嘗不委屈？可男子只想到自己娶了不愛的女子，又何曾憐惜過自己的妻子？想到這兒，寧汐難掩自己的憤怒，睜開眼，冷笑一聲。「我還以為大哥自小在大伯父跟前長大，和別的男子是不一樣的。大哥，你是不是也覺得日後只需要給自己的正妻足夠的尊重，便可以心安理得地去寵愛姬妾？」

「寧汐！雖然妳是郡主，我的事還輪不到妳來插手！」被寧汐的話一激，寧樺也怒了。

「大姊姊都不願意與人共事一夫，大哥你憑什麼認為自己未來的妻子就是容得下人的性子？」寧汐深呼吸了一口氣，緩和情緒。「自然，這是日後大哥的房內事，我沒有權利管，大哥成婚後要納多少妾室都與我無關，只是，唯獨那個柳茹意不行。」

「妳也看不起茹意的出身？」

寧汐強忍著想掐死寧樺的衝動。這廝真的是讀書讀傻了吧？

「大哥如今被情愛蒙蔽了雙眼、雙耳，我說什麼你也聽不進去，我就提醒你一句，我的丫鬟今日看到柳茹意手上戴的鐲子是琳琅閣的東西，大哥你應該明白我是什麼意思吧？」

「妳的丫鬟看錯了吧？茹意說那只是便宜的劣質品。」

寧汐忍不住扶額。「我的丫鬟從小跟著我，見多了好東西，眼光毒得很，絕對不會認錯。大哥日後多留個心眼，自然就會發現真相。」

寧樺雖然不大相信寧汐的話，但還是頷首，見寧汐的態度是不會把事情捅到許氏面前，便放下了心，拱了拱手算是道謝，轉身離開了。

寧汐幽幽嘆了口氣。這都是些什麼糟心事？果然男子都過不了美人這一關嗎？

在回英國公府的途中，馬車突然停了下來，寧汐皺了皺眉，正想問發生了什麼事，就聽到車外有人詢問——「車內坐的可是平樂郡主？」

寧汐心中一突，這聲音太過熟悉，想忘也忘不了。車伕應了，寧汐卻沒有出聲。

「那日在三公主府，多謝郡主對小溪的照顧。」

寧汐額頭的青筋跳了跳，這名字她真的無語啊！勉強扯了扯嘴角，回了一句。「小事罷了，忠毅侯不必放在心上。」說完，寧汐聽到一陣馬蹄聲，頓時鬆了口氣，想是舒恒走了。

「元宵節那日我看見寧大少爺與一名女子在一起。」

聲音突然在寧汐耳邊響起，寧汐不由得一驚，這才反應過來。舒恒特意繞到了車廂旁邊來跟她說這件事，想是在大街上怕被別人聽到；雖然寧汐已經知道柳茹意的事，但舒恒的這番好意，寧汐還是心領了。「謝謝侯爺的好意，那名女子只是大哥身邊的丫鬟而已。」知道舒恒是好意，但寧汐還是要為堂哥掩飾一二。

「是嗎？不過之前我看你們家丫鬟似乎和張彥來往頗為密切，郡主可要多注意點。」

張彥，景陽侯庶長子。景陽侯夫人多年未出，身下只有一個嫡女，最後被逼得沒法，才允許這庶長子的存在，後來景陽侯夫人終於在中年得了一個兒子，現在還未滿五歲。

寧汐咬緊嘴唇。柳茹意竟然和景陽侯府也有來往？也許在遇到大哥之前，她就搭上了張彥，只是見大哥身分更為高貴才放棄了張彥，如此，柳茹意絕不能留下。

因為這個消息對寧汐來說過於震驚，以至於等她回過神來道謝的時候，才發現舒恒已經走了，而她也錯失機會詢問舒恒，為什麼他會知道得如此清楚？

回到英國公府的時候，寧汐在許氏那裡又碰到了寧樺。看到寧汐，寧樺的臉色有些不好，寧汐也不在意，跟許氏說了幾句後就回了院子，這其間寧樺一直待在許氏屋裡，寧汐知道，寧樺還是有些不相信自己，怕自己將柳茹意的事告訴許氏，所以特意在那兒盯著。寧汐心裡暗嘆寧樺真的是被柳茹意勾去了魂，不過越是這樣，發現真相的時候他就會越憤怒。

寧汐本來就只打算勸勸寧樺，根本沒想過要出手對付柳茹意，對於柳茹意的存在，她想，有個人會比她和許氏更不能容忍。

回到院子後，寧汐在峨蕊耳邊吩咐了幾句。

峨蕊聞言有幾分躊躇，但在寧汐的催促下還是踏出了門。

這日，許氏要去譚澤寺祈福，寧汐早早就起床，趕到門口時大房的人都到了，因三房的寧顏染上風寒，所以三房並沒有人來。大房除了女眷，寧樺也一同前往，聽說楊侍郎的夫人今日也會去譚澤寺後，寧汐倒不覺得寧樺同行奇怪了。

到達譚澤寺的時候，剛好碰到楊侍郎夫人一行，楊侍郎夫人見狀，帶著身邊的兩個女子走了過來。寧汐瞧了一眼，因上世見過寧樺的妻子，她一眼就認出了穿著鵝黃色羅裙的楊絮菀，另一個穿紫色羅裙的女子她卻沒什麼印象。

轉眼楊夫人已經走到了許氏面前。「沒想到能在這兒碰到世子夫人，還真是緣分。」說著看向許氏身後。「這兩位便是二小姐和三小姐吧？」

許氏點點頭，笑著讓寧汐和寧妙上前。

兩人正要行禮，可楊夫人哪敢受寧汐的禮，忙伸手虛扶了她們一把後，拿出兩個錦囊送給兩人，又將身邊的兩名女子拉上前來，介紹一番。

原來那名穿紫色羅裙的女子名叫楊絮央，是楊府庶女，因出生時姨娘便去了，自小就是在楊夫人腳下長大的，性子頗為活潑，如今已經與楊侍郎手下一名主事的嫡次子訂了親。

看來李氏這個嫡母還算心善，雖然只是一個六品官員的嫡次子，但畢竟是正妻，總比嫁去高門受人搓揉來得好。

祭拜過後，許氏和楊夫人去後堂休息；寧樺因為避嫌，去了後院；寧汐等人被楊絮央拉去求姻緣籤，最後因為楊家姊妹都已訂親，只有寧汐和寧妙求了籤。

看著楊絮央與高采烈地拉著兩人去解籤，寧汐臉上的笑容真了幾分。楊絮央這樣的性子雖然不適合待在世家，卻是最讓人放鬆的，若楊絮央一生都能像現在這般天真活潑，倒也不失為一種幸福。

解籤的時候，和尚也就說了一堆好話，寧汐不以為意。人生是握在自己手上的，活得好與不好都是自己選擇的，哪是一支籤能斷定的？

不久，四人都玩累了，寧家姊妹和楊家姊妹分開，回了禪室休息。

寧汐本是和寧妙在一處的，因為峨蕊傳來的消息，寧汐便找了個藉口跑到後山。

「妳確定剛剛看到了那兩人？」寧汐一邊走一邊問道。

「因為小姐之前吩咐過了，所以奴婢特別留心，剛剛得到阿牛的消息，那兩人確實來了這邊。」

寧汐抿嘴一笑。她就知道那個人不會放過這次機會，不過她擔心的是那人年紀還小，計謀不夠成熟，若讓柳茹意逃過一劫，那就不妙了。想到這兒，寧汐不由得加快了步伐。

「柳茹意，妳在做什麼?!」

一聲怒吼驚飛了林中的鳥。

寧汐眉一挑，好戲開鑼了。吩咐身邊的四個丫鬟守好周圍後，自己則躡手躡腳地走過去，找到一處有樹蔭遮擋的位置，認真看起了戲。

寧樺雙眼狠狠地瞪著站在柳茹意身邊的張彥，那模樣就好似一頭發怒的野牛，看得寧汐嘖嘖稱奇。原來看起來溫文爾雅的大哥也有這般憤怒的模樣，可見這個柳茹意在他心中的分量不輕啊！

「寧郎，你相信我，剛剛是他強迫我的，我不是自願的。」一眼淚適時地從柳茹意臉上滑落下來。

寧樺聞言，不由得心軟了，甚至開始想要相信柳茹意的話。一旁的張彥卻是不依了，他雖是景陽侯府的庶子，但在自己那個弟弟出生之前也是被全府的人捧著長大的，現在哪容得了被柳茹意誣衊？

「我雖然花名在外，但京中誰不知道，我從不強迫女子，出來玩講的就是你情我願，強扭的瓜不甜，這個理爺懂得很。之前見妳跟了寧樺，只當妳是收心要從良了，誰知妳又捨不得爺給妳的好處，偷偷約爺見面。妳看看妳手上的鐲子、脖子上的鍊子，哪個不是爺買給妳的？哼，如今出了事，就把爺推出來給妳當擋箭牌啊？爺告訴妳，門兒都沒有！」

本來佳人相約，張彥的心情美得很，不想好事被打斷不說，還被當成了姦夫。雖然也算是偷情，但被這女人如此直接地出賣，張彥的心情只能說是糟透了，瞪了柳茹意兩眼後，張彥當下也不想管她，提起腳步就走了。

雖然這事張彥做得有點不厚道，但寧樺和柳茹意畢竟沒名沒分，寧樺也沒理由攔人，而且寧樺現在也沒那個心思攔人。以前柳茹意說那些首飾只是劣質品，他不僅不懷疑，還覺得佳人跟著自己吃了虧，暗暗發誓日後定要讓她享受榮華富貴，就連寧汐好意的提醒他都嗤之以鼻，不想自己卻是被這個賤人給耍了，還真以為她對自己一心一意，原來她看上的不過是自己嫡子的身分，說不定連他喜歡的那副模樣都是柳茹意裝出來的。他到底哪裡對她不好了？她竟然背叛自己！想到這兒，寧樺氣紅了雙眼，恨不得上前掐死柳茹意。

突然感覺有人扯了扯自己的衣袖，寧樺轉過頭才看見身邊那個長相秀麗的女子正怯怯地盯著自己，他知道是自己的模樣嚇著她了，心裡有些愧疚，強將自己的怒氣壓了下去，儘量緩和自己的語氣，拍拍女子拉著自己衣袖的手。「我沒事。」

兩人之間的溫情互動，明顯刺激到了柳茹意，柳茹意癱坐下來，臉上的淚水更是放肆地流淌。「寧郎，你相信我！你相信我，我真的是被人陷害了。你難道就沒想過我為什麼會出現在這兒嗎？那是因為有人給我遞消息，說你今天會在譚澤寺與楊侍郎的女兒見面，坊間傳聞楊家女兒長相極為出色，我害怕你見了她就不喜歡我了，所以才偷偷跑來譚澤寺，想看看楊家小姐到底長什麼模樣？你要相信我，我真的沒有約張彥出來。」

柳茹意梨花帶雨的模樣著實讓人心疼，寧樺頓時有幾分不忍，可感覺到自己身邊女子瑟縮了一下，那些不忍便全化成了對楊絮菀的內疚。本來是跟她出來走走的，沒想到竟會把她捲入這種齷齪事裡。

「妳說妳是被陷害的，難不成有人用刀子逼妳對張彥投懷送抱嗎？我被妳騙了一次，斷不會再被妳騙第二次，看在妳我往日的情分上，這件事我不會再與妳計較。」

柳茹意的眼裡升起了希望，卻馬上被寧樺接下來的一番話給澆滅了。

「只是，從此以後妳我再不相干！」

聞言，柳茹意真的慌了。寧樺性子老實、待她真心，對男女之事一知半解，所以她願意在寧樺身上賭一把。她想，只要投其所好，稍微施加手段就能輕易攏住寧樺的心，一直以來她也都是這麼做的，而且做得很成功。跟了寧樺後，她已經很少和張彥見面了，只是偶爾找那個蠢男人騙幾個錢花，可是為什麼，今天會在這兒遇到張彥？之前她以為只是巧合，可他們在這人煙稀少的後山親熱卻恰巧被寧樺看見了，這還能是巧合嗎？她不信！

不得不說，柳茹意還是有幾分心計的，很快地她就想明白自己是被人設計了，從她接到寧樺要見楊家嫡女的消息開始，她就一步步走進了那人的陷阱，可是誰會害她呢？楊家？

柳茹意不由得看了一眼楊絮菀，楊絮菀似乎被柳茹意突然投來的眼神嚇了一跳，慌張地低下頭。柳茹意皺了皺眉，這般膽小的女子怎麼可能害她？可緊接著，她便眼睜睜地看著先前還像小白兔一樣受驚的楊絮菀趁寧樺沒注意時，朝她露出一個諷刺的笑容，眼神裡滿是鄙夷。是楊絮菀，竟然真的是楊絮菀！

柳茹意只覺得怒意在身體裡亂竄，她像抓住最後一根救命草一樣地大聲辯駁。「寧郎，你不覺得今天的事太巧了嗎？我就算和張彥有什麼，也不會在這個時候和他見面啊！而且，這後山偏僻，寧郎怎麼會走到這兒來？除非是有人特意把你引到這兒來，故意設計讓你看見剛才那一幕，寧郎，我們都被人設計了啊！」柳茹意這話明顯就是指向楊絮菀。在她看來，沒有男人能忍受自己被一個女人設計，何況這個女人還是自己未來的妻子，就算今日她被寧樺厭棄了，她也要拉楊絮菀下水。

不想寧樺卻暴怒道：「妳怎麼這麼心狠，連一個無辜的女子都要牽扯進來。我現在就明明白白告訴妳，是我邀請楊姑娘出來的，這後山也是我帶她過來的。柳茹意，我寧樺真是瞎了眼才會認為妳是一個溫柔善良的女子，今後妳別再來糾纏我了，我贖妳出了青樓，還給妳置辦了院子，算來我並不欠妳，日後妳若再出現在我的面前，就別怪我翻臉不認人！」

聞言，柳茹意像失去了主心骨兒一樣，整個人癱倒在地上，而站在寧樺身後的楊絮菀嘴角則慢慢浮現出一絲輕笑。

「楊家小姐做得不賴嘛！」

低沈的聲音在寧汐背後響起，甚至有些許熱氣掃到寧汐的脖子上，寧汐瑟縮了一下，轉過頭來沒敢瞪說話的人，只好狠狠地瞪了幾眼守在四周的丫鬟，有人過來了也不提醒她！

四個丫鬟覺得很無辜，自家小姐看戲看得那麼認真，根本沒聽到她們的輕喚，怪誰？

「好了，戲已經結束了，走吧！」

許是舒恒的話說得太順口了，寧汐一時也沒發現不妥，點頭跟著舒恒離去。等走了一段路，寧汐才發現，不對啊，自己現在跟舒恒沒半點關係，幹麼要與他同行？果然是上輩子的習慣太根深蒂固了嗎？等寧汐反應過來後，便覺得氣氛有些尷尬，又想起之前舒恒說的話，遂狐疑地問道：「你為什麼會覺得這件事是楊小姐設計的？」

舒恒似笑非笑地看了她一眼。

驀地，寧汐心中警鈴大響。

「柳茹意的事不是妳特意洩漏給楊家姑娘的嗎？」

他果然什麼都知道！看著舒恒那雙似乎看透一切的眼睛，寧汐心裡很不高興。

沒錯，今天這事的確是楊絮菀的手筆，當然，她也在裡面動了點手腳，不過就是讓峨蕊把柳茹意的事洩漏給楊家小姐罷了。她之所以敢這樣做，是因為在她的印象中，這位楊家小姐性子通透，手腕也高明，她倒不怕楊絮菀會拿捏住寧樺。女子在婚姻上要點小聰明才能過得更好，而且有個精明的女子幫寧樺把持住後院，他才能毫無後顧之憂地在朝堂上大展手腳。可是，這事她做得極為隱秘，舒恒是怎麼知道的？除非……

寧汐眼神冷了下來，停下腳步。「你調查我。」這是陳述句，不是問句。

聽出寧汐話中的冷意，舒恒摸摸自己的鼻子，緩緩開口。「妳別誤會，我沒有調查妳，而是……」說到這兒，舒恒眼中閃過一絲尷尬之色。「而是之前小溪偷跑出去，被景陽侯府的人弄傷了，所以我就稍微查了查他們府中的事宜，妳的事我也是偶然查到的。」

難怪之前他知道柳茹意和張彥有來往。還有，舒恒你可以不用說得那麼委婉的，不就是想為你那隻寶貝狗報仇嗎？想到這兒，寧汐陰鬱了。果然是人不如狗，上輩子也沒見你對我那麼好過啊！某人完全沒意識到自己在和一隻狗較真……

「妳們女子是不是都不喜歡自己的夫君納妾？」

寧汐有些狐疑地看了一眼舒恒。今天他的話似乎有點多，而且……我們沒那麼熟吧？一開口就問我這個問題，你讓我怎麼答？

寧汐想著，雖然這一世自己是不會再嫁給他了，但給舒恒灌輸一點愛護正妻的思想，也算是幫了未來的忠毅侯夫人一把，畢竟那個人要替上輩子的自己去和歐陽玲鬥。其實想想，舒恒上一世除了歐陽玲還真沒其他桃花債，應該也是個可塑之才。

寧汐清了清喉嚨，正色道：「世間要求正妻賢慧大度、端莊有禮，她們為丈夫打理後院，替其照顧姬妾、撫育子嗣，可只要有一點疏忽就會被扣上善妒、苛待庶子的帽子，女子在這種威迫下，為了自己的名聲、為了娘家的名聲，只能忍氣吞聲，將一個又一個貌美的女子納進丈夫屋中，只是有人手段高明一點，能壓住姬妾。可打心眼裡講，沒有一個女子願意與人共事一夫。」說到最後，寧汐也不知是在發問還是嘆息，幽幽說了句。「你不覺得這世間對女子苛刻了一點嗎？舒恒，日後對你妻子好一點吧，就算你不愛她，也請你對她好一點。」寧汐不知道自己為什麼會說出這些話，是不甘嗎？還是不希望有人重蹈她的覆轍？她得不出答案。

「妳……」舒恒看向寧汐，卻再發不出一個音。斑駁的日光灑在寧汐臉上，微風帶起她的青絲，她的眼神有些迷茫，不知為何，舒恒從她身上感覺到了濃濃的憂傷。半晌，舒恒低嘆了一口氣，柔聲道：「起風了，回吧！」

寧樺實在是太氣憤，不想再看見柳茹意，因此拉起楊絮菀就往回走。走得稍遠一點後，他才發現自己還拉著楊絮菀的手，而楊絮菀的耳根已經紅透了，寧樺連忙放開，有些不好意思地道歉。「對不起，唐突姑娘了。」

楊絮菀搖搖頭，等耳根的紅潮慢慢退去，才羞澀地抬頭，問道：「你還好嗎？」

寧樺一愣，放輕了聲音。「剛才可是嚇到妳了？」

楊絮菀咬咬嘴唇，斟酌著回答。「是有一點兒，不過我知道平常的你不是這樣的，你一定是氣急了才會如此。」

寧樺苦笑一聲。怎麼能不急呢？得知自己愛的、信任的原來都是假的，不論是誰都冷靜不了吧？

看到神情苦澀的男子，楊絮菀之前的憤怒、委屈最後都化成了心酸，她伸手拉了拉寧樺的衣襬，露出一個燦爛的笑容。「這不是你的錯，沒了她，你還有親人、朋友。」你還有我。最想說的這句話，楊絮菀還是沒敢說出口。

看著眼前溫婉的女子，想到自己約她出來的本意竟然是為了柳茹意要試探她的性子，寧樺心裡便覺得越發愧疚，但也暗暗決定，日後定要好好待她。

當天夜裡，寧汐在床上翻來覆去地睡不著。太詭異了，今天的舒恒真的太詭異了，他為什麼會出現在譚澤寺？特意去看戲嗎？會不會太閒了點？那是去拜佛嗎？可上輩子和他生活了那麼久，也沒發現他信佛啊！還有，今天那番話是什麼意思？重活一遍，怎麼覺得自己越發看不懂舒恒了？算了，看不懂就看不懂吧，反正這輩子不會再嫁給他了。放寬心後，寧汐很快就睡了過去。

翌日，寧汐還沒睡飽就被曬青喚醒了。寧汐揉揉眼睛，看了眼還未見白的天色，問道：「什麼時辰了？」

曬青輕聲答。「快到卯時了。」

寧汐點點頭，昏昏沈沈地坐了起來，等丫鬟們幫她穿戴整齊，她才清醒幾分，胡亂吃了幾口早飯便直奔大秦氏的院子。

寧汐到正房的時候不算晚，三房的人還未到，等三房的人到了後，許氏便說起了兩個月後寧妙的及笄禮。小女兒的及笄禮許氏自然上心，且事事關心；大秦氏雖然不關心寧妙的及笄禮，卻想乘機讓小秦氏從許氏那兒分些權走，最後自然被許氏四兩撥千斤地給擋回去了。

就在寧妙及笄禮前幾天，皇帝突然召寧汐進宮，寧汐雖然有些驚訝，但還是快速打扮一番入宮。這還是寧汐第一次進乾清宮，以前她見自己這位身分高貴的舅舅多是在延壽宮，處在這種肅穆的地方，寧汐情不自禁地繃緊了身體。

察覺到寧汐的緊張，皇上笑著說道：「別緊張，朕召妳進宮就是想著我們舅甥倆聊聊天。」

聞言，寧汐更不敢放鬆了。皇帝舅舅雖然對她很好，但她畢竟不是皇帝的女兒，兩人還不曾單獨交談過。

皇上看著長得越來越像皇妹的外甥女，心中百感交集。「汐兒十四了吧？明年就及笄了。朕還記得妳剛出生的時候，小小的一團，看起來那麼脆弱，知逸那傻小子怕自己弄傷妳，不敢抱，只好在一旁乾看著，一雙眼珠子都快黏在妳身上了。」說著又低嘆了一聲。「一晃眼妳都這麼大了，可惜皇姊和知逸看不到了。」

寧汐鼻子一酸，這些話，上一世從沒人跟她說過。過去了這麼多年，她對父母的印象已經模糊許多，只記得，父親不似其他父母那般約束自己，每年到城郊莊子上避暑時，他都會帶自己出去摘果子、放風箏，甚至偶爾還會和她玩泥巴弄得一身髒，每當這個時候，母親就會罵一聲「皮猴兒」，然後笑著拿出帕子給他們爺兒倆擦臉。

小的時候她也曾集寵愛於一身，是驕傲任性的嬌嬌女，可什麼時候這一切都變了呢？她不再驕傲、不再任性，而是變得懦弱自卑。

見寧汐紅了眼圈，皇上便轉移了話題。「朕也是看著妳長大的，以前看妳性子變得越來越怯弱，朕還在擔心日後妳會被夫家欺負，現在見妳性子開朗許多，朕也放心了；可是一想到妳終將要嫁人，朕又捨不得，朕有時候甚至在想，妳若是能當朕的兒媳婦該多好。」

寧汐心裡一咯噔。皇上這是什麼意思？試探她嗎？寧汐心裡苦笑一聲。她如今連嫁給世家子弟都不願，更別說皇家了，重活一世，她算是看清了自己。依她的性子，怎麼可能願意與人共事一夫？但世家的大家長又怎會允許自己的兒孫守著一個女子？到時候怕是連皇上也偏袒不了她；更何況，嫁入皇家後，外祖母成了祖母，舅舅、舅母成了公公、婆婆，發生矛盾的時候，他們會幫誰？一個是親兒子，一個是外甥女，親疏一目了然。

寧汐緩緩跪了下去，抬起頭直視那坐在高位上的帝王。「臣女一介孤女，若無外祖母和舅舅的庇護，何來今日安寧的生活？連那本該收回去的長公主府也是舅舅心慈留給臣女的，對於舅舅的恩德，臣女無以為報；按理，舅舅的安排，臣女沒有置喙的資格，但仗著舅舅的寵愛，臣女要大膽說一句，臣女性子偏執，並不適合待在皇宮。」

寧汐知道自己說的這些話著實是大膽了，在自己面前的是掌控天下的帝王，沒有人敢和他說一個「不」字，但寧汐還是想賭一把，賭皇上心中自己這個親外甥女的分量。

殿中留下的宮人都是皇上的心腹，見兩個主子都沒說話，自然不敢開口，一時間，殿裡安靜極了，只有皇上輕輕轉動大拇指上扳指的聲音。

皇上看向那張極似自己皇妹的面容，心中一凜，緩緩開口。「實話告訴朕，妳是不是動了和妳母親一樣的心思，想尋一個一心一意待妳的男子？」

寧汐一愣。難怪父親身邊沒有旁人，原來是這個原因。回過神來，寧汐緩緩低下了頭，這個問題她不知該如何回答。哪個女子不奢望能找個將自己捧在手心的夫君？但這又是何其困難，最後，她只能沈默。

皇上將寧汐的沈默當成了默認，在心裡嘆了口氣。「妳可知道，妳和妳母親是不一樣的？」

寧汐的嘴角有些苦澀地抿著。皇上話中的意思自己明白，母親是身分尊貴的長公主，有疼愛她的太后，有整個皇室為她撐腰，她可以任意妄為，可寧汐不行。雖然名義上自己是英國公的孫女、皇上的外甥女，還有個郡主的頭銜，但英國公府終究要交到大伯父手上，而皇上每日事務繁忙，有時候連自己的子女都顧不來了，哪有時間顧慮她？說到底，她只是個無父無母的孤女。

「臣女從不曾奢求潑天的富貴，也不奢望情愛，只希望未來的日子能活得肆意自在些，想笑就笑，想哭就哭。臣女是個自私的人，不想委屈了自己。」

是的，她和母親不一樣，所以她所求的和母親也不一樣。她不會再像上輩子那樣，傻傻地去愛一個人，將自己的一生都耽誤在情愛上，這一世，她只求能活得自由點，不用去爭也不必去鬥，不為情愛，只為自己過完這一生。

聞言，皇上才重新打量起眼前的這個女子。他也有公主，自然瞭解少女對情愛的憧憬，可寧汐卻直言不求情愛，只求自己日後能過得舒心。他其實知道，女子將情愛看得太重並非好事，像寧汐這樣才能過得更好；可他還是忍不住心酸，寧汐是因為從小失了父母，缺少關懷，才會如此快速地成長起來，失去少女應有的天真，連男女之事都看得如此透徹吧？

他本意是想讓李煜娶寧汐，李煜性子溫和，再加上有自己在上面鎮著，對寧汐不會差，這樣也算對得起自己的皇妹和妹夫了，不料卻忽略了寧汐的心意。既然她不願意，他自也不想強求。

「朕的外甥女，誰敢給妳委屈受？日後朕會替妳尋一門好親事，定不會委屈了妳。」

寧汐鬆了一口氣，知道這件事算是揭過去了，便笑著應了；至於皇上說給她賜婚一事，寧汐根本沒放在心上，反正她現在年齡還小，不急。

從乾清宮出來後，寧汐又去了延壽宮，卻被太后身邊的何嬤嬤告知太后身子不好，無法見她。離開的時候意外地得了件雲紋織錦斗篷，知道太后待自己還是有情分的，寧汐也不介意太后的避而不見了。

寧汐到鳳儀宮時，皇后正在待客，來人正是皇后的娘家大嫂言氏，如今的順安侯世子夫人。說起來，皇后的娘家早些年已經開始衰落，手中沒有實權，高門大戶都不願意將嫡女嫁過去，最後順安侯夫人只得給自己兒子娶了一個四品官員的嫡女，即眼前的言氏。後來因為家裡出了一個皇后，順安侯府自然也就水漲船高，不過因為早些年的衰敗，現在在京城裡也就維持不上不下的樣子。對此帝后夫妻倆倒是挺滿意的，皇上不需要強勢的外戚，而皇后則是太瞭解自己兄嫂愛出風頭的性子，怕順安侯府地位太高，兄嫂無所顧忌，在外面惹了禍，會牽連到自己的兒子。

寧汐行了禮後，皇后還未開口，一旁的言氏就笑著開口了。

「竟然能在鳳儀宮碰到平樂郡主，還真是巧呢！」

聽到言氏的話，皇后皺著眉掃了她一眼後，才將眼光落在寧汐身上，見寧汐仍然笑盈盈地站著，這才鬆開了眉頭，招呼寧汐坐下，開口詢問。「聽說今兒個是皇上召妳進宮的，可去過乾清宮了？」言語間親切了幾分。

寧汐乖巧地點了點頭，然後說道：「本來是想來給娘娘請個安的，卻不想言夫人也在，不知臣女可有打擾到娘娘？」

「說什麼打擾？妳也是本宮的外甥女，常來陪陪本宮，本宮心裡高興還來不及呢！」說著又看向言氏和言氏身旁的女子，道：「這是子玉的舅母，妳也別生疏了，隨著叫聲舅母吧！至於華裳，比妳大一歲，叫聲表姊也是可以的。」

許華裳便是言氏唯一的嫡女

寧汐應了，笑著叫了一聲。「舅母好，表姊好。」

言氏聽說寧汐是被皇上召進宮的，思索著這寧汐挺受皇上待見，便也不敢托大，笑著應了；反而那個許華裳，寧汐總覺得她看自己的眼光裡帶著審視，還有股說不清、道不明的敵意，不過反正也不是什麼重要的人，寧汐也不甚在意。

「對了，今兒個怎麼沒見著二皇子？臣婦難得進宮一趟，還挺想念二皇子的。」

聞言，寧汐心裡樂了。自己雖不常出門，但也聽說過言氏常向宮裡遞牌子一事，如此這般還說自己難得進宮，還真是自謙啊！

皇后正要回答時，有宮人進來通報，說二皇子過來了。

皇后不著痕跡地皺了皺眉，等二皇子進來後，皇后問道：「今日怎麼有空過來？」

李煜笑著回答。「聽說舅母和表妹們都在鳳儀宮，反正手上的事也處理完了，便過來看看。」說著看向寧汐。「寧表妹好長時間沒進宮了，不如我陪妳去園子裡逛逛吧？」

眼看著言氏母女瞬間變了臉色，寧汐嘴角直抽搐。李煜，你就是來給我結仇的，別搞得一副我們感情很好的模樣好不好？我們一點也不熟啊！

被二皇子忽略，言氏還好，但許華裳看向寧汐的眼神簡直就像在看奪夫仇人一樣，寧汐心裡那個憋屈啊！姑娘，我剛剛才拒絕了皇上，妳放心，我不會跟妳搶男人的，妳能挪開妳那殺人的眼光嗎？當然，這些話寧汐只敢在心裡說說。

「煜兒，沒看到你舅母和許表妹都在嗎？怎麼說話的？」皇后不痛不癢地說了李煜兩句，然後跟言氏解釋道：「汐兒和煜兒感情一向很好，汐兒難得進一次宮，煜兒難免興奮了點，大嫂別介意才是。」

言氏訕訕地笑道：「孩子們感情好，我們長輩見了也放心。」嘴上雖然這樣說，心裡卻在腹誹：我怎麼沒聽說過二皇子和平樂郡主關係好？

皇后暗裡瞋了李煜一眼，才說道：「陪你兩位表妹去園子裡逛逛吧，你這個當兄長的要照顧好兩個妹妹。」

李煜點了點頭，然後對寧汐及許華裳兩人說道：「兩位妹妹請吧！」

寧汐心裡鬱悶極了，本來想著自己雖然是被皇上召見，但不來給皇后請安的話，皇后心中難免不悅，這才過來鳳儀宮，卻不想最後竟發展成陪兩個一點兒也不熟的人逛御花園。

第四章

等出了鳳儀宮，許華裳馬上走到李煜旁邊，高興地說道：「表哥，裳兒好久沒見到你了，每次過來姑姑這裡，你都沒空見人家。」

「朝中事務比較繁忙，我很少有得閒的時候。」

許華裳偏頭，俏皮一笑。「那你今天一定要多陪我玩會兒，我們難得見一面。」

「嗯。」李煜答著，眼中閃過一絲無奈。

走在他們後面幾步的寧汐則一直眼觀鼻、鼻觀心，只當沒聽見兩人的對話。明眼人一眼就能看出這個許華裳喜歡二皇子，可皇后和二皇子是什麼態度就有待商榷了；但無論如何，寧汐都不想被捲進這一團亂裡。

三人走進御花園的時候，突然跑出來一個小宮女，也不知道何事讓她那般匆忙，竟然沒注意到他們三人，筆直朝他們三人撞來。李煜快速地閃開了，寧汐走在他們身後自然也沒事，最後倒楣的便是許大小姐了，眼睜睜地看著自己被一個宮女撞倒在地上。還好身邊的宮人反應夠快，馬上將許華裳拉了起來，除了衣服和頭髮有些凌亂外，倒沒出什麼事。

「好大膽的宮女，竟然敢衝撞本姑娘！」想到在心上人面前出了醜，許華裳氣不打一處來，也不管自己現在是何種模樣，張口就責罵宮女。

「這位小姐請恕罪，奴婢是在大公主身邊服侍的，因為大公主的衣服花樣出了點問題，奴婢急著趕去尚衣局那兒，一時不察，竟衝撞了小姐，還請小姐寬恕。」

聽說是大公主身邊的人，許華裳口中一噎，不知該如何是好。罰吧，又得罪不起大公主，誰不知道大公主雖然只是一個貴嬪生的，但因為是皇上的第一個女兒，最得皇上寵愛；可不罰吧，自己的面子又該往哪兒擱？難道自己就白受罪了嗎？最後，她只能眼帶期盼地看向二皇子，她不信二皇子不替她出頭，怎麼說她也是皇后的姪女啊！

李煜手握成拳放在嘴邊輕咳一聲，直接忽視許華裳眼中的期待，道：「許表妹，妳還是先回母后宮中梳洗一番吧，至於這個宮女，我會處理的。」

許華裳哪裡肯留李煜和寧汐獨處？可是現在自己這副模樣也著實狼狽，最後只能忿忿地瞪了那個小宮女和寧汐一眼後，轉身離開。

被莫名其妙瞪了一眼的寧汐，感覺自己真憋屈。

等許華裳走後，李煜看了一眼跪著的宮女，淡淡說道：「下次做事穩重些，今日之錯莫再犯了。」說完就放那個宮女離去了。

見狀，寧汐抿嘴微笑，不想卻被轉過頭來的李煜逮個正著。

「妳在笑什麼？」

「沒什麼，只是看你這般容易放走她，許小姐知道後怕是會鬧你。」

李煜無奈地搖搖頭。「許表妹只是任性了些，性子還是好的，妳別和她計較。」

寧汐笑著不做評價。那是你的表妹，與我何干？

「今年御花園的花開得可真不錯。」李煜說著便提起腳步，向園子裡走去。

寧汐不信李煜真的是來賞花的，但還是老實地跟在他身後。

「今日父皇召妳入宮，所為何事？」李煜貌似隨口問道。

寧汐垂下眼眸。「皇上舅舅召我進宮只是問問近況而已，並無他事。」

李煜低笑一聲，突然在一簇開得正鮮豔的薔薇前駐足。「雖然它現在只是一朵薔薇，但只要入了父皇的眼，也許有一天它就會成為芍藥，甚至是牡丹。」

寧汐微微一笑，不管李煜話中有話，開口道：「我倒覺得薔薇不適合在後宮生長，它野性難改，還是適合在郊外肆意開放；而且薔薇就是薔薇，永遠也不可能變成芍藥或牡丹。」

李煜深深看了寧汐一眼，眼中帶著探究，見寧汐大大方方地任他打量，臉上也是一片誠懇，不由得放下心來。父皇的意思他之前不是沒猜到過，只是不知道自己這位不太熟識的表妹是怎麼想的？聽說寧汐今日被父皇召進宮來，他才匆匆趕了過來，想要試探一番，現在看來，自己不用擔心會娶這位表妹了。其實他並不討厭寧汐，相反地，比起許華裳來，寧汐好上太多，只是想到自己某個好友的冷言冷語……得，自己還是別招惹這位寧表妹了。

許華裳換好衣服出來的時候，只看到寧汐一人，沒看到李煜，當下臉色就有些不好，向寧汐問道：「表哥去哪兒了？」

「二皇子有事，先行離開了。」

聽到李煜離開了，許華裳馬上就拉下臉，質問起來。「表哥怎麼可能不等我回來就先行離開？是不是妳在表哥面前說了我什麼壞話？」

寧汐皺了皺眉。「二皇子公事繁忙，自然沒有那麼多時間陪我們女兒家遊玩；至於本郡主是不是說了許小姐壞話，妳大可以去找二皇子求證。看許小姐興致挺好的，就讓宮人陪妳繼續遊覽，我就不奉陪了。」說完便轉身離開，不給許華裳回嘴的機會。

寧汐去皇后那兒請辭後，便出了宮，而言氏母女見寧汐離開，也沒再多留，寧汐走後不久就跟著出宮。

等人都走後，皇后有些疲倦地躺在榻上，身邊的吳嬤嬤連忙上前給皇后揉著肩。

「娘娘辛苦了。」吳嬤嬤是真的心疼自己的主子。一大早先去給太后請安，然後又見了後宮那一大群不省心的妃嬪，等妃嬪離去後，還沒來得及休息片刻，言氏母女就來了。「這世子夫人也真是的，三天兩頭地往宮裡跑，一點也不體恤娘娘。」吳嬤嬤在皇后身邊多年，又是皇后的心腹，所以有些話別人不敢說，她卻敢說出來。

皇后眼中閃過一絲厲色。「她畢竟是本宮的大嫂，她要進宮，本宮也不好避而不見，只是她的那點心思本宮是絕不會讓她如願的，就她那個女兒，教得如此驕縱任性，也想嫁給本宮的煜兒？簡直是癡人說夢！」皇后一向不大看得上自己這個嫂子，明明也是個四品官員家出來的嫡小姐，卻愛貪小便宜、目光短淺，如今教的女兒也不像個樣子。

而且皇后一開始就不打算從自己娘家挑選女子嫁給李煜，李煜是中宮皇子，又得皇上信賴，不出意外的話，一定會成為太子，但未來之事，誰又說得肯定？畢竟皇上並不是只有李煜一個皇子。她必須要為自己的兒子找個得力的岳家，順安侯府，終究弱了點，而且有她這個皇后在，順安侯府不支持她的兒子還能支持誰？

「既然如此，娘娘何不早點將二皇子的婚事訂下來，也好絕了世子夫人的心思？」

皇后闔上雙眼、揉了揉額頭，有些無奈地說道：「妳以為本宮不想早點給煜兒訂下來嗎？煜兒都十八了，他這個年齡早該成家了，可是他的婚事卻不是本宮能做得了主的。」說到這兒，皇后就有些憋屈。自己生的兒子，卻連個婚事自己都不能作主，偶爾和皇上談起這件事，皇上卻總說不急不急，讓她不用操心。她能不操心嗎？那可是她唯一的寶貝兒子啊！突然，一個想法從皇后腦中閃過，皇后驀地睜開眼睛。「嬤嬤，妳說皇上不會看上寧汐那個孩子了吧？」

「不能吧？」

「怎麼不能？那可是他寶貝妹妹的孩子啊！而且寧汐的父親是為了他的江山才戰死沙場的，妳能說他心裡沒有一點愧疚嗎？」越說，皇后越覺得皇上就是這樣想的，臉上不由得露出了些許的憤怒。「他覺得愧對自己妹妹一家人，但憑什麼要本宮的煜兒去為他還債！」

若寧汐的父母還在，皇后並不會反對這樁婚事，畢竟長公主受太后寵愛，寧知逸又受皇上器重，背後還有個英國公府，這樣的家世對李煜來說再好不過；不過，那是建立在長公主夫妻沒有過世的前提之下，現在的寧汐並不受太后待見，而英國公府終究是大房的，大房又會多看重寧汐這個二房的孩子呢？且最重要的是，寧汐從小父母雙亡，她的命格真說不上好。

「娘娘，您別多想，這八字還沒一撇呢！再說您若不同意，皇上還能不顧您們多年情分，一意孤行嗎？」

皇后點了點頭，卻沒有將吳嬤嬤的話聽進去，而是若有所思地看著前方。

寧汐剛回到英國公府就碰到小秦氏，雖然心裡不喜，但畢竟是長輩，寧汐還是上前問候了一句。

見到寧汐，小秦氏原本還板著的臉，瞬間露出一個燦爛的笑容，熱情地迎上來。「汐兒這是剛從宮裡回來？」見寧汐點了點頭，小秦氏的笑容更燦爛了幾分。「汐兒，妳本來就是皇室之人，哪能成天都待在英國公府裡，還是要常進宮看看太后和皇后的。」說著話鋒一轉。「說來顏兒一直吵著想進宮看看，可惜我又沒有誥命在身，不能實現顏兒這個願望。」

寧汐偏頭看著小秦氏一副慈母的模樣，等著她的下文。

見寧汐不接話，小秦氏的笑容有片刻的僵硬，心裡直罵寧汐不上道，但想到自己的目的，還是硬著頭皮說：「顏兒雖然胡鬧些，但畢竟是妳的妹妹，她也只是想進宮看看而已，妳看妳下次進宮能不能把她也帶上呢？」

寧汐有些苦惱地回答。「不是我不想帶上五妹妹，只是皇宮哪是我想進就能進去的？哪次不是宮裡的貴人召見，我才能進一次宮？上面的貴人沒發話，我哪敢隨意帶人進去？您想，我若是帶著五妹妹進宮，不小心惹得太后或皇后不快，到時我們都得吃不了，兜著走。」說完也不在意小秦氏那有些發黑的臉色，點了點頭後就繼續朝自己的院子走去，嘴角掛著一絲嘲諷的笑容。想把我當妳女兒的跳板，也得看我樂不樂意。

結果寧汐還沒走到自己的院子，就又碰到了寧顏和寧巧兩人，寧汐還來不及避開她們，寧顏已經看見了她，氣沖沖地走了過來。

「我告訴妳，管妳是不是郡主，要本小姐來巴結妳，作夢吧妳！」

看著丟下這句話就離開的寧顏，寧汐額頭上的青筋跳了跳。今天她和三房的這對母女犯沖是嗎？

「三姊姊……」

一個軟軟的聲音傳來，寧汐才發現寧巧還沒離開。在她的印象中，寧巧一直跟在寧顏身後，在她們面前也不敢多說話，似乎很怕寧顏。

「三姊姊，妳別和五妹妹計較，她只是被祖母寵得驕縱了些，再加上之前在三姊姊面前胡鬧過一回，所以在三姊姊面前有些不好意思，其實她心裡是很敬重三姊姊的。」

「嗯，她還小，我不會和她計較的。妳去吧，一會兒沒見到妳，五妹妹又要發脾氣了。」

寧巧抿了抿嘴，屈膝行了個禮後，向寧顏的方向追去。

「四小姐的性子還真好，這種情況下還替五小姐說話。」翠螺說道。

寧汐掃了一眼寧巧的背影，緩緩開口。「也許吧！」

寧妙的及笄禮這天異常熱鬧，做為寧妙及笄禮的贊者，寧汐也特意打扮了一番。寧妙及笄禮的正賓是太師夫人——李氏，李氏出生書香門第，未出閣前便有才女的稱號，京中許多女子及笄禮都會邀請李氏擔任正賓，當然，能請到李氏的人家地位也都不低。

李氏為寧妙簪上髮釵的時候，寧汐就在一旁仔細打量李氏。上一世，寧妙嫁給了李氏的嫡長子，這一世寧妙大概還是會嫁到太師府吧！李氏面容沈靜，身形有些豐腴，但給人的感覺非常親切，不似某些才女自恃身分，性子高冷得很。寧汐點了點頭，覺得李氏應該是個好婆婆，寧妙以後的日子並不會難過。

儀式剛結束，就有小廝跑進來，說是皇后的賞賜下來了，聞言，在場的人皆是一驚。要說寧汐的及笄禮，皇后賞賜沒什麼好稀奇的，畢竟寧汐是皇上的外甥女，可寧妙和皇室沒什麼關係啊！若說是看在英國公府的面子上，但寧嫵及笄禮時，皇后也沒什麼表示啊！眾人神色不一，都在思考皇后這是個什麼意思？

倒是許氏先反應過來了，管她皇后什麼意思，先出去謝恩才是。

皇后賞賜了一對玉鐲、一支蝴蝶弄花金簪、一對藍寶石耳墜、幾疋錦緞，東西不多，可其中的深意在場的人卻是弄明白了，皇后娘娘這是在簡單粗暴地告訴大家——這個女子入了我的眼，是二皇子妃的預備人選，在二皇子妃還沒訂下來之前，誰敢上門求娶寧妙，就是在打我的臉！

一時間，所有人看寧妙的神色都有了變化，或羨慕、或嫉妒。

寧汐也有些懵了。上一世，雖然她沒參加寧妙的及笄禮，也不知道那時候皇后有沒有賜下東西，但她記得太師府在寧妙及笄後不出兩個月就上門提親了，那個時候李煜還未成親，太師府絕對不會和皇后對著幹的，也就是說，上一世皇后並沒有表現出對寧妙的喜愛。

寧汐抬頭望了望天。她以為除了她以外，所有的一切都會按照上一世的軌道走，卻沒想過這一世也好，上一世也好，都是真實存在的。

世間沒有相同的兩片樹葉，自然也不會有相同的前世、今生。

及笄禮已經完成，客人和主人說兩句恭喜後便都離開了。

寧嫵今天是特意回來參加嫡妹的及笄禮的，多日未見娘家人，自然不會先行離開。

見人都走得差不多，大秦氏坐不住了，劈頭蓋臉地就問質道：「大兒媳婦，這是怎麼回事？妳竟然瞞著我這個老婦，和皇后扯上關係了？妳眼裡還有沒有我這個婆婆！」大秦氏能不氣嗎？本來看自己兒子無望繼承爵位，便想借著寧汐將自己的寶貝親孫女嫁入皇家，不想卻被許氏搶先一步；若寧妙嫁入皇室，她的寧顏哪裡還有機會？本朝以來就沒有一家出過兩個王妃的。

許氏不知道大秦氏為何這般生氣，只當她看不慣大房好，但這件事她著實無辜啊！她雖然是世子夫人，但入宮的機會極少，更別說和皇后扯上關係了，怎麼知道皇后為什麼會突然看上她家寧妙？她搖了搖頭，如實說道：「兒媳每次入宮都是與您一起的，您也知道，我們每次去拜見皇后，皇后都只是照例詢問兩句，從沒對兒媳另眼相待過，更何況是妙兒呢？這次怕只是心血來潮而已，婆婆心寬點，不必在意。」

大秦氏只覺得心頭堵得厲害。妳叫我心寬點，是不是要我心寬地看著妳女兒嫁給二皇子，然後再心寬地看著三房漸漸敗落？但許氏的話又是實話，她挑不出一點錯來，最後只能將目光放在寧汐身上，思來想去，只有可能是寧汐在皇后面前說了什麼，才讓皇后對寧妙上了心。

大秦氏這個思路倒沒錯，只可惜這次寧汐還真沒做什麼。

寧汐睜著她那雙大眼睛無辜地看著大秦氏。看我幹麼？我這次可什麼都沒做。

英國公瞪了大秦氏一眼，叫小輩先離開，等她們離去後，才開口。「好了，這件事到此為止，皇后賞賜，是我們家的榮耀，其他事多想無益；只是大兒媳婦，妙兒還小，我這老頭子捨不得這麼早把她嫁了，多留兩年吧！」

許氏哪裡不懂公公的意思，不敢忤逆，低頭應了。

英國公對許氏很是放心，又掃了一眼不安分的大秦氏和三房的人，才道：「今兒大家都累了，各自回院子去吧！」

寧汐還未走回自己的院子，就有下人來稟，說英國公要見自己。寧汐偏頭想了片刻，應該是跟今日之事有關，便吩咐峨蕊等人先回汐園，自己去了英國公的書房。

到了書房，不等英國公說話，寧汐就搶先開口。「祖父，這事我真不知道怎麼回事，我根本沒在皇后面前提過二姊。」她自己都不願意摻和進皇家的事，又怎麼會將自己的姊妹推進那個火坑呢？

英國公見眼前這個孫女匆匆開口的模樣，想著自己什麼都沒說就把人喊到書房來，小姑娘肯定是被自己嚇到了，便開口道：「我知道妳沒那麼傻，我叫妳過來是想問問妳，前幾天進宮的時候，皇后可有說什麼？」英國公想，這孫女還小，雖然聰明，但沒那麼多心眼，也許那日皇后暗示過什麼，她沒聽出來。

那日皇后根本就沒跟她說幾句話，中間也沒提到過寧妙，就連英國公府都沒提過一句。寧汐在英國公期待的眼神下緩緩搖了搖頭，突然想起那日言氏母女也在，不知和今日的事有沒有關係，便試探著開口道：「不過那日在鳳儀宮碰到了順安侯世子夫人和她女兒。」

聞言，英國公皺了皺眉。順安侯府那家人的心思，他還是知道一點的。順安侯府雖出了個皇后，終究比不上京中其他基業雄厚的百年世家，所以一心想要自家再出個皇后，到時朝中太后、皇后都出身自順安侯府，誰家又能比順安侯府來得風光呢？可看今天皇后的做法，似乎和娘家並不是一條心，英國公嗤笑一聲。果然比起順安侯府，還是自己的兒子更重要嗎？皇家之事他並不打算讓英國公府摻和進去，但寧妙若真會嫁給二皇子，他就要早作打算了。

寧汐看著自己祖父陰晴不定的臉，知道他已經想遠了。在朝中待了多年，遇到什麼事他都得在腦子裡繞三圈，寧汐還是滿可憐自家這位祖父的；不過她倒不擔心奪嫡的事，自己那位舅舅現在身體好得很，上一世自己去世的那一年，皇上還閒得無聊，跑去狩獵，就那身體，怎麼著還能堅持個二、三十年吧？到那個時候的事，就說不清楚了。

等寧汐從英國公書房出來的時候，有丫鬟告訴她，許氏叫她去大房那邊用膳。汐園有小廚房，平時寧汐都是在汐園用膳，偶爾和寧妙一起吃飯，大房那邊倒是去得少，不過想到今天是寧妙的及笄禮，寧嫵又難得回家一趟，許氏許是想讓她們姊妹熱鬧一下吧！

寧汐到許氏院子的時候，正在擺膳。

見到寧汐，寧嫵忙起身將她拉到自己右邊坐下，左邊則是坐著寧妙。

雖然是一家人，但英國公世子和寧樺還是去前院用膳，桌上除了她們四個女眷，只剩寧堯這個小男孩。

沒有三房的人在，大家倒也吃得其樂融融，只是許氏看向寧嫵的眼神越來越奇怪，最後實在忍不住了，開口問道：「嫵兒，妳不是最討厭吃酸的東西嗎？今天怎麼一直在吃糖醋排骨和醋溜馬鈴薯絲？」

寧嫵一愣，看了一眼碗裡咬了一口的糖醋排骨，自己也有些納悶。「不知道，總覺得今天這兩樣菜特別對我胃口。」

寧汐上輩子是懷過孕的人，比起寧妙和寧嫵的不知覺，寧汐看寧嫵這個樣子自然就猜到了這上面，不由得看了一眼許氏，只見許氏眼裡滿是喜色，寧汐便知道許氏和她的想法一樣。看許氏朝身邊的嬤嬤點點頭，嬤嬤便走了出去，估計是去尋大夫了。

等用完膳，大夫就來了，寧嫵有些疑惑，不知道為什麼要給自己找大夫。

許氏笑著寬慰她。「這不是見妳口味變了，怕妳身體有什麼毛病，才叫大夫來給妳瞧瞧嘛！」許氏沒有明說，主要是怕白高興一場，無形中給自己女兒增加壓力。

寧嫵信了許氏的這番說辭，伸出右手讓大夫把脈。

大夫將手搭在寧嫵的手腕上，過了一會兒，對寧嫵作揖道：「恭喜夫人，您已經有了兩個月的身孕。」

聞言，寧嫵傻了。

許氏沒空管寧嫵，忙問道：「可有什麼需要注意的？」

「夫人身子強健，胎兒很穩，只需要注意適當運動就可以了。」

許氏點點頭，叫身邊的嬤嬤賞了些銀兩給大夫，將大夫送走後，才轉過頭看自己的女兒，有點恨鐵不成鋼地說道：「妳看看妳，連自己懷孕了都不知道，還好今天我發現了，不然依妳大剌剌的性子，還不知道會出什麼事呢！」

寧嫵這才後知後覺地反應過來，訕訕地說：「我以為是我之前飲食不規律，才沒來小日子，怎麼知道竟然是懷孕了，難怪我昨天吃什麼、吐什麼。」

許氏瞋了她一眼。「妳這個樣子我怎麼放心讓妳回安國公府？」想到安國公府裡頭還有兩個不省心的，許氏便有些擔憂。

這下反而換寧嫵安慰起許氏。「婆婆不會讓人傷害她的嫡孫的，您放心。」想到安國公夫人，許氏倒是放心了幾分。

許逸凡本來還在書房和安國公議事，聽到許氏派來的丫鬟說寧嫵懷孕了，當下也坐不住，連招呼都不和安國公打一聲就跑出去，只剩安國公在原地吹鬍子瞪眼，不過一想到自己馬上就有孫子抱，也就懶得和這小子計較了。

許逸凡到英國公府的時候，寧嫵正坐在靠椅上和寧汐、寧妙聊天，也不知是說了什麼，寧嫵笑得前俯後仰，看得許逸凡冷汗直冒，生怕寧嫵一個不小心就把他兒子給折騰沒了，當下也不管有其他女眷在，直奔到寧嫵面前，喊道：「我的姑奶奶呀，妳悠著點兒，妳現在可是雙身子的人啊！」

寧嫵不高興地瞪了他一眼。「我是你姑奶奶，那我肚子裡的這個是你的什麼？表弟嗎？」

許逸凡無奈地摸了摸鼻子。得，又跟他槓上了，不過如果現在他敢惹寧嫵生氣，他娘就敢剝了他的皮。

「大姊夫。」寧汐和寧妙的叫聲打斷了小倆口的鬥嘴。

許逸凡這才看向兩人，道：「我是過來接妳們大姊姊的，不知道岳母在何處？」

「母親去拿莊子上醃製的梅子了，說是要給大姊姊帶回去當零嘴吃。」寧妙笑答。

許逸凡點點頭。「岳母有心了。」

「大姊姊懷孕了，姊夫可不能傷大姊姊的心，否則別說祖父，我和二姊姊就不會放過你的。」寧汐笑嘻嘻地說道。與其說是威脅，聽起來更像是小女孩的玩笑話，不過寧汐自己知道，她說的是真的。

許逸凡雖然是寧家女婿，但畢竟是外男，和寧家姊妹接觸得並不多，更別提寧汐了，印象中，寧汐和其他女孩沒什麼兩樣，現在聽到她說的話，他就當玩笑，並未當真。

寧嫵走的時候，許氏叮囑她好好養身體，別和安國公府中的那兩個計較，最重要的是保重自己的身子，如果受了委屈就回娘家來，有英國公府給她撐腰。

只是許氏沒想到，這番撫慰寧嫵的話竟成了真。

這時候剛入秋，天氣還是熱得很，寧汐正坐在樹蔭下乘涼時，聽說肚子差不多有三個多月大的寧嫵在安國公府受了氣，跑回來了，她擔心寧嫵的身子，也不顧炎熱，提起裙子就一路跑去寧嫵的院子。寧嫵雖然出嫁了，但院子還是一直給她留著。

寧汐到的時候並沒有看到預想中哭哭啼啼的景象，相反地，寧嫵大小姐正斜躺在榻上，悠哉地吃著零嘴。寧汐嘴角抽搐，這女人真的是被氣回家的嗎？這副模樣像是受了氣嗎？

見到寧汐，寧嫵高興地向她招手。「三妹妹快來，剛剛母親又送了很多梅子過來，我一個人也吃不下，妳也來幫我吃點。」

寧汐無奈地走進去。「那是妳孕婦吃的東西，我可不和妳搶，再說那酸味我也受不了。」

「妳別理她，一回來就唸著要吃醃製的梅子，母親心疼她，就多送了些來，現在竟開始說嘴了。」寧妙將寧汐拉到自己身邊，揶揄道。

「怎麼回事？不是說大姊姊是在安國公府受了氣跑回來的嗎？」寧汐輕聲地問寧妙。

寧妙聳聳肩，表情很無奈。她也是剛到不久，還不知道詳情。

寧嫵看到兩個妹妹湊到一塊兒嘀咕，笑著擺擺手道：「不用擔心，那卓家母女倒是希望我能氣出個什麼毛病來，可惜我心寬得很，根本不把她們放在心上。」

寧汐皺皺眉頭。「那妳還跑回來？」

聞言，寧嫵的眼眸冷了下來。「自我懷孕後，那卓家母女就開始在老夫人面前上躥下跳，恨不得許逸凡馬上娶了卓雅，老夫人雖然疼惜這個外孫女，但還是顧忌我剛懷孕，受不得氣，而且有我婆婆在那兒鎮著，老夫人也不敢應承她們。見老夫人那兒行不通，卓家母女終於坐不住了，這不，今兒個卓雅不就不小心摔到她表哥懷裡了嗎？」說到最後，寧嫵嗤笑一聲，滿是不屑。

寧汐心下一冷。若許逸凡真的抱了卓雅，依安國公府老夫人的性子，怕是定要許逸凡負責的，那寧嫵怎麼會這麼平靜？「真的抱在一起了？」寧汐不確定地問道。

寧嫵拈起一顆梅子塞進嘴裡，酸甜的肉汁讓她的心情又好上幾分。「許逸凡不傻，躲過去了，只是伸手扶了卓雅一把而已，就這樣，我那個便宜姑母還在老夫人面前鬧騰呢！」

寧妙微笑著走到寧嫵面前，不緩不急地開口。「第一次碰到卓雅時我就看出來了，安國公夫人根本不喜歡卓雅母女，怎麼可能讓她們巴上自己兒子？這次這事不用妳出手，妳婆婆就能幫妳擺平了。說吧，妳以一副被安國公府欺負的模樣跑回來的真正目的是什麼？」說完笑著拿走寧嫵手中的梅子，塞進自己嘴裡，隨即皺了皺眉。這麼酸，也虧寧嫵吃得下去。

被自家妹妹揭穿，寧嫵也不惱，只淡淡道：「許逸凡那憐香惜玉的性子雖然不算什麼壞事，但也得看我容不容得下。」一想到他院中那一堆的丫鬟，寧嫵不禁恨恨地咬了兩口梅肉。

聞言，寧汐和寧妙相視一笑，敢情寧嫵還是吃味了？

寧嫵接著說道：「還有，婚前許逸凡身邊那兩個通房的事，我猜多半是卓雅母女故意透露給我的。」

寧汐眼神一凜。「可有證據？」

「有證據我還會容她們蹦躂這麼久？」寧嫵用關愛傻子的眼神看著寧汐。

寧汐鬱悶了。

這邊才說完話，那邊許逸凡就已經踏進院子裡。聽說許逸凡來了，寧嫵忙指使身邊的丫鬟去關門，不一會兒就聽見許逸凡在外面敲門的聲音，但寧嫵根本不理，倒是那個關門的丫鬟突然喊叫起來。

「夫人，您好歹吃點東西啊！您就算是生氣也別和自己的身子過不去啊，您肚子裡還懷著小少爺呢！自回來後您就沒進過一口食物，還吐了幾回，您這個樣子，老爺、夫人看了該多傷心啊！」

寧汐看了眼正悠哉地吃著梅子的寧嫵，再看了眼拚命哭喊的小丫鬟，眼角不由得跳了跳。以後誰再說寧嫵不精明，她第一個不服，這貨明明就是扮豬吃老虎啊！

聽見門外許逸凡的叫喊聲更加著急了，寧汐撣了撣衣袖，起身向外走去。為了大姊姊的幸福，她就做一回壞人吧！寧汐剛打開門，許逸凡就想往裡走，卻被寧汐擋住了。

許逸凡有些惱怒。「妳這是什麼意思？」

寧汐沒理會他，輕輕關上門才轉向他說道：「沒什麼意思，只是大姊姊好不容易才被勸著吃下點東西，我怕見到世子爺，大姊姊又要吐了。」

聽到寧汐的話，許逸凡的臉都青了，但顧忌到寧汐的身分，他也不敢發怒，只能解釋道：「今天那事根本不是我的錯，小雅摔倒了，我就扶了她一把而已，妳讓我進去，我會和妳大姊姊解釋清楚的。」

寧汐輕笑了起來。「是你家表妹自己撲過來的，當然不是你的錯，只是為什麼她就偏偏選中了你呢？這事若是發生在陳郡王身上，怕是那女子早就被踹飛了。呵，小雅，世子爺叫得也真是夠親熱的。」

陳郡王寵妻，這是京城眾所周知的事。以前聽聞郡王府中某個丫鬟趁陳郡王酒醉時想要爬床，卻被陳郡王一腳踹飛的事，說來不管上一世還是這一生，她都頗為羨慕陳郡王妃。

不等許逸凡開口，寧汐又接著說道：「聽聞世子爺身邊的丫鬟是一等一的漂亮，而且個個都氣質出眾，都快趕上小家千金了，世子爺留她們在身邊當真只是為了端茶遞水？那樣的妙人兒，我一個女子都捨不得使喚了，世子爺捨得？也是苦了大姊姊，每天都要忍受自己的丈夫被一群妙齡少女圍著，還不能說什麼，如今還懷著身子呢，就被人氣回了娘家。」

許逸凡只覺得臊得慌。他長這麼大還從來沒被人在大庭廣眾之下這樣說過，而且對上寧汐眼裡不加掩飾的諷刺，他發現自己竟然反駁不了。

他發誓，他真的沒對卓雅和身邊的丫鬟起過一絲異心，他的心裡就只有寧嫵一個；但是他一向憐香惜玉，面對卓雅柔弱的模樣他實在撂不下一句重話，而那些丫鬟真的只是看著賞心悅目而已，他只是把那群丫鬟當風景啊，怎麼到了寧汐嘴裡就這麼不堪呢？許逸凡覺得自己真夠委屈的。

「三小姐，您快進來看看吧，剛剛夫人又吐了。」門突然打開，出來的正是寧嫵身邊的丫鬟，看了眼許逸凡，行了個禮後，道：「世子爺，您先回去吧，奴婢會照顧好夫人的，看到您，夫人又會想到今天那件糟心事，我怕她又吃不下東西。您瞧，剛剛好不容易吃下點燕窩，現在又吐了。」說著說著，小丫鬟的眼圈又紅了。

寧汐心裡默默給這個丫鬟比了個大拇指。

聞言，許逸凡再大的氣性也沒了，只能往屋裡喊道：「阿嫵，妳安心在岳父家養胎，府中的事我會好好處理的，妳別餓著自己和我們的孩子，我明天再過來看妳。」說完，見屋中沒有反應，心中微微有些失望，看小丫鬟和寧汐都看著自己，一副「你快走」的模樣，他只得摸摸鼻梁，不再逗留，轉身離去。原來他許大公子也有不被待見的時候啊！

見許逸凡走遠了，寧汐才回到屋裡。

看寧汐進來了，寧嫵諂媚地笑道：「三妹妹辛苦了，剛剛說了那麼多，快來喝口水。」

寧汐瞪了她一眼。「以後我若是傳出潑辣的名聲，沒人家敢要我，大姊姊可要記得養我一輩子。」

「才多大就惦記著嫁人了，妳害不害臊啊！」

寧汐不以為意。自己上輩子都是嫁過一次的人了，有什麼好害臊的？

許逸凡離開後，並沒有回安國公府，而是轉道去了忠毅侯府。

舒恒正在書房看書，聽到小廝通報說許逸凡來了，直接回道：「不見。」

「舒恒，你太傷我的心了，竟然想都不想就說不見我。」許逸凡就知道舒恒不會見他，所以直接闖到書房來。

舒恒皺了皺眉，一點也不掩飾自己對許逸凡的不待見。

許逸凡才不管舒恒的想法，直接找了位置坐下，嚷嚷道：「我不管，家裡一堆煩心事，老婆也跑了，我還被寧家三小姐莫名其妙地說了一頓，你今天必須陪我喝酒。」

舒恒馬上抓到了重點。「你怎麼招惹上寧家三小姐了？」

聞言，許逸凡內心激動不已，他竟然捨得關心自己了？當下也沒多想，就將發生的事情一五一十全說了，包括寧汐諷刺他的話，最後還不忘評價兩句。「平時看著文文靜靜的，沒想到這麼伶牙俐齒，你說我當時怎麼就沒反駁兩句？這樣豈不是默認了她的話？」說完兩眼直勾勾地看著許逸凡，希望能得到好友的認同。

在許逸凡期待的眼神中，舒恒慢悠悠地吐出兩個字。「活該。」

許逸凡怒了，自己被妻妹諷刺也就算了，畢竟那是妻子的妹妹，還是個郡主，自己不能不給面子；但舒恒是誰？是他許逸凡這麼多年的好友啊！結果不僅不安慰他，還落井下石。

「你、你、你……」許逸凡指著舒恒，憋了半天也就憋出個「你」字。

舒恒一記眼刀掃過去。「怎麼，我說錯了？如果不是你暗示了什麼，那個小姑娘會往你身上貼？」

許逸凡瞬間就蔫了。

「我只是看小雅喪父，和她母親兩個相依為命挺不容易的，平日裡就多照顧了一些，哪知道她會動歪心思？你也知道的，我對女孩子一向都很溫柔，對她根本說不上特別啊！」

此刻，舒恒只想到了六個字：自作孽，不可活。但這樣作死的人，卻是寧家親自挑選的女婿，舒恒不由得認真打量起許逸凡。

許逸凡被舒恒的眼神看得直發毛。「你在看什麼？我是有家室的人了，你可別亂來啊！」說完還用雙手護住了胸部，故作一副被惡霸欺辱的少女模樣。

舒恒挑了挑眉，雙手抱臂，直言道：「我在看，寧家究竟是看上你哪點？」

許逸凡以為舒恒會誇他兩句，頗為自戀地理了理衣服，結果還沒來得及自誇兩句，就聽到舒恒的冷言冷語——

「結論，毫無可取之處。」

許逸凡覺得這絕對是他過得最憋屈的一天，先是被寧汐嘲諷，現在又被好友酸，他是腦袋壞掉了才會跑到舒恒這兒來訴苦。其實這也不怪他，這些年，他都習慣來找舒恒吐苦水了。

別看許逸凡自命風流，但真正的朋友卻不多。李煜和楊旭，一個是皇子，住在宮中；一個家中人太多，他嫌煩，所以，舒恒自然而然就成了他的首選目標，也不管舒恒樂不樂意，許逸凡每次來就死賴著不走，於是忠毅侯府裡經常看到這一幕——許逸凡喋喋不休，舒恒則在一旁皺著眉，也不知道有沒有聽進去許逸凡的話。

「家裡那堆丫鬟倒好處理，散出去便好，可卓雅怎麼辦？她畢竟是祖母的外孫女，總不能把人家趕出府吧？」想到自己來這兒的原因，許逸凡悶悶不樂地說道。

這次，舒恒看都不看許逸凡一眼，依舊惜字如金。「嫁了。」

「你以為我沒想過這個方法？這個方法好是好，但我上哪兒去找合適的人選？總不能隨隨便便把她給嫁了吧？」

舒恒冷哼一聲，那意思明顯是：有何不可？

「算了，你一個不懂得憐香惜玉的人，哪裡會懂我的苦。」

舒恒不屑地看了許逸凡一眼。「那你就等你兒子滿地跑了再把你的妻兒接回去吧，不過到時候你兒子還認不認你這個爹就說不定了。」

許逸凡又怒了，誰敢教他兒子不認他?!不過想到寧嫵那性子，還真做得出這種事來。

在接受舒恒的洗腦後，許逸凡終於意識到問題的嚴重性，當下也不在忠毅侯府逗留，直接回家找他娘去了。這個卓雅不能留了，再留下去，他的妻子、兒子都要沒了。

接下來幾天，許逸凡天天準時上英國公府報到，當然主要是為了給寧嫵傳遞消息。例如院子裡的那堆丫鬟已經被他送出去了、安國公夫人已經在給卓雅找婆家了之類的事；不過這些事都是經由丫鬟轉述給寧嫵的，可憐的安國公世子還是沒能見到自己的夫人。

寧汐也勸過寧嫵，說她這樣拿喬會不會惹得她婆婆不高興？畢竟兒媳婦再親也越不過親兒子去。

寧嫵笑著擺擺手，說：「我那個婆婆早就想把卓雅母女送出府了，只是一直找不到機會，現在我在娘家留得越久，我婆婆越能用這件事做藉口，不然妳以為老夫人能輕易同意給卓雅找婆家？」

寧汐轉頭一想，覺得寧嫵說得也在理，便不管她了。不過安國公府的老夫人也著實可笑，年輕的時候狠了點，幾個庶子、庶女在她手下討生活沒一個得了好的，臨老了突然開始害怕，想要補償那些庶子、庶女，便把一個庶女生的孩子當寶貝寵。

後來寧嫵終於捨得見許逸凡了，許逸凡匆匆進了屋，將躺在床上的寧嫵上上下下打量了一遍，看她並沒有消瘦，精神也挺好的，這才放下心來。

寧嫵瞋了他一眼。「怎麼，怕我虧待你兒子？」

許逸凡挨著寧嫵坐下。「妳說妳，就是這張嘴不饒人，明明知道我不是那樣想的。」

寧嫵哼了一聲，轉過身不理會他。

許逸凡嘆了一口氣。這幾天他兩邊跑，在家裡母親給他擺臉色；過來岳家，岳母對他挺好的，可那兩個小姨子卻從沒給過他好臉色，每次都讓他覺得自己做了什麼滔天大罪一樣。可是仔細一想，自己好像也沒做錯什麼啊！所以許逸凡覺得自己其實也挺委屈的。

「我也不知道我是怎麼了，自從懷孕後，我的脾氣就變得很奇怪，情緒起伏很大，明明只是一點小事，就是忍不住亂想，受不得一點兒委屈，我也很討厭這樣的自己，可我控制不了。我現在只要一想到那天卓雅往你懷中倒去的一幕，我心裡就難受得緊……」半晌，寧嫵悶悶的聲音從床邊傳出來。

許逸凡聽大夫說過，懷孕的女子情緒易變，是他之前疏忽了，以為寧嫵身體好，不會出現這種症狀，所以此時心裡不免多了分愧疚。寧嫵雖然愛和他吵鬧，但終歸只是個女子，伸出手摸了摸寧嫵的頭，他柔聲說道：「是我錯了，沒照顧好妳，讓妳受委屈了。妳放心，以後我身邊的丫鬟都由妳來選，至於卓雅，母親也在著手為她找婆家了。」

寧嫵轉過身來，看著許逸凡。「你是不是覺得我在無理取鬧？沒錯，你又沒有跟她怎麼樣，也沒有做過什麼對不起我的事，我卻在這兒小題大做，不僅趕走了你身邊的丫鬟，還容不下你的表妹。」

「怎麼會？妳——」許逸凡的話還沒說完，就被寧嫵打斷了。

「我知道你一向憐香惜玉，也愛紅袖添香的情趣，你對所有女子都溫柔小意，可你是否記得你已經成婚了？彼之蜜糖，吾之砒霜；你越對她們溫柔，我心裡就越難受。你憐惜卓雅失去了父親，對她多為照顧，那我呢？我為你孕育子女，為你打理院中事務，還要每天面對一大堆覬覦自己丈夫的女人，我是你明媒正娶的妻子，你可曾考慮過我的心情？」寧嫵一開始只是想讓許逸凡更加內疚一些而已，不想越說就覺得越委屈，最後眼睛都紅了一圈。

許逸凡從沒想到看起來沒心沒肺的寧嫵心底竟藏了這麼多事，最後看寧嫵紅了眼圈，連忙將寧嫵抱到懷裡，輕聲細語地安慰，也暗暗發誓，日後再不會對寧嫵以外的女人溫柔了。

這日，許逸凡總算將寧嫵哄好了，寧嫵終於答應和許逸凡回家。

寧汐去送了他們，只是許逸凡看見寧汐還略有些尷尬。寧汐這次沒給許逸凡甩臉子，以前是為了配合寧嫵，現在兩人都和好了，她還湊什麼熱鬧？

臨走的時候，許氏叮囑寧嫵下次不准再這般胡鬧了，再深的情意也禁不起她這樣折騰。

寧嫵乖乖點了點頭。她又不傻，如果不是因為自己懷了孩子，卓雅又自個兒作死，她才不會在這個時候發作那些人；不過想到許逸凡日後不會再出去拈花惹草，欠一堆桃花債回來，她的心情就飛揚起來，這場鬧劇的結果她挺滿意的。

不久就傳來消息，卓雅與于尚書家的庶子訂了親。聽說卓雅的母親不太滿意，寧汐撇了撇嘴，妳一個庶出的女兒還要嫁多好？即使是尚書家的庶子那也是高攀了；不過明面上算是門好親事，就不知道暗地裡那位庶子是個怎樣的人了。卓雅之前算計過許逸凡，安國公夫人會讓她好過？不過，這就不是她該操心的事了。

一轉眼，楊絮苑就要進門了。

寧樺娶親這天，晴空萬里，明明是這麼好的一個日子，偏偏有些人要來鬧事。

聽完峨蕊的彙報，寧汐的臉色黑了一半，心裡後悔當時怎麼沒有把柳茹意給送得遠遠的，現在好了，人家直接鬧上門了。

可是心裡再怎麼著急，她一個閨閣女子也不好出去打聽，正好此時林嬤嬤從前院回來了，寧汐隱晦地問道：「嬤嬤，一切可都還好？」

林嬤嬤服侍寧汐也有一段時間了，知道寧汐是個聰明的人，猜她已經知道前院發生的事，便回道：「三小姐放心，一切都好。」頓了頓，怕寧汐還不放心，又說了句。「大少爺的婚事，世子夫人極為重視，絕不會出半點差錯。」

林嬤嬤這話說得委婉，寧汐卻反應了過來。以大伯母的性子，怎麼會給柳茹意鬧騰的機會？怕是這會兒人都被關起來了。

這天果然安然無事地度過了。

第二日，便是新人敬茶的日子，寧汐早早去了正廳。

很快地，寧樺和楊絮菀就過來了。進屋的時候，寧樺攙扶了楊絮菀一把，楊絮菀眼帶嬌羞地看了一眼寧樺，看兩人濃情密意的模樣，寧汐不由得抿嘴笑了。

楊絮菀是個聰慧的人，她備的禮也挑不出錯來，除去長輩外，送給寧汐這些同輩的都是銀飾，上面鑲著一些細小的寶石，不算特別貴重，但勝在精巧；送給寧汐的則是一只手鐲。

寧汐接過手鐲後，微笑著致謝。

對於寧汐釋放出的善意，楊絮菀自然樂意接受，向寧汐露出一個更真誠的笑容。

見完人後，便可以散了，不想大秦氏卻突然開口。

「大兒媳婦，我聽說昨日有個女子鬧到府裡來，怎麼回事？」

許氏聞言，臉色有些不豫。當時雖然她及時叫人將柳茹意關進了柴房，外人不知道內情，但英國公府的主子多少是知道一點的，她只能笑著回答道：「是一個外地來的女子，來我們府中尋親，只是她的親人已經不在我們府中做事了，兒媳便打發了她。」

大秦氏放下茶杯，看向許氏。「可我怎麼聽說她是樺兒的外室呢？聽說還懷孕了呢！既然有了我們寧家的子嗣，可不能隨意打發掉啊！」

聞言，不只許氏，大房的人皆變了臉色，楊絮莵的臉色更是蒼白不已。

寧樺的臉色也有些不好，但更多的是擔心楊絮莵，他悄悄伸手，捏了捏楊絮莵的手心。

許氏心裡實在氣極，別人家若是發生了這種事，家中長輩只會想著如何遮掩，哪有上趕著揭兒孫短的？而且還是在新媳進門的第二天，這不僅是在打新媳婦的臉，更是在打他們大房的臉啊！自家這個老夫人還真是個「好」的。

見大房的人不好過，大秦氏心裡就好過多了。

小秦氏心裡更是樂開了花。被大房打壓這麼多年，終於能出一口氣了，若不是強忍著，她怕是早就笑出聲。

英國公瞪了大秦氏一眼。他早就知道大秦氏沒什麼能力，畢竟是庶女出生，他也不奢求太多，才早早替大兒子求娶了江南許家女，但沒想到自己這個老妻自從交出手中的權力後，就越發拎不清了。現場還有未出閣的孫女在，竟就毫無顧忌地將什麼外室宣之於口，哪個世家太太是這般行事的？

寧汐雖然也很關心這件事，但她知道現在留下來才是不妥，於是轉過去看寧妙，可這位平時頗為聰明的姑娘卻還愣在原地，想來是被這個消息打擊到了。寧汐對寧樺的感情和寧妙她們始終是不同。寧妙從小和寧樺一起長大，心中對這個哥哥是非常崇敬的，所以一時有些難以接受這個消息。

寧汐嘆了口氣，拉了一把寧妙。

寧妙回過頭來看了一眼寧汐，見寧汐在給她使眼色，寧妙的眼神才慢慢變得清明。寧妙剛剛只是太震驚了才有些愣神，現在反應過來，自然知道寧汐想要表達的意思，便開口道：「祖父，既然已經見過了大嫂，那孫女就先帶弟弟、妹妹出去玩了，剛剛三妹妹還嚷著要去看池子裡的錦鯉呢！」

英國公讚賞地看了眼寧妙。對於這個孫女，他心裡是非常喜愛的，聰明通透又懂進退，嫁去哪家都能成為一個好的當家主母，可是一想到皇后對寧妙的另眼相待，英國公不禁在心裡嘆了口氣。「去吧，恰巧園子裡的菊花開得正好，你們多採些來，晚上我吩咐廚房的人給你們做菊花糕。」

寧妙點頭，先行走了出去。

寧顏雖然很想留下來看大房的笑話，但她也知道有些事不是她一個閨閣女子能打聽的，因此嘲諷地看了一眼楊絮菀後，便離開了；寧巧則跟在寧顏身後，就像個隱形人一樣。

出了正廳，寧顏就囂張起來，嗤笑道：「我們這個大哥平時看起來挺老實的一個人，沒想到私下心眼可真多，還沒成親呢，就先有了外室，還真是……」說著還發出「嘖嘖」的聲音。

寧汐皺了皺眉，看向寧顏，喝斥道：「身為妹妹竟然在背地裡編排自己的哥哥，看來是三嬸平時太忙，疏忽了五妹妹的教養。過段時間我就去請求皇后娘娘給五妹妹派個宮裡的管教嬤嬤來，定能讓五妹妹將規矩學得妥妥貼貼。」

寧顏知道自己在寧汐這兒討不到好，怕寧汐真的給她找個管教嬤嬤來，那她的日子就別想好過了，可讓她嚥下這口氣她又不願意，因此一時間走也不是，不走也不是。

「三姊姊，五妹妹性子直率，說話難免不中聽了些，對於大哥，五妹妹肯定是關心的，怎麼說都是一家人。這次還請三姊姊別和五妹妹見怪，妹妹在這裡替五妹妹給三姊姊道歉了。」一直站在寧顏身後的寧巧突然開了口。

寧汐挑了挑眉，半晌才開口。「四妹妹和五妹妹感情真好。」

寧巧羞澀一笑，隱隱露出了些少女的風情。

寧汐看了她一眼後，不再言語，轉身帶著寧堯和寧妙採花去了。

若是晚上沒有菊花糕吃，寧堯該鬧了。

第五章

後來寧汐悄悄打聽到，本來寧樺這事弄得自己祖父和大伯父挺生氣的，但因為許氏一口咬定自己的兒子只是可憐柳茹意，才將她贖了出來，並沒有把柳茹意當作自己的外室來養。

而寧樺雖然老實，可他恨透了柳茹意，此時又怎麼會承認？最後這件事也就這樣揭過去了；至於那個孩子，誰知道是哪個男人的？就算寧樺再老實也知道這個孩子留不得，而且他才成親，自然不愁孩子。

事後寧樺和世子還是被英國公喚去書房罵了一頓，精明如英國公怎麼會被自己兒媳的伎倆蒙蔽過去，不揭穿不過是想給寧樺留個面子罷了；大秦氏本就只想落落大房的面子，對於這個結果雖然有些不滿，但也算是給大房添了堵，便沒再說什麼；而柳茹意也不知被許氏送到哪兒去了，這輩子大概是再也見不到。

就在寧汐以為這件事塵埃落定的時候，突然被英國公喚去了書房。

寧汐無奈地站在書房裡。自她重生後，她已經是第三次進來這裡了，不知道為什麼，自己這位祖父一有事就愛把人叫到書房來，當然，這也說明這次英國公又有事要問她了。

寧汐想想，自己最近也沒出過門，乖乖地待在自己的汐園裡，就算有什麼事也跟她無關吧？這樣一想，寧汐的心情就放鬆許多，露出一個燦爛的笑容。

英國公看到眼前這個笑靨如花的孫女，是打心眼裡喜歡，可是一想到自己屬下之前查到的事，又不由得皺了皺眉，斟酌片刻，才委婉地說道：「汐兒，妳畢竟是還未出閣的女子，有些事還是不要插手得好。」

寧汐一愣，祖父這是什麼意思？

見寧汐疑惑地盯著自己，英國公乾咳了兩聲。「妳大哥那件事，妳應該告訴妳大伯母，而不是自己擅自插手，這事若是讓別人知道了，於妳閨譽有礙。」這事本不該他來說，可是寧汐父母雙亡，他又不願意讓其他人知道，只能將寧汐叫到書房來，自己親自交代幾句了。

寧汐心裡有些驚異又有些無奈。明明已經盡力將自己從這件事裡摘出去了，還是被祖父發現了，該說祖父底下的人厲害呢，還是自己手下的人笨呢？

寧汐訕笑道：「祖父，您是怎麼查到的啊？」

英國公瞪了寧汐一眼。「妳太小看妳祖父了，我畢竟是個公爺，要查點事還是查得到的。」說到這兒，英國公摸了摸下巴，若有所思地盯著寧汐。聽下屬說，柳茹意那事忠毅侯也在裡面插了一手，忠毅侯為什麼要幫寧樺呢？他跟英國公府沒什麼牽扯啊……

寧汐被英國公看得有些發毛，忙賠笑道：「祖父，我錯了，當時我知道這件事後心裡是又恨又急，怕大哥真的做出什麼傻事來，這才急著動手，是我思慮得不夠清楚，我下次會注意的。」注意不被您發現。寧汐在心裡默默補了一句。

英國公哪知道寧汐這些心思，只當寧汐知錯了，欣慰地點點頭，便讓寧汐離開。

但寧汐還未走出門口，就又被英國公喚了回來。

英國公喚寧汐回來本來是想問問她是否與忠毅侯熟識，但轉念一想，寧汐畢竟是個女孩子，臉皮薄，自己突然問她一個外男的事不太妥當，因此嘴邊的話便變成了——

「長公主府裡不是有宮裡賜的教養嬤嬤嗎？妳眼看就要及笄了，我打算讓許氏將她們接過來，妳也該好好學規矩了。」

寧汐吐了吐舌，這是報應嗎？之前她嚇寧顏要找個教養嬤嬤來管教她，現在祖父就要給她找個教養嬤嬤來管她。雖然現在她的內心是個二十多歲的婦人，可是少女時期她在教養嬤嬤手上吃了不少苦頭，現在看到那些教養嬤嬤她就頭疼，這大概就是所謂的心理陰影吧？但祖父的話她又不能反駁，於是秉著獨死死不如眾死死的心情建議道：「不如讓家中姊妹和我一起吧？那些都是宮裡出來的嬤嬤，跟著她們學習規矩，於大家都是有好處的。」

英國公覺得寧汐說的話在理，便應了。

等寧汐離開後，英國公不知不覺又想到了忠毅侯。雖然私下和這個小輩沒什麼接觸，但畢竟在朝上共事，對忠毅侯的能力還是很認可的，只是不知道人品怎麼樣？這些年來，忠毅侯倒是沒胡鬧過，比好多公孫子弟都強，不過還是要再觀察一下。

這時，在某個酒樓裡的舒恒打了個噴嚏。

「嘖嘖，忠毅侯的身體不是一向像鐵打的一樣嗎？怎麼也會染上風寒？快，一邊去，別把病氣過給我，我回家還要抱我娘子呢！」

許逸凡這段日子過得頗為順心，人心情一好，就開始作死了。

舒恒緩緩地睨了他一眼，淡淡地道：「不知道嫂夫人對你之前的桃花史感不感興趣？」

「舒恒，壞人姻緣是會天打雷劈的。」

舒恒冷笑一聲，不以為意地抿了口茶。

許逸凡到底怕舒恒將自己的情史透露給寧嫵，也不敢再招惹他，一個人躲到角落去，嘴裡唸唸有詞，也不知道是不是在詛咒舒恒。

舒恒見狀心情大好，嘴角上揚了些，只是現在他還不知道，自己因為寧樺的事，已經被英國公惦記上了。

因為寧汐「好心」的建議，英國公府的四位姑娘在教養嬤嬤手下過得苦不堪言，這其間，她收到來自寧顏無數枚的白眼以及來自寧妙無數記的眼刀，所以當寧汐看到楊玲瓏的帖子時簡直要熱淚盈眶了，她終於可以不再被寧妙的眼光凌遲了。

「想去玩？」寧妙看到帖子後淡淡地問了句。

寧汐兩隻手放在桌上撐著腦袋，聞言忙點頭，兩隻眼睛濕漉漉地盯著寧妙，那樣子和小溪討食的模樣竟然有微妙的相似之處。寧妙摸摸寧汐的頭，似笑非笑地說道：「可是姊姊覺得還有些規矩沒學好，明天想和嬤嬤們再學學呢！身為姊姊的好妹妹，妳難道不應該留下來陪姊姊嗎？」

……糟了，她發現二姊好像壞掉了，怎麼辦？

第二天，她們當然還是如約去見楊玲瓏。秋天正是賞菊、吃螃蟹的好季節，在臨近城郊的地方有一個頗大的湖泊，岸上種滿了秋菊，湖邊還有一家秋景軒，這裡不提供住宿，只提供蟹肉和一些特色糕點，且只在秋季開業。由於秋景軒烹飪出來的蟹肉實在美味，又是個賞菊的好去處，因此頗受京城貴人喜歡，這次楊玲瓏邀寧汐等人去的地方就是這個秋景軒。因為楊玲瓏只邀請寧汐和寧妙兩人，小秦氏心裡難免不舒服，但顧忌三公主，又不敢說楊玲瓏的不是，便將主意打到了寧汐兩人頭上，想讓她們開口帶寧顏去；誰知寧汐一心想著美味的螃蟹，根本沒顧及小秦氏說了什麼，拉著寧妙樂呵呵地出門，留小秦氏在她們身後又氣又急。

寧汐上世不怎麼出門，嫁給舒恒後，沒兩年身子就壞了，自然不能再吃螃蟹這種寒性食物，這次她終於可以放開胃口大膽地吃，怎麼能不高興？楊玲瓏在秋景軒包的廂房是坤字號房，窗口正對著湖面，是個賞菊的好位置。

寧汐兩人到的時候，楊玲瓏已經到了，她旁邊還坐了一個長相秀氣的女子，想來這便是楊玲瓏的新嫂嫂王氏了。

楊旭在夏末的時候成了婚，三公主為他選的是一個翰林的女兒，身分雖然不高，不過能入三公主的眼，想來必有過人之處。

寧汐兩人走進廂房時，楊大小姐連眼睛都沒轉一下，仍然和桌上的螃蟹大眼瞪小眼，反倒是王氏對她們露出了一個笑容，招呼她們入座，行事大方，讓寧汐頗有好感。

寧汐兩人一入座，楊玲瓏就馬上招呼她們吃螃蟹，而她的雙手已經迫不及待地朝桌上的螃蟹伸過去。沒想到高冷的楊玲瓏竟然是個吃貨，寧汐不由得笑了起來，寧妙顯然也不知道這個事實，見狀也有幾分驚訝。

寧汐與螃蟹奮鬥的時候，突然瞟到窗子竟然沒有打開，便隨口問道：「怎麼不開窗？」楊玲瓏疑惑地盯著寧汐，那眼神分明是在問她：為什麼要開窗？

寧汐將進來之後楊玲瓏的舉動在心裡過了一遍，靈光一閃，慢吞吞地說道：「難道妳來這兒只是為了吃螃蟹？」

「不然呢？來這兒除了吃螃蟹，還能幹麼？」

聞言，寧汐手上的蟹腿掉了。

楊玲瓏見狀，頗為嫌棄地向一旁移了移。

發現自己被楊玲瓏嫌棄的事實後，寧汐有些欲哭無淚，在心裡大喊：這兒除了吃螃蟹，最重要的是賞花、賞水、賞秋景啊！這個廂房可是賞菊的好位置，竟然被楊玲瓏這樣的吃貨給搶了，不知道那些因訂不到廂房而遺憾的學子們知道後，會不會想撕了楊玲瓏？不過寧汐也同意楊玲瓏的某些觀點，例如比起賞菊來，她果然還是更喜歡吃蟹肉。

很快地，放在桌上的三盤螃蟹就被她們四人吃完了，光寧汐和楊玲瓏兩個人就解決掉了兩盤。

當楊玲瓏想再叫幾盤的時候，卻被店家告知螃蟹已經沒了。

楊玲瓏立刻擺出一副高貴冷豔的模樣，右手輕輕敲擊著桌面。「這麼大間店，螃蟹還會賣斷貨？是真的沒了，還是不願賣給我們呢？」

那個店小二也很無奈。「今天店裡的客人突然多了起來，小店準備的螃蟹實在是不夠，還請貴人們見諒。」

「好了，螃蟹性寒，吃多了也不好。」王氏先拍拍楊玲瓏的手，安撫了她，才轉頭對店小二說道：「你去打包幾份糕點上來。」

見狀，寧汐挑了挑眉。看樣子楊玲瓏和王氏感情不錯嘛！

楊玲瓏仍然有些不高興，像一個沒吃到糖的小姑娘一樣抿著嘴，眼珠轉了轉，最後落到寧汐身上，嘴角一勾，對寧汐說道：「寧三，今天我請妳來秋景軒吃螃蟹，難道妳不應該禮尚往來嗎？」

寧汐愣了愣，這才反應過來楊玲瓏口中的「寧三」是在叫她，頓時有些無奈，卻又有些高興，這樣是不是說明楊玲瓏已經將她當作朋友了？

「知道啦，下次請妳來秋景軒吃螃蟹。」寧汐知道楊玲瓏不是捨不得花錢，而是需要一個出門的理由。

聞言，楊玲瓏露出一個淺淺的笑容，輕聲說道：「記得，下次要叫十盤。」

寧汐沈默了。十盤?!妳一個小姑娘真吃得下？果然是在記恨這次沒吃滿意，這姑娘也太凶殘，以後絕對不能再和這個女人搶食物了。

店小二走出寧汐她們那個包廂後，並沒有下樓，而是轉身去了角落的一個房間。

屋內坐著兩名錦衣男子，一名男子臉上掛著和煦的笑容，溫暖了一室，卻沒融化旁邊那個自始至終都冷著臉的男子，這兩人正是李煜和舒恒。

店小二進來後便對舒恒說道：「公子，事情都辦妥了。」雖然有些納悶公子為什麼會叫自己不准再賣螃蟹給坤字號房的人，但他的面上卻沒顯示出一絲疑問來。

舒恒點了點頭，讓店小二退出去。

沒錯，這個秋景軒正是舒恒的產業，這裡的掌櫃、店小二都是他手下的人，秋景軒從不招收外人，所以知道舒恒是幕後老闆的人不多。

李煜戲謔地看著舒恒，臉上仍然帶著適當的笑容。「我從沒聽說過秋景軒的螃蟹也會斷貨。」

舒恒掃了李煜一眼。「那是你孤陋寡聞。」

李煜不是許逸凡，不會輕易被李煜氣得跳腳，只見他嘴邊的笑意未減，仍然保持著風度。「螃蟹性寒，確實不宜多食，只是我很好奇，你關心的那個人究竟是誰？」

舒恒的嘴角微微翹起，看向李煜。「你很想知道？」不等李煜回話，舒恒繼續說道：「可我不想告訴你。」

饒是李煜，聽到這話時嘴角也忍不住抽搐了幾下。這小子什麼時候也有興趣吊人胃口了？哼，真當他不知道啊！李煜眼眸一轉，嘴上的笑容多了幾分惡作劇的意味。「我才懶得管你在乎的女子是誰，只是警告你一句，我家的那個平樂郡主你可招惹不得。」

聞言，舒恒握緊了右手。

李煜只當沒看見，繼續道：「父皇的意思，是要為她賜婚，而且我看父皇挺喜歡她的，好像有將她指入皇室的意思。」

如今大皇子已經娶妃，三皇子比寧汐小，能娶寧汐的也就只有李煜了。

「她不會的。」舒恒的語氣淡淡的，聽不出喜怒。

「那麼肯定？」

「因為有些東西，我勢在必得。」說完，舒恒鬆開了之前握緊的拳頭，茶杯的碎片緩緩落下。「子玉，你有丟過最珍貴的東西嗎？」雖然是在問李煜，可舒恒的眼神卻像是透過他在看其他的東西。

李煜搖了搖頭。

舒恒苦笑一聲，收回目光，踱步到窗邊，看著熱鬧的街道，眼神飄忽。他丟過，所以他比任何人都清楚失去的痛苦，到現在他還會夢到那些日子，痛苦、迷茫還有對自己的憎恨。

他甚至會想，為什麼他還活著？為什麼死去的那個人不是他？

李煜收回臉上的笑容，看著舒恒，剛剛他似乎從舒恒的眼神裡看到了……傷痛？

此時剛從秋景軒離開的寧汐，隨意撩開車簾，突然看見了二樓的舒恒，不由得怔住了。舒恒看起來似乎很孤寂，這樣的他讓寧汐覺得很陌生，一時心裡有些難受，又重重地放下簾子。

坐在寧汐旁邊的寧妙問道：「怎麼了？」

寧汐搖搖頭。

等寧汐兩人回到英國公府，就被門房告知家中有客人來了，老夫人讓她們都過去。

寧汐和寧妙相視一眼，皆面帶疑惑。

門房見狀透露道：「是臨安伯府的大夫人過來了。」

寧汐點了點頭。要說這大秦氏和臨安伯府的關係也比較微妙，大秦氏雖出身臨安伯府，但不是嫡出，嫡庶關係一向不甚融洽，大秦氏和現在的臨安伯自然也是。大秦氏在嫁入英國公府後更是不將自己這位大哥看在眼裡，和娘家的關係一直僵持不下，直到寧知守到了娶親的年紀，大秦氏才突然意識到自己的兒子如果想要有一個光明的前途，娘家的支持必不可少，於是為了替兒子爭取到臨安伯的支持，大秦氏替兒子求娶了臨安伯的嫡次女，即如今的小秦氏，兩家的關係才緩和了些。臨安伯有三位嫡出兒子，至今還未請封世子。

寧汐和寧妙到正院的時候，屋裡不知在說些什麼，傳出了一片歡聲笑語，寧汐挑了挑眉，踏進屋裡。

一個坐在大秦氏下首、身著紅色芍藥花紋長裙的貴婦人看見寧汐，朝她投來一個意味深長的眼神，讓寧汐忍不住移開了目光。

「汐兒、妙兒快來，這是妳們表舅母。」

聞言，兩人上前給這位婦人行了個禮。

于氏笑著受了她們的禮，然後拿出兩支金釵，遞給兩人，這其間眼神毫不顧忌地上下打量了番寧汐。

寧汐因于氏的打量，對其印象並不好，現在見其給的見面禮如此厚重，心裡難免犯嘀咕。

于氏收回目光，對大秦氏笑道：「姑母家的兩個孫女都是好的，特別是這位寧三小姐，我瞧著就覺得是有福氣之人。」

大秦氏也微微一笑。「喜歡就好。」

站在一旁眼觀鼻、鼻觀心的寧汐聞言，皺了皺眉，不知這兩人在打什麼啞謎。

不一會兒，于氏就告辭離開了，寧汐也回了院子，而寧妙則跟著許氏去了許氏的院子。

「怎麼回事啊？我怎麼覺得那個表舅母怪怪的？而且今天祖母對三妹似乎也過於熱情了些。」

許氏的嘴角露出一個嘲諷的笑容，然後看向寧妙，正色道：「妙兒，妳一定要記住，日後不管妳的地位有多高，都要認清自己的位置，絕對不能因為一時得意而犯糊塗，被人挑撥去插手不該插手的事。」

寧妙點了點頭，然後突然反應過來。「祖母她又要做什麼糊塗事了嗎？還和三妹妹有關？」

許氏拍拍寧妙的肩膀。「別擔心，這事有妳祖父在，她做不成。」

果然，就如許氏所料，當晚大秦氏向公爺提起于氏白天說的事後，就被英國公喝斥了一頓，讓她別多管閒事，也少和臨安伯府的人來往。

大秦氏覺得有些委屈。她是這英國公府的女主人，管小輩的婚事怎麼就成了多管閒事？但她也只敢在心裡嘟囔兩句，派人去給于氏退了信。

不想幾日後，于氏又再次登門拜訪。

知道于氏所為何事而來，不等她開口，大秦氏就道：「這事不是我能說了算的，妳姑父不同意我也沒法，這事就算了吧！」

于氏也不惱，反而笑嘻嘻地說道：「要我說啊，這兒女姻緣還是要自己看對了眼才是最好的，不如讓三小姐與我家那個姪子見上一面，說不定就瞧對眼了呢！而且就算看不上，大家都是親戚，見上一面也沒什麼大不了的。」

「這……」大秦氏面露猶豫，想起那晚英國公的吼聲，她還是有些後怕。

見狀，于氏話鋒一轉，繼續勸說：「其實姑母，平樂郡主嫁給我姪子對您也有很大的好處。」

大秦氏狐疑地看向于氏，顯然是被于氏的話吸引了。

于氏再接再厲道：「您想啊，平樂郡主嫁給我姪子後，不就是咱臨安侯府的親戚了嗎？到時候難道她敢不幫襯您這個臨安侯府的姑奶奶？您讓她辦點事，她還敢推三阻四嗎？她地位再高也怕得罪夫家吧？」

大秦氏有些動搖了，聽起來似乎真的不錯；而且她也看明白了，寧汐根本不願意提攜寧顏，之前讓寧汐順便帶寧顏入宮她都拒絕了，若是寧汐嫁給了于氏的姪子，那寧汐的夫家及臨安伯府與自己的利益可就緊密相連了，到時候看她還敢不敢拒絕自己的要求？自認為想清楚了其中關聯的大秦氏，態度瞬間變得積極起來。「那怎麼讓他們見面呢？」

于氏嘴角上揚。「那簡單，過幾天……」

很快地，于氏就從正院出來了。

跟在她身邊的嬤嬤有些不安地問：「真的要這樣做嗎？若是被發現了，上面怪罪下來又該如何是好？」

聞言，于氏的臉色變得陰沈。「妳以為我想走這步險棋？這些年，我沒能為大爺生下一兒半女，只能眼睜睜地看著一個個庶子冒出來，我娘家大哥又不爭氣，撐不起門第，眼看著娘家一天天衰敗，我如何忍得？若是娘家倒了，我又如何能在臨安伯府立足？大爺為了世子之位，一心想要個嫡子，早就生了休棄我的心思，我若不早作打算，總有一天會成下堂婦。」

于氏的娘家是永寧伯府，永寧伯這個爵位到她哥哥就是最後一代了，而自家姪兒和自己哥哥一個樣，都是不著調的，怕是也不會有什麼大出息。就在她為娘家的未來著急上火的時候，在英國公的壽宴上，她突然看見傳說中的平樂郡主，想著自己英國公府的姑母是個心大蠢笨的，便不知不覺將主意打到了寧汐頭上。等到寧汐十四歲，時機也算成熟了，她便毫不猶豫地上門來說親；不管英國公同不同意，這件事都必須成功，哪怕用些見不得人的手段。

想到這兒，于氏的眼神變得陰鬱起來。

等于氏離開後，一旁的樹蔭裡走出一個身材瘦弱、長相普通的丫鬟，手上提著一個鳥籠，籠子裡是一隻灰色的鴿子。

這個丫鬟是前兩天管家在英國公府外的小巷裡撿到的一個小乞丐，因為年齡和管家的孫女相似，管家有幾分不忍，在查過這個小乞丐的身分沒有可疑後，就將她帶回英國公府，讓她負責前院的灑掃。

「小灰，果然就像奇哥哥說的那樣，這些大宅子裡的女人都是一肚子壞水。」說完，小丫鬟笑咪咪地拍了拍籠子，將籠子打開，名喚小灰的鴿子撲撲兩下後向天空飛去。

小丫鬟抬頭瞇著眼睛看著鴿子飛遠了，這才滿意地離開。

幾天後，臨安伯夫人的壽辰，大秦氏帶著英國公府的女眷過去拜壽。在臨安伯夫人那兒說了一會兒話後，大秦氏便提出要去後邊的楓葉林轉轉，說是以前在閨中的時候很喜歡去那裡，並且拒絕了許氏的陪同，而是讓四個孫女相伴。

寧汐只當大秦氏在外人面前不好太過於偏心寧顏，才會將四個孫女都叫上，可是還沒到楓葉林，大秦氏就把腳扭傷了。看了眼坐在石頭上、皺著眉頭的大秦氏，寧汐無語，看她以前生氣的時候精力那麼好，沒想到走幾步都能把腳扭傷。

嘆了口氣，寧汐說道：「我和二姊姊去找人來幫忙，祖母的腳傷耽擱不得。」

大秦氏聞言忙道：「穿過前面的楓葉林就是我以前住的院子，為防萬一，汐兒妳去那邊找人過來幫忙，至於妙兒，就去臨安伯夫人那邊找人。」

寧汐皺了皺眉，讓她一個外人在臨安伯府的後院裡亂走真的妥當嗎？

寧妙想到之前于氏登門一事，也有些不放心寧汐，遂建議道：「不如讓五妹妹陪三妹妹去吧，免得三妹妹迷了路，耽誤了時辰。」

聞言，大秦氏瞪了寧妙一眼。「臨安伯府就這麼大，哪那麼容易迷路？還不快去，妳們是不把我這個祖母放在眼裡了嗎？」

寧妙咬了咬下唇，還是有些不放心。

寧汐看向寧妙，輕微地向她搖了搖頭，向楓葉林走去。

寧妙沒法，只好快步往回走。

寧汐也覺得大秦氏的態度不太對，可是又想不通大秦氏能算計到自己什麼，而且她是跟著大秦氏出來的，如果她出了事，這裡又是大秦氏的娘家，大秦氏也脫不了干係，大秦氏應該不會傻到在臨安伯府算計自己吧？這樣想著，寧汐就安心了幾分。

然而寧汐完全沒想到，大秦氏真的有可能那麼傻，所以說有時候才智不在同一水準，真是件挺痛苦的事。

就在寧汐快走進楓葉林的時候，突然伸出一隻手將寧汐拉進了旁邊的假山中，寧汐還來不及喊叫就被男子寬厚的手掌摀住了嘴。

「閉嘴，蠢女人！」略帶著憤怒的男子聲音從寧汐身後傳來。

聽到身後人的聲音，寧汐原本懸起的心放了下來，然後慢慢抬起右腳，狠狠地朝後面男子的小腿處踢去。

身後的男子發出一聲悶哼，手鬆了些，有些難以置信地看著趁他鬆開手時轉過來的女子。她竟然踢他！

「我倒沒想到，忠毅侯有強擄良家婦女的喜好。」寧汐毫不掩飾自己的嘲諷。

舒恒的額際跳了跳，想到若不是他出現，現在寧汐已經毫無防備地走進了楓葉林，心裡又是一陣窩火，說出的話不自覺地帶了些諷刺。「若不是我擄走妳這個良家女子，怕是過幾天妳就能嫁人了。」

寧汐皺了皺眉，有些狐疑地看向舒恒，思考他話中的意思，可還沒理清楚就聽到外面傳來交談聲。寧汐朝外看了一眼，只見于氏帶著幾位貴婦人走了過來，一邊走還一邊說——

「我家這片楓葉林雖然小了點，但楓葉紅得像晚霞一般漂亮，希望各位夫人不要嫌棄才是。」

眼看著她們進了楓葉林，寧汐眼中多了絲深思。于氏在這個時間過來會不會太巧了點？

舒恒眉一挑，嘴邊帶著若有還無的笑意。「現在信了？」

見寧汐露出懊惱的表情，舒恒的語氣不由得和緩幾分。「想不想去看戲？」

「你做了什麼？」

舒恒露出一個陰森森的笑容。「去看看不就知道了？」說完就朝楓葉林走去。

想到舒恒剛才的笑容，寧汐覺得背脊一陣發涼，不禁揉了揉手臂，跟了上去。

「你一個外男，到這兒來不妥吧？」

「沒事，離遠點就好了。」

「哦。」反正被發現的話尷尬的人又不是她，寧汐也就懶得管舒恒了。

跟著于氏走了一段路，這其間只聽見這些夫人之間的閒話交談，並沒有發生什麼特別的事，就在寧汐懷疑自己被舒恒耍了的時候，突然聽到了男子的聲音，然後便是于氏的聲音。

「夢賢，你怎麼會在這裡？」名為夢賢的男子便是于氏的娘家姪子。

聞言，于夢賢奇怪地回道：「不是姑母叫我過來的嗎？」

于氏事前並沒有給自己的哥哥和姪子傳話，她怕這兩個不著調的人太過興奮，會壞了她的計劃，偏偏于夢賢又不是聰明的人，聽到于氏這樣問，想都沒想就將實話說了出來。

于氏暗罵了聲蠢貨，臉上依然露出恰當的驚異表情。「我從沒讓丫鬟去請過你啊！必是有人打著我的旗號辦事。」

聞言，于夢賢就知道自己的姑母在說謊了。來請他的人明明是于氏身邊的大丫鬟，他怎麼可能認錯？不過他也沒傻到在大庭廣眾下揭穿自己的姑母，畢竟姑母沒有孩子，對他一直都還算疼愛，於是，他撓撓頭道：「那大概是我弄錯了。」

于氏滿意地點了點頭，然後故意問道：「你剛剛一直在這兒？」

于夢賢點了點頭。

「剛剛聽英國公夫人說，寧三小姐過來這邊了，我怎麼沒看到她？」

于夢賢沒察覺到于氏話中的意思，仍然老實地說道：「英國公夫人記錯了吧！我沒看到有女子過來啊！」

于氏的性格有點自負，認為自己的安排定是天衣無縫，且之前有丫鬟來告訴她看見寧汐進了楓葉林，她自然就信了，所以雖然此刻于氏沒看到寧汐，卻是不信于夢賢的話，只當自己姪子大男人心態作祟，為了維護寧汐的聲譽而特意說謊。于氏的眼珠轉了一圈，也不知寧汐藏在哪個地方，便故意掩嘴笑道：「你說沒有就沒有吧！」說著還特意略帶深意地看了于夢賢一眼。

于氏身邊的夫人個個都是人精，于氏雖故意說得含糊不清，但她的動作和眼神都在暗示著于夢賢是在說謊，目的自然是為了維護寧汐。在她有意的引導下，這些夫人們也不由得猜起于夢賢和寧汐的關係來，看于夢賢的眼神也變得微妙。

于夢賢雖然不太懂女人之間的彎彎繞繞，但也覺得于氏說的話有些不對，可又不知道是哪裡不對，心裡便有些上火，話語間不由得衝了些。「什麼叫我說沒有就沒有？難道我這麼大個人連有沒有人過來都看不清嗎？」

于氏知道自家姪子脾氣衝，怕他說出什麼出格的話，當即便安慰道：「好了、好了，姑母隨口問問罷了，看你著急上火的。」今天雖然沒能看到寧汐和夢賢待在一塊兒的場景，但自己剛剛那番話已經給在場夫人們的心裡埋下懷疑的種子，等過幾日再叫人傳出些話去，寧三小姐的婚事就由不得他們英國公府說不了，人言可畏可不是說著玩的。然後又轉頭說道：「我可警告你，我們永寧伯府可是正經人家，你做事可要知道負責啊！」

于氏的話隱隱傳到寧汐耳中。寧汐以為上世的歐陽玲已經夠無恥了，沒想到這個于氏更不要臉，自己自始至終都沒出現過，她還能往自己身上潑髒水。

寧汐身後一直沈默著的舒恒眼中閃過一絲狠戾，想到如果不是自己及時出現，寧汐現在可能會遭遇到這些事，就不由得握緊了拳頭。他一向看不起女人之間的這些伎倆，也不屑與這些女人計較，但如果事情涉及到寧汐，他不介意做個小人。

就在寧汐想衝出來去證明自己清白的時候，一個小丫鬟突然竄到了于氏面前。

「夫人，您之前叫奴婢去請三姑娘過來楓葉林，可是走到半道兒，三姑娘的衣服不小心被樹枝刮破了，所以先回去換衣服了。」

小丫鬟口中的「三姑娘」是臨安伯二房的嫡女，大小姐和二小姐都出自大房，但因都是庶出，所以三小姐才是府中最矜貴的千金。

于氏擰著眉頭。她認得這個丫鬟，就是之前告訴她看到寧汐進了楓葉林的那個丫鬟。

「我什麼時候叫妳去請三小姐了？」

小丫鬟一愣，有些無辜地回道：「您之前不是讓我去把三小姐請來楓葉林嗎？難道是奴婢聽錯了？可是除了府中的這個三小姐，哪裡還有個三小姐啊？」

這些夫人中恰好有個平時與于氏有些不對盤，聞言便譏笑道：「小丫鬟，怕是妳聽岔了，妳家夫人可不是讓妳去請你們府裡的三小姐，而是去請英國公府的寧三小姐呢！」

小丫鬟聽到這話後，小心翼翼地看向于氏。「真的是奴婢聽錯了嗎？如果是這樣，那奴婢馬上去請寧三小姐過來，剛剛奴婢還在湖邊碰到了寧三小姐呢！」說完還露出一副「又得多跑一趟」的懊惱模樣來。

于氏算是明白了，自己這次是被人算計了。這個小丫鬟是她院子裡的粗使丫鬟，平常見到的機會都不多，她怎麼可能派去辦事？況且她真的沒有叫人去請過什麼三小姐啊！

「我不知道妳在胡說八道些什麼，妳不過是我院子裡的粗使丫鬟，我怎麼可能讓妳替我辦事？誰給妳的膽子，竟然敢誣陷主子！」

小丫鬟似乎被于氏的這番說辭給嚇到了，驀地就跪了下去，雙手死死地抱住于氏。「夫人，奴婢雖然愚笨，但也不敢背著主子辦事啊！明明是您說讓奴婢去請三小姐來這楓葉林，還說等三小姐進去後就馬上通報您的。奴婢是把事給辦砸了，奴婢也願意受罰，但夫人您不能說奴婢背主啊！這樣以後府裡還有誰看得起奴婢？哪個主子又敢用奴婢？」

于氏被小丫鬟這副模樣氣得心口疼，她不過說了一句，就被這個丫鬟反駁了十句，究竟誰是主子、誰是丫鬟啊?!氣極之下，她踉蹌了兩步，頭疼地倒在自己貼身丫鬟身上，當然，于氏這頭疼一半是被氣的，一半是裝的，主要是她怕這個小丫鬟又說出什麼驚人的話讓在場的夫人們聽了去。今天這事已經不成了，怎麼說也不能丟了自己的臉面；雖然剛剛小丫鬟的話可能已經引起這些夫人的懷疑，但畢竟沒有真憑實據，自己怎麼著也是世家夫人，她們不敢在外面亂說些什麼的。

「姑母。」剛剛被主僕倆弄得暈乎乎的于夢賢見自己姑母快暈過去了，這才反應過來，忙上前攙扶于氏。

見于氏已被扶著要離開，小丫鬟忙在于氏身後喊道：「夫人，還請不請三小姐過來啊？還有，到底是請我們府裡的三小姐還是英國公府的三小姐啊？您這次得跟奴婢說清楚呀！」

聞言，于氏感覺自己不用裝了，她的頭真的快被這個小丫鬟氣炸了。她驀地轉過身去，狠狠地盯著小丫鬟。「老老實實在楓葉林裡跪著，我沒發話之前妳不准起身。」

剛才那個和于氏不對盤的夫人故意落在最後，悄悄走到小丫鬟面前。「妳家夫人今天被妳氣得這麼慘，肯定沒時間去管什麼三小姐了；倒是妳，怕是在妳夫人面前得不了好了。」

小丫鬟可憐兮兮地看著這位夫人。「那奴婢該怎麼辦啊？奴婢只是說了實話啊！」

這位夫人因為看到于氏出糗，心情美得很，現在看到害于氏出糗的罪魁禍首自然也覺得親切，便大發慈悲地提醒道：「你們臨安伯府誰能管得了你們夫人，妳就去找誰呀！」說完還朝她眨眨眼才離開。

等眾人都離開後，小丫鬟一改之前怯弱的模樣，臉上的神色變得淡淡的，輕輕拍去身上的灰塵後，輕快地走了。

寧汐睜大眼睛，難以置信地看著這一幕，呆呆地轉過頭去，問：「她是你安排的人？」

舒恒本來心情還有些陰鬱，可看到寧汐這副呆呆的模樣，心裡的鬱氣突然都消散了，甚至嘴角還帶了絲不易察覺的笑容，點了點頭。

「你怎麼辦到的？」寧汐仍然有些無法相信，難不成這廝在臨安伯府裡安插了人？

似乎猜到了寧汐心中的想法，舒恒笑著搖了搖頭，道：「不過是稍微調查了一下于氏身邊的人而已。」如果不是于氏行事過於狠戾，差點將小丫鬟唯一的弟弟打殺，他又怎麼收買得了這個丫鬟？

見舒恒不再深談，寧汐也見好就收，沒再追問小丫鬟的事，只有些無奈地說道：「這臨安伯府的大夫人也不知怎麼想的，就算她姪子娶了我，她能得到什麼好處？」

舒恒深深地看了寧汐一眼，才移開目光，緩緩道：「妳太小看自己的價值了，對於于氏來說，妳若成了她的姪媳，妳的身分便能讓她在臨安伯府站穩腳跟。」

身分。寧汐的眼神微冷。英國公的孫女，同時又是個郡主，聽起來是挺誘人的。

「那你又為什麼要幫我？我不認為我有讓忠毅侯親自動手相助的價值。」

聞言，舒恒眼中露出些許苦澀的神色，半晌，他才輕聲說道：「如果我說我只是不願看見妳受到傷害，妳相信嗎？」聲音不大，語氣卻很鄭重。

寧汐一怔，隨即撇過頭躲開舒恒的眼光，扯出一個生硬的笑容。「忠毅侯別和小女子開這種玩笑了。」然後飛速轉身離開，甚至不敢再看舒恒一眼，頗有幾分落荒而逃的意味。

舒恒抿了抿嘴。「果然還是過於著急了嗎？」

當天夜裡，寧汐作了個夢，夢見了她的童年，準確地說，是她前世的童年——

「李嬤嬤，我不想去見太后娘娘，我覺得她不喜歡我。」說話的是一個小女孩。小女孩皮膚白嫩，五官精緻，一雙眼睛生得極美，可眼中的怯意卻生生破壞了這份美感。

李嬤嬤低下身，輕聲說道：「太后是郡主的祖母，怎麼可能不喜歡郡主呢？」

原來，小女孩正是年方十歲的寧汐。

「可是，祖母她很少召見我。」

「那是因為太后娘娘太忙了，郡主也要體諒太后。今日是太后的壽辰，郡主不要給太后惹麻煩好嗎？」

寧汐點了點頭，繼續向延壽宮走去。

李嬤嬤趁寧汐不注意時低低嘆了一口氣。記得當初長公主還在的時候，太后還是挺疼愛小主子的，如今長公主去了，太后反而遷怒到小主子身上，一年難得見小主子一次，眼見小主子的性格變得越來越內向、處事越來越敏感，她就心疼得緊。

走沒幾步，寧汐忍不住打了個噴嚏。雖然入了春，可空氣中還是帶著些冷意。

李嬤嬤見狀，暗罵自己一聲。自己一時心急，竟將斗篷忘在了馬車上，郡主身子本來就弱，要是再被冷風吹一下，回去後不知又得吃多少苦頭了。

「郡主，老奴回馬車給您取斗篷過來，您一個人待在這兒等一下老奴可以嗎？」不是李嬤嬤狠心要將寧汐丟下，只是寧汐體弱，從宮門口走到這兒額頭已經出了一層薄汗，她實在不忍心寧汐來回折騰，只怪她將四個丫鬟留在了宮外，否則現在也不用將郡主一個人留下。

寧汐小心翼翼地打量著四周的環境，她正處在一條幽靜的宮道上，道路兩旁都是一些花草，不遠處還有個可以歇腳的小亭子。雖然自己一個人留下有些害怕，但她還是乖巧地點了點頭。

李嬤嬤也不敢繼續耽擱，叮囑寧汐不要到處亂跑後，就往宮門走去。

寧汐百般無聊地盯著自己的腳尖站了一會兒，眼珠便有些耐不住寂寞地轉動起來。她進宮的時間很少，因此對她來說，宮裡的一切都是陌生又新奇的。

忽然間，她望見一棵桃樹枝頭竟然有點點粉紅，不禁走近了些探看，眼中隨即露出欣喜。果然有幾枝樹椏已經開花了，那含苞待放的模樣好不惹人憐愛。

寧汐咬了咬唇，確定四周沒人後，便踮起腳尖，伸手盡力去搆那枝桃花，可她身量矮小，努力幾次都搆不到，心中不由得生出幾分懊惱，擰著秀氣的眉毛，跺了跺腳。

突然，一隻手越過寧汐的頭頂，摘下寧汐心心念念的那枝桃花。

「妳是要這枝桃花嗎？」

沒想到會突然有人出現的寧汐被嚇了一跳，轉過身去才看到說話的人是一個十五、六歲的少年，長相俊美，只是不苟言笑的模樣讓寧汐有些害怕。

少年將桃花伸到她面前揚了揚。「妳不是想要這枝桃花嗎？」他其實已經在她身後站了好一會兒，看到這個小矮子努力地踮起腳尖去搆枝椏，卻一直都搆不到的模樣，不知為何竟然取悅了他，尤其是她沒有摘到桃花而跺腳的動作，更是讓他忍俊不禁。雖然沒有看到小女孩的神色，但他卻覺得這個女孩現在應該是懊惱得很，因此他竟破天荒地上前幫她摘花。

由於少年一向不習慣表露自己的情緒，所以在寧汐看來，他就是一副內斂嚴厲的模樣。

寧汐看著近在眼前的桃花，眼中流露出渴望的神色，但她卻不敢伸手去接，反而下意識地將身子縮了縮。和陌生人接觸這件事，她真的不太擅長。

少年皺了皺眉，想著莫不是自己這副神色嚇著了她？便將桃花放在地上後，轉身離去。

寧汐看了看被安靜地放在地上的桃花，又看了眼少年離去的背影，抿了抿唇，最後撿起桃花，向少年跑去。

本來已經走遠的少年感覺有人拉了拉自己的衣袖，下意識轉過頭去，卻見剛剛那個女孩左手拿著桃花，右手揪著他的衣袖，仰著頭盯著他，少年這才覺得這個小女孩真的挺矮的，身量還不到他的胸口。

「什麼事？」少年挑了挑眉，問道。

寧汐心裡一慌。她是來道謝的，可是面對眼前這個陌生人，她又不知道該怎麼說了，心裡著急，眼圈都憋紅了。

少年有些好笑地看著眼前的女子。明明眼裡滿是怯弱，可手卻緊緊地抓住他的衣袖，生怕他跑了一般，不知怎地，女孩這模樣竟讓他心軟了幾分，於是彎下腰和女孩面對面，輕聲說道：「別怕，說吧，什麼事？」

少年溫柔的聲音如春風般拂過寧汐的心湖，寧汐竟然覺得沒有之前那般心慌了。她努力地扯了扯嘴角，露出一個笑容。「謝謝。」

看到女孩略帶不安卻不失美麗的笑容，少年不自覺也露出了笑意。

直到少年已經轉身離開了，寧汐的腦子仍舊浮現著剛剛看到的那個笑容。原來他笑起來那麼溫暖。

「哎喲，我的郡主，妳怎麼到這兒來了？」

聽到李嬤嬤的聲音，寧汐才回過神來，見嬤嬤手上拿著斗篷，臉色潮紅，明顯是急速趕過來的，便有些歉意地說道：「剛剛碰到一個……」寧汐愣了愣，這才反應過來，她連那人的名字都不知道。見李嬤嬤一臉緊張地盯著自己，寧汐搖了搖頭。「沒什麼。嬤嬤，我們快走吧，遲了就不好了。」

很久以後寧汐才知道，那日遇見的少年，名喚舒恒。

驀地，寧汐睜開眼睛，坐起身來，才發現夜已經深了。外間的峨蕊聽到聲音，輕聲問道：「小姐，怎麼了？」寧汐用手拍了拍額頭，回道：「沒事，我起來喝杯水，妳先睡吧！」寧汐正打算下床的時候，峨蕊卻已經端了一杯水進來。

寧汐接過來道謝後，催促峨蕊回去休息，等峨蕊離開後，寧汐才敢露出惆悵的神色。

她不知為何會夢到上世年少的事，許是被今天舒恒說的話嚇到了吧？當時她的確是落荒而逃，因為比起舒恒的話，她更害怕自己的心意。她不得不承認，聽到舒恒那句話時，她的心劇烈地跳動起來，她才發現，原來這一世她對舒恒仍然做不到波瀾不驚；她很害怕，害怕自己再次對舒恒動心，可是她比任何人都清楚，舒恒是毒，碰了只會痛不欲生。寧汐握著茶杯，暗自出神。

舒恒，你明明不喜歡我，為何要來招惹我？現在的我又該如何來面對你？

今夜注定無眠的不止寧汐一人，和英國公府隔了幾條街的忠毅侯府的書房也是未斷燈火。

舒恒坐在書房裡，兩眼凝視著桌上的畫卷，畫上有個小女孩身著紅色的繡裙，踮著腳想要摘枝頭的桃花。這幅畫是他好多年前畫的，那時他回府後總是想起白天看到的那幕，一時興起便畫了下來，只是他沒想到，那個小女孩竟會就此成為他心頭的朱砂。

今日的事在他收到消息後，不是沒想過將計就計，將于夢賢換成自己，那樣他便有足夠的理由上門提親了；可是他捨不得，捨不得寧汐名譽受損，捨不得寧汐因為他的私心而受人非議，而且最重要的是，他害怕寧汐會怪他。他可以不在乎任何人的看法，可他卻無法面對寧汐責怪的眼神，他更害怕這樣做，這一世他再也挽回不了寧汐的心。

今日他說那些話是有些急了，可是他只要想到寧汐還沒及笄就有人迫不及待地打起她的主意，他心裡就火冒三丈。從重生睜開眼的那一刻起，他從沒想過寧汐會嫁給除了他以外的其他人，在他心中，寧汐本就是屬於他一個人的。

想到這兒，舒恒突然伸手輕輕撫摸畫卷，喃喃道：「小汐，我好不容易重活一世，便再不會讓妳受任何傷害，所以別再逃了……」說完突然露出一個勢在必得的笑容。「沒關係，就算妳逃得再遠，我也會把妳找回來，今生今世，我們注定是要在一起的。」

翌日，寧汐不出意外地又頂著一雙烏青的眼睛起床了。看著銅鏡中略微憔悴的臉，寧汐對茗眉說道：「再給我化憔悴點。」

茗眉一愣，有些疑惑地問：「小姐想要做什麼？」

寧汐挑了挑眉毛，露出一個俏皮的笑容。「本郡主要告狀。」

寧汐雖然對大秦氏沒什麼感情，但也是把她當作長輩敬著的，卻不想大秦氏竟反倒過來算計起她。雖然猜到大秦氏是被于氏鼓動的，但如果大秦氏心裡對自己沒半點其他心思的話，也不至於會被于氏煽動，既然有心算計她，就別怪她不做孝順的孫女了。

寧汐選了一身素淨的衣服，頭髮簡單地挽了個髻，再加上特意化的妝容，整個人看起來既單薄又可憐。她特意晚了些時辰過去，在走進正房時，還故意攙扶著峨蕊的手，露出一副不勝柔弱的模樣。

「汐兒這是怎麼了？」果然，寧汐的這副模樣馬上吸引了眾人的目光，大秦氏率先開口問道。

寧汐露出一個虛弱的笑容。「沒什麼，只是昨天受了點驚嚇，身子可能有點受不住，今早起來就覺得有些不舒服，因此過來晚了些，還請祖母原諒。」

「既然身體不好就別站著了，快坐下。昨日到底發生什麼事了，竟然把妳嚇成這樣？」比起寧汐的身體，大秦氏更關心昨日寧汐在臨安伯府到底發生了什麼事？昨日寧汐回到她身邊的時候，神色並無異常，之後大秦氏也沒接到任何消息，甚至都沒再看到于氏，所以根本不知道那件事成了沒？今日看到寧汐這模樣，心裡不由得暗喜，莫非那事成了？可若是成了，她怎麼會一點風聲都沒得到？想到這兒，大秦氏不禁看了眼許氏，她一向知道這個大兒媳婦是個不省心的，莫不是許氏將此事壓了下來？

寧汐垂下眼眸，神色不定，一副不願多說的表情。

一旁的許氏瞇起了眼睛，看了眼大秦氏，見其眸色深處掩蓋的激動，心裡不由得一驚。莫不是昨日大秦氏和于氏一起算計了寧汐?!

見寧汐不說話，大秦氏更加堅信昨日于氏設計的事成了，但出於某些原因，被人給壓了下來。這怎麼行？好不容易算計了寧汐一把，怎麼能讓她全身而退？於是說道：「汐兒別怕，若是妳在臨安伯府受了什麼委屈，祖母一定會追究到底，要那人還妳一個公道。」

寧汐在心裡冷笑。還她公道？逼著她嫁給于氏的姪子嗎？大秦氏就這麼想將她嫁出去嗎？她待在英國公府裡也沒礙著大秦氏什麼事吧？寧汐仍然搖搖頭，不願開口。

大秦氏覺得可能因為自己不是寧汐的親祖母，所以寧汐不夠信任她，才不願將事情說出來，便道：「汐兒還沒用過早飯吧？先去祖母的次間吃點東西，可不能餓壞了身子。妙兒，快扶汐兒進去。」

寧妙也有點擔心寧汐，聞言便快步走到寧汐身邊，擔憂地望著她。

寧汐悄悄地朝寧妙搖了搖頭後，和她進了次間。

見寧汐走後，大秦氏便對身邊的人吩咐道：「一會兒公爺下了朝回來，請公爺過來一趟。」

見狀，許氏哪裡不知道大秦氏的打算，連忙阻止道：「我看汐兒只是受了點小驚嚇，她既然不想說，我們做長輩的又何必再逼問？再說這也就是件小事，公爹朝事繁忙，何必煩勞公爹親自過問？」

大秦氏見許氏如此作態，更堅信昨日之事是被許氏壓了下來，遂在心裡冷笑一聲。好啊，一個、兩個都不把她當回事，她們到底還知不知道這英國公府的女主人究竟是誰？

「許氏，我知道寧汐不是妳的親女兒，妳難免忽略了些，我也不求妳對她像對親生女兒那般盡心盡力，但再怎麼說她也是我英國公府的孫女，身為祖母，我怎忍心看她受委屈？」

其實這次大秦氏還真是錯怪許氏了，許氏阻止大秦氏只是出於本能地覺得大秦氏不安好心而已，至於寧汐昨日在臨安伯府究竟出了什麼事，許氏可一點都不知道。

許氏被大秦氏這番冠冕堂皇的話給噎住了。她這個大伯母怎麼說也比大秦氏這個繼祖母來得好吧？至少她不會去害寧汐。

小秦氏也什麼都不知道，雖然有些驚訝大秦氏突然關心起寧汐來，但還是沒說什麼，只是一直站在旁邊冷眼看著。

待在次間的寧汐，在大秦氏身邊的下人都離開後，一掃之前虛弱的模樣，拿起竹筷大口吃了起來。一大早就到正房來請安，為了凸顯自己的委屈，她可是一點食物都沒沾，都快餓死她了。

寧妙坐在一旁不動聲色地看著寧汐前後的變化，等寧汐吃完後，才開口問道：「妳究竟想做什麼？」

寧汐轉了轉眼珠子，放下竹筷。「我只是覺得既然有人做錯了事，就該得到懲罰才是。」說完還朝寧妙眨了眨眼。

寧妙皺起眉頭。雖然不知道昨天寧汐究竟發生了什麼，但肯定不是什麼好事，因此有些不放心地問了句。「妳沒事吧？」

寧汐搖搖頭。「如果有事，我不可能安逸地坐在這兒享用我們『好祖母』的早飯。」

如果于氏的計劃成功了，現在的她可能已經被唾沫星子給淹死了。

第六章

不一會兒，英國公就過來了正房。

英國公過來的時候見兩個媳婦和孫女都在，不禁皺了皺眉。他直接走到上座坐了下來，端起丫鬟剛上的茶喝了一口，才問大秦氏。「發生什麼事了？妳這麼匆匆忙忙地叫我過來。」

大秦氏在英國公進來的時候就想開口了，現在聽到英國公發問，連忙說道：「今兒個汐兒過來請安，我看她臉色蒼白，整個人憔悴了不少，很擔心她，便問了幾句，可她只說昨日受了點驚嚇，始終不肯提昨日究竟發生了什麼事？」說到這兒，大秦氏嘆了口氣。「唉，我畢竟不是汐兒的親祖母，她對我有隔閡也是正常的，可是我真的不忍心看她憂心，所以才叫了公爺過來。昨日汐兒去了臨安伯府的楓葉林，也不知是不是在那裡遇到了什麼事？」大秦氏這時候還不忘在英國公面前參了寧汐一本，並順便提到寧汐去過楓葉林一事。

聞言，英國公皺了皺眉。

恰好寧汐此時從次間裡走出來，聽到大秦氏的最後一句話，眼神冷了下來。

見到寧汐，英國公有些擔心。「身子受得住嗎？要不要先回去休息一會兒？」

寧汐心中一暖。這才是真正的親人，他在乎的永遠是你這個人，而不是其他什麼。寧汐露出一個笑容，搖搖頭。「只是昨兒個沒睡好，身子沒什麼大問題。」

英國公這才鬆開眉頭，斟酌片刻才問道：「聽妳祖母說，妳昨兒個在臨安伯府受到了驚嚇，可是遇到了什麼事？」

寧汐臉上的笑容變得僵硬。「沒什麼事，祖父不用擔心。」

「既然如此，那祖父就不問了。」英國公雖然心裡擔心，但見寧汐不願多說，便不再問下去，暗想著讓底下的人去調查一番。

見狀，大秦氏急了起來。她沒想到寧汐面對英國公時竟然還在嘴硬，平常人家的孩子不早就找自己親人哭訴了嗎？而且她更沒料到一向強硬的英國公竟這麼簡單地放棄追問了。

人一急啊就容易自亂陣腳，何況大秦氏還不是特別聰明的人，當下她就急忙說道：「昨日汐兒去了楓葉林，聽說于氏的姪子也在楓葉林裡，莫不是你們兩人之間發生了什麼事？難道是那個于夢賢對妳做了什麼？」

聞言，寧汐拿出手帕抹了抹眼睛，眼圈當即就紅了。她不禁在內心哀號：這洋蔥水真衝啊！

見狀，大秦氏覺得自己說對了，便再接再厲道：「既然那個于夢賢欺負了妳，我們英國公府就不能坐視不管，我倒要看看我們府裡好好的一個女兒被他家公子欺了，他們永寧伯府要怎麼解釋？不給個說法，這事就沒完。」

「閉嘴！」英國公沈聲喝道。自家孫女還沒說什麼呢，當祖母的就在這兒嚷嚷起來，像個什麼樣。

「祖母，您在說什麼啊？什麼楓葉林？那位于公子又是誰？」一直不說話的寧汐突然開口道。

大秦氏只當寧汐是在為自己遮掩，便故作慈祥地說道：「汐兒，我知道這事關係到妳的名譽，所以妳不願提及，但是咱不能白受欺負啊！這事絕對要永寧伯給個說法才行。」

這下寧汐更急了。「可是我真的不認識什麼于公子，昨日我也沒去過什麼楓葉林啊！祖母為何一直說那個于公子欺負了我？這是要朝汐兒身上潑髒水嗎？」說完，眼淚就流了下來。這洋蔥水也太衝了。

「怎麼可能沒去過？明明是我叫妳過去的。」

大秦氏這話一出口，寧汐的嘴角便微微翹起。她等的就是這句話。

英國公也聽出了不尋常之處，看大秦氏的眼神變得微妙起來。

「說來慚愧，昨日祖母叫我獨自一人穿過楓葉林去尋人來，可沒走多遠我就迷路了，最後還是在臨安伯府一個丫鬟的帶領下才回到祖母身邊的，還好那時二姊姊已經叫了人過來幫忙，否則耽擱了祖母的腳傷，我就罪過了。」說完，寧汐抹了抹眼淚，臉還紅了起來。

「妳沒去楓葉林?!」大秦氏難以置信地看著寧汐。

寧汐點了點頭。

「那妳昨日是受了什麼驚嚇？」大秦氏仍然有些不相信寧汐。

寧汐抿了抿嘴後才道：「昨日迷路的時候被一隻突然竄出來的老鼠給嚇了一跳，我覺得這事挺丟人的，才一直不好意思開口。」

聞言，大秦氏氣息有些不順。她不知道這究竟是寧汐的算計，還是真的只是一個巧合。

這時，許氏看向寧汐的眼神多了分探究，就連小秦氏看寧汐的眼神都變得不同起來。

英國公深深地看了一眼寧汐後才道：「既然事情弄清楚了，妳們就先回院子吧！」

眾人皆應了。

等大家都離開後，英國公打量了大秦氏好一會兒，才開口道：「妳的腳傷好些了嗎？我看我還是再給妳找個大夫看看吧？」

大秦氏一愣，後知後覺地發現英國公這是在懷疑她了。她哪裡有什麼腳傷，那不過是支走寧汐的藉口而已，如果大夫一來，肯定會發現她是裝傷的。於是，她連忙大聲回道：「不用了。」說完才發覺自己的反應太激烈了，又喃喃地加了句。「已經好多了。」

英國公的眼神一冷。「秦氏，妳可還記得妳初嫁進府時我說過的話嗎？」

大秦氏聽英國公叫她秦氏，心裡有些害怕，半晌都沒有說話。

英國公冷著臉繼續說道：「妳初嫁來時我就說過，我會給妳正妻的尊重和妳身為正妻應該得到的一切，而妳生的孩子，我也會同等對待，給他我該給的一切，至於旁的、不屬於妳的東西，妳就別想去爭、去搶，妳可記得？」

大秦氏點點頭。

「既然記得，為何還一直惦記著世子之位？為何還想將顏兒嫁入皇家，甚至算計汐兒？秦氏，算計自家孫女，這是妳身為祖母該有的作為嗎？」

聞言，大秦氏是真的慌了。這些年來，英國公待她不錯，而且英國公是個重規矩的人，雖然也有妾室，但都沒生下一兒半女，自然也蹦躂不起來，因此時間一久她就有些忘其所以了，也將英國公之前的告誡給拋在腦後，想當然地認為自己可以妄想那些不屬於自己的東西，沒想到原來公爺什麼都知道，只是沒有說而已。

「您既然知道了，之前為何還一直縱容我呢？」

英國公嘆了口氣。「妳出身側室，沒在正房夫人面前受過教養，心裡難免有些拎不清，我一直覺得我不能對妳過於苛刻，便對妳縱容了些，而且這些年來，妳雖然做了不少糊塗事，好在沒出過什麼大錯。妳是我的妻子，在兒孫面前我還是想給妳留分面子，不想妳今日卻做出這等糊塗事，也是我的錯，對妳太縱容了些。秦氏，妳年紀大了，府中之事又有許氏打理，日後如非必要，就不必出門走動了，好好在府裡頤養天年吧！」

英國公的一席話相當於是將大秦氏禁足在了府中，她知道日後她再也插手不了府中任何事了。要說恨嗎？自然恨，但更多的是悔，後悔自己幹麼要插手寧汐的事，不僅沒算計到寧汐，反而毀了公爺對她的最後一絲容忍。

第二天，寧汐去見大秦氏的時候，看她精神不太好，雖然沒得到消息，但多少還是猜到大秦氏受到了某種懲罰，心情瞬間好了不少。

只是寧汐沒想到，不出一個月，她得到消息，于氏被休棄，如今人已回了永寧伯府。

原來，小丫鬟在臨安伯夫人面前將事情添油加醋地說了一通，而這事于氏也說不上無辜，臨安伯夫人一查還是查出了些蛛絲馬跡，再加上這事牽扯上了臨安伯府的三小姐，二夫人的不依不饒讓臨安伯夫人頗為頭疼。比起沒有子嗣的大夫人，臨安伯夫人自然更疼愛有子嗣的二夫人，因此，最後的結果就是于氏被禁足了，而小丫鬟被派到前院去做粗使丫鬟。對於這個結果，舒恒卻不甚滿意，於是不久後，于氏就因為害得大房的一個小妾一屍兩命，被休回了娘家，而這件事，寧汐並不知道。

對於于氏被休一事，寧汐不知該是個什麼態度。按說她是同情于氏的，雖未曾有所出，但畢竟嫁入臨安伯府多年，難道于氏的丈夫對于氏就沒有半絲情意嗎？可是一想到于氏為了自己的地位算計她，她又覺得她的這份同情來得有些可笑。

就在此時，寧汐收到了楊玲瓏的信，一封信洋洋灑灑地寫了幾頁，總結下來就是：寧汐，妳是不是忘了妳還欠我一頓飯？如果妳忘了我就提醒妳一句——我明天有空。

看完信，寧汐額頭滴下一滴冷汗，她還真忘了這件事。看楊玲瓏信裡的怨念這麼重，十盤螃蟹搞得定嗎？寧汐不敢耽擱，忙去找許氏說了此事。

許氏倒也不約束寧汐，當下便同意了，只是寧妙和楊絮菀都要跟在許氏身邊學中饋之事，不能和寧汐一同出去。寧汐要走的時候，許氏還委婉地提了一句，意思就是寧汐也到了快訂親的年齡，不該每日都想著玩，過段時間也該跟她學習執掌中饋之事了。

寧汐有些鬱悶。她覺得她才重生回來沒多久，怎麼又到了該學管家的事了？她還沒玩夠啊！

這次寧汐沒有在秋景軒宴請楊玲瓏，而是選擇了聚賢樓。這裡的烤鴨聽說是京中一絕，她早就想去嚐嚐了，雖然客人是楊玲瓏，可寧汐也不掩飾自己的小心思。

到聚賢樓後，寧汐戴著帷帽下了馬車，一名男子卻擋住了她的去路，寧汐皺了皺眉。

男子問道：「請問妳是寧家的小姐嗎？」

這聲音……寧汐覺得有些耳熟，卻一時想不起在哪兒聽過。不過寧汐對這種在大街上攔下閨中姑娘的行為頗為不滿，不欲和來人糾纏，只當沒聽見，繞過他繼續往客棧裡走。

「喂，妳怎麼不理人啊？我問妳的話妳還沒回答呢！」男子在她身後喊道。

曬青將他攔了下來。「公子，在大街上攔截一個姑娘，你覺得這是君子所為嗎？」

男子搖了搖頭，然後一臉迷茫地說道：「可是我又不是君子。」

曬青沒見過這麼厚臉皮的，半晌都回不過神來。

男子乘機跑到寧汐面前，道：「我就想問問，你們家的寧三小姐為什麼算計我姑母？」

寧汐一愣，這才反應過來。原來這人是于氏的姪子于夢賢，可是他剛剛那句話是什麼意思？

「不好意思，剛才風太大，我沒聽清你說的話，你能再說一遍嗎？」

于夢賢有些憐憫地看了眼面前的女子。哪來的風啊？沒想到好好的一個姑娘，耳朵竟然不好使。「我說，妳家三小姐為什麼要害我姑母？」由於于夢賢提高了聲音，引得客棧裡的人頻頻往他們這邊看。

「誰跟你說是寧家三小姐陷害你家姑母？」

「我姑母啊！」說完，于夢賢就後悔了，他怎麼能這麼輕易地出賣了姑母呢！

寧汐的眉眼冷了下來。「我與貴公子的姑母近日無仇、往日無怨，甚至就只見過兩次面，我算計她能得到什麼好處？倒是于公子，你是不知道女子的聲譽有多重要嗎？竟然在這裡就往小女子身上潑髒水，我倒要問問于公子是何居心？」

于夢賢半晌才消化掉那個「我」字，震驚地說道：「妳就是寧三小姐?!」

寧汐看也不看他一眼，提腳就要繼續向樓上走去。

這次于夢賢快了一步，搶在寧汐上樓之前擋在了她面前。他仔仔細細地上下打量了寧汐一番，看她樣子纖弱，雖然頭戴著帷帽，看不清樣貌，但看身邊丫鬟的模樣，她的面貌應該也不差，不像是姑母口中的惡毒女子啊！

沒錯，我們于大少爺就是個以貌取人的人。

就在寧汐被他看得快翻臉的時候，于夢賢才慢慢地開了口。

「真的不是妳？」

寧汐深深地吸了一口氣，壓下心中的怒火。「不是。于公子不如回去問問你姑母，她為什麼會說是我害得她？」她發誓，這傢伙再不給她讓路，她真的要發火了。

這次于夢賢倒是很有自知之明地給寧汐讓了路，想了想，又添了句。「那我回去問問我姑母，妳在這兒等等我，如果是我弄錯了，我會給妳道歉的。」

寧汐剛想拒絕，楊玲瓏就從身後走過來，問道：「怎麼站在這兒？上去啊！」

寧汐點了點頭，和楊玲瓏一起上了樓。

等坐進了包廂，楊玲瓏才問：「妳怎麼和于家的人在一起？」

寧汐有些驚訝楊玲瓏竟然認識于夢賢，但也沒多問，想了想，將于氏算計她的事說了一遍，只是略去了舒恒幫她的事。

聽完後，楊玲瓏冷笑一聲。「真是打得一手好算盤，那于氏不去當帳房先生還真是屈才了。」說完，楊玲瓏瞥了一眼寧汐。「于氏被休一事，真的和妳沒關係？」

寧汐白了楊玲瓏一眼。「妳覺得我有那個能力去左右臨安伯府的事嗎？」不過，和舒恒有沒有關係，她就不知道了。

「不過于氏都被休棄回娘家了還不老實，看來教訓吃得還不夠。」

寧汐看了一眼楊玲瓏，她發誓，她剛剛真的沒有在楊玲瓏眼中看到「算計」兩字。

坐了一會兒，寧汐怕于夢賢真的跑回來找她，便提議離開，不想楊玲瓏卻讓她先走，說自己還要坐坐。寧汐走的時候不放心地看了一眼楊玲瓏，她怎麼覺得楊玲瓏很興奮呢？寧汐不想深思，匆匆離開了。

幾日後，寧汐又收到楊玲瓏的信，請她去聚賢樓一聚，寧汐心裡覺得怪怪的，但還是依言去了。

不料進包廂的時候，竟然看到楊玲瓏悠閒地坐著喝著茶，而于夢賢則一臉憋屈地盯著自己，像是受了委屈的小媳婦一樣。這是什麼情況？為什麼于夢賢會在這兒？

還沒等寧汐坐下，于夢賢就指責起寧汐來。「那日不是說好等我回來嗎？妳怎麼就先走了？」先離開也不說，還留下個這麼凶殘的女人，他都快被這個女人折騰死了。

寧汐根本不理會于夢賢的話。她有說過要等他嗎？

「妳叫我來到底什麼事？」寧汐問楊玲瓏。

楊玲瓏聳了聳肩。「不是我找妳有事，是他說要向妳道歉。」

寧汐擰了擰眉，看向于夢賢。

不想于夢賢竟然紅了耳根。「上次的事，我打聽清楚了，是我弄錯了，那個……對不起啊！」

寧汐不介意于夢賢道歉的語氣，她反而好奇于夢賢是怎麼知道真相的？她可不認為于氏會老實告訴他。「你怎麼打聽的？」

說起這個，于夢賢就來了精神。「我找了姑母身邊的丫鬟，是她告訴我的。嘖，看來姑母身邊的丫鬟一點也不忠心嘛，我只揚了揚拳頭，她就啥都招了。」說到最後還頗為嫌棄。

寧汐嘆了一口氣。果然不該對于夢賢有什麼期待的，他就是一個頭腦簡單、四肢發達又缺心眼兒的傢伙。

許是寧汐的表情太過明顯，就連于夢賢都看出其中的嫌棄來，立刻冒火道：「妳是不是也覺得我笨？」想他于大少爺長這麼大，誰見了他不誇他一句機靈？可最近卻接連被兩個女子給嫌棄了，甚至還被楊玲瓏這個凶殘的女人當面數落，說他比豬還蠢。豬能長得像他這麼英俊瀟灑嗎？呃……好像重點不對。

寧汐露出一個溫柔的笑容，安撫道：「你一點也不笨，比起傻子來，你聰明多了。」

聞言，于夢賢更委屈了，有這麼誇人的嗎？

許是看不下去于夢賢現在的模樣，楊玲瓏轉移了話題。「你打聽你姑母的事，不會惹她生氣嗎？」

「我姑母不理我了，說她沒我這麼個吃裡扒外的姪子……」于夢賢似乎真的被于氏的這番話打擊到了，只是提起這件事而已，整個人就萎靡了不少。

寧汐不瞭解于夢賢和于氏的姑姪情，所以也沒打算開口勸。

楊玲瓏卻拿出一盒胭脂來，遞給于夢賢。「這事也算是我們引起的，讓你們姑姪倆生了嫌隙，我也挺不好意思的。這盒胭脂是宮裡太妃娘娘賞下來的，是貢品，宮外可買不到，你拿去哄你姑母吧！」

于夢賢有些懷疑地看了眼楊玲瓏。這個女人有這麼好心？

楊玲瓏揚了揚眉。「不信？那我不給了。」

于夢賢忙將胭脂搶過去。「給都給了，哪有再拿回去的道理。」管它是不是貢品，反正先拿去哄姑母，能將姑母哄開心是他賺了，哄不了姑母他也不虧。

于夢賢仔細地研究著手中的胭脂，錯過了楊玲瓏嘴角劃過的笑意，但寧汐卻清清楚楚地看到了。

等于夢賢走後，寧汐碰了碰楊玲瓏。「欸，于夢賢雖然笨了點，但人還不錯，妳別害他了。」

楊玲瓏挑了挑眉。「我可沒害他，那胭脂真的是太妃賞的。」頓了頓，又道：「我不過是加了些東西而已。」

寧汐有些擔心于夢賢。那個傻小子看起來挺在乎于氏的。

楊玲瓏拍拍寧汐的肩膀。「別擔心，于氏現在住在永寧伯府，不可能真的和于夢賢翻臉，而且妳不覺得于夢賢和于氏疏遠了對他而言是件好事嗎？」

寧汐調笑道：「喔？我們楊大小姐是在幫于夢賢？」

楊玲瓏無辜地看著寧汐。「我這不是在幫妳教訓于氏嗎？」

寧汐只覺得背脊涼得很，看了一眼楊玲瓏，默默嚥下口水，沒再開口。

當天，舒恒便得到了寧汐和于夢賢共處一室的消息，顯然他直接把楊玲瓏給忽略了，於是，他冷著臉折斷了一支毛筆，順便毀了一幅剛買來的古畫。

可憐的于夢賢還不知道自己不僅被楊玲瓏坑了，還被舒恒給惦記上了……

後來聽說于氏臉上長滿了紅疙瘩，永寧伯一氣之下將于夢賢扔到了禁衛軍的軍營裡面去，但寧汐卻沒空去理會這些八卦，因為皇上一大早下的三道聖旨，讓整個京城的人都為之一驚。

第一道聖旨，是封二皇子為賢王；第二道聖旨，是賜婚給寧妙和二皇子。

這兩道聖旨看來都是好事，但前提是在沒有第三道聖旨的情況下。

第三道聖旨，封順安侯嫡女及皇后的姪女許華裳為賢王側妃，且先於寧妙進府。

京城的人都開始張望。皇上這道聖旨可是狠狠打了英國公府和順安侯府的臉，兩個女子都是世家嫡女，卻分了一大一小，且還是側妃先入府。本朝以來不是沒有先娶側妃的王爺，但那是在沒有合適嫡妃的情況下不得已為之的，從沒聽說過冊封了嫡妃卻讓側妃先入府的情況，於是，朝中陰謀論的人甚至開始懷疑皇上是要對其中一個世家下手了。

寧汐在英國公府接了第二道聖旨後就知道了此事，也不知是不是皇上囑咐的，宣旨的太監特意將第三道聖旨透露給了他們。

當下許氏就白了臉色，寧汐有些擔憂地看了許氏一眼。要說許氏這一生過得也算極為順遂，在家中時被父母寵著，嫁人後又得夫君寵愛，卻不想在兒女親事上操碎了心。

「大伯母，我可以去陪陪二姊姊嗎？」

許氏勉強一笑。「好孩子，去陪陪她吧，我這兒一時半刻也走不開。」

寧汐點點頭，走到寧妙身邊，挽著她的手，道：「二姊姊，今天我去妳院中蹭早飯可好？」

寧妙捏了捏寧汐的鼻子。「小吃貨。」

寧汐故作俏皮一笑。

回到屋中後，寧妙就拿起針線開始繡荷包。寧汐坐在一旁看著，看了一會兒也不知道寧妙現在究竟是在想些什麼？

許是寧汐的視線太過熱烈，寧妙不得不放下手中的針線，看向寧汐。「妳在擔心我？」

寧汐抿了抿嘴，默認了。

寧妙卻笑了，搖搖頭，道：「有什麼好擔心的？當初我在得知自己可能嫁入皇家後就做好了心理準備，這側妃早晚都會有的，早點、遲點又有什麼區別呢？」

「可是……」寧汐咬咬唇。可是這側妃比嫡妃早進府，對嫡妃來說太過不利了，側妃不僅可能先籠絡住二皇子的心，還能先熟悉府中的大小事務，等嫡妃進府後給嫡妃下絆子那是輕而易舉的。可是她都能想到這些問題，寧妙會想不到嗎？在寧妙這樣的聰明人面前，寧汐覺得自己根本沒有用武之地，自己重生了又如何？在皇權面前，她仍然什麼都改變不了。想到這兒，寧汐的情緒有些低落，抱住寧妙的手，將頭伸過去蹭了蹭。

寧妙拍拍寧汐的頭，淡淡道：「不是所有人都能像大姊那般遇到一個真心待她的人，也不是所有人都能像母親和父親那樣恩愛過一輩子。母親總說我不懂情愛，其實這何嘗不是一件好事？妳不覺得這樣的我才能成為一個合格的王妃嗎？」

寧汐點點頭。雖然覺得寧妙說得有道理，又忍不住心酸。自己是因上輩子經歷過情愛的痛楚，這一世才會看淡情愛，可寧妙卻不是，她天生聰慧，這份聰慧讓她過早地看清人情世故，可這真的是件好事嗎？寧汐繼續用頭蹭了蹭寧妙的身子。「我不想妳嫁給二皇子。」

寧妙輕嘆了一口氣。她又何嘗想嫁入皇室？可女子一輩子又有多少事是能自己作主的？她不放心地看了眼寧汐，寧汐雖然聰明，但心思藏得太深，日後自己出嫁了，寧汐又能找誰說話呢？

兩人用過飯後，寧汐便離開了。走出院子的寧汐心情仍然很低落，她不由得回望了眼身後的院子。如果知道如今代替她嫁入皇室的人會是寧妙，當初她還會拒絕皇上嗎？如果日後寧妙知道了當初皇上是屬意她成為皇家媳的，又會不會怨她？寧汐低嘆了口氣，不願再想下去，還是先給皇后遞個牌子，進宮打探一下口風好了。

等寧汐走後，寧妙繼續做著荷包，指尖卻不小心被針扎了一下，看著冒出來的鮮血，寧妙自嘲一笑。「看來這果然不是場被期待的婚事啊……」

同時間，英國公府裡還有兩人對賜婚這件事怨氣頗重，那便是大秦氏和小秦氏。她們可是打算將寧顏嫁入皇家的，如今眼看著寧妙被賜婚給二皇子，她們心裡是又氣又恨，又不敢將怒氣宣之於口，只能咬碎了牙往肚子裡吞啊！

皇后得知這三道聖旨的時間並不比京中的其他貴族早，皇上在這三道聖旨頒發下去後才派人來告知她一聲。對，只是告知，連一點挽回的餘地都不留給她。

皇后有些呆滯地坐在貴妃榻上。她以為她在后位上經營了多年，早已練就一副鐵石心腸，可皇上這次的雷厲風行，卻仍讓她忍不住覺得心痛。

自己的親姪女只封了個側妃就不說了，側妃竟然還比嫡妃先進王府，不知道內情的人只會認為是她這個皇后從中作梗，而天下百姓又會怎麼看待她？她到底哪裡做錯了，皇上竟然不顧多年夫妻之情，這樣狠狠地打她的臉。

皇上進來的時候，看到的就是皇后這副模樣。他嘆了口氣，遣散了宮人，在皇后身邊坐下，問道：「妳在怪朕？」

皇后聽見皇上的聲音才緩緩抬起頭來，動了動嘴唇，半晌才緩緩說道：「臣妾以為，皇上至少會與臣妾商量一聲。」

「那妳給寧家二小姐送及笄禮的時侯，可有問過朕？」

皇后驀地看向皇上。原來他一直都惦記著這事，難道只是因為這件小事，他就要拿她兒子的婚事來警告她嗎？

皇上見皇后的神情便知道，皇后根本沒想明白自己究竟錯在哪兒。站起身來，背著皇后，他淡淡地道：「當年你們順安侯府勢微，根本無法成為朕的助力，可朕仍然選擇娶妳為妃，妳可知這是為何？」

皇后神色微動，輕聲道：「皇上曾說過，因為臣妾看得清局勢、明事理，不會給您添亂。」

「那麼現在呢？皇后妳又是怎麼做的？莫非是后位坐得太穩了，連自己的本分都不知道了？」

皇后心中一驚，聽到皇上繼續說——

「朕以前的確動過讓平樂嫁給子玉的心思，但子玉也是妳的孩子，就算朕真的要把平樂嫁給子玉，也會提前跟妳商量一聲，妳若實在不喜，朕也不會逼妳答應的；可妳在猜到朕的心思後，卻在寧二的及笄禮上大肆封賞抬舉寧二。朕實在不明白，朕的外甥女就這麼不堪，妳寧願抬舉一個只見過兩、三次面的女子，也不願平樂嫁給子玉？」

皇后心中滿是苦澀。果然是因為寧汐嗎？她雖然抬舉了寧二，但也沒做過什麼傷害寧汐的事啊！對待寧汐她雖然說不上掏心掏肺，但也是以禮相待的，難道自己和他多年的情分還比不上一個寧汐嗎？

皇上接著說道：「至於妳娘家，朕不是不知道他們在打什麼算盤。」

皇后心中一驚，抬起頭來，連忙解釋道：「臣妾從未動過不該動的心思。」

「妳是沒動過，可妳娘家人呢？妳敢說他們沒動過嗎？妳明明知道他們在盤算些什麼，可妳不僅沒有壓下他們的那些心思，甚至還頻頻接見順安侯世子夫人，讓他們的野心越發膨脹，妳可知朕的書房裡堆滿了參順安侯府的摺子？」

皇后臉色一白。她接見大嫂也只是想抬舉順安侯府而已，畢竟順安侯府不比其他世家大族風光，父母、兄嫂究竟做了什麼事，竟然惹得皇上如此勃然大怒？

「如今朕如妳所願，將妳抬舉的寧二和妳的姪女都封了妃，只是日後，若順安侯府行事還不知輕重，就別怪朕不念多年情分了。」說完皇上也不再逗留。

他本來就只是想敲打一下皇后而已，皇后這些年行事輕浮了些，但畢竟是多年夫妻，他也不打算真的落皇后臉面，否則他就不會私下警告皇后了。其實他這次下旨是經過深思熟慮的，將順安侯府的嫡女封為側妃，一方面的確是存了敲打的意思，另一方面則是他想看看順安侯的胃口到底有多大？至於寧二，他則是差人仔細調查過了，寧二的確有能力勝任賢王妃的位置，但被保護得太好，少了經歷，許華裳就是他送給寧二的磨刀石。

剛踏出鳳儀宮，一個太監便端著兩個牌子走了過來，見到皇上忙跪下去行禮。

皇上皺皺眉問：「誰遞進來的？」

「順安侯夫人和平樂郡主。」

皇上微微瞇起眼睛，接著吩咐道：「在二皇子成親前，順安侯府的牌子都不准遞進鳳儀宮；至於平樂郡主，也暫時退回去。」

小太監慌忙應了，離開鳳儀宮。

於是，一直想進宮打聽情況的順安侯府眾人，直到許華裳出嫁後也沒等到皇后的召喚。

皇上回到御書房後，思慮了一番，喚來身邊的太監，道：「去給平樂郡主傳個話，叫她在家好好待著繡嫁衣，等她及笄時朕就會給她賜婚，別一天到晚多管閒事。」

等太監一字不差地將這番話傳達給寧汐後，寧汐好半晌才回過神來。這麼直白粗暴的話真的是她那個高高在上的皇帝舅舅說的？要不要突然說這麼恐怖的話啊？晚上會作噩夢的好不好。不過，這也的確息了寧汐進宮打探消息的念頭。寧妙的婚事已成定局，誰也改變不了。

「四妹妹是要去哪兒啊？」寧汐本來是坐在遊廊上逗弄著池中的錦鯉，卻看見寧巧急速走過，看她去的方向……是二門？

寧巧似乎被寧汐嚇了一跳，停下來看見是寧汐，露出一絲笑容。「三姊姊好。」

寧汐點了點頭，挑挑眉，道：「四妹妹是要去前院？」

聞言，寧巧連忙擺手道：「不是的，是五妹妹的耳環掉在二門那裡了，我去幫她找找。」

「那快去吧，別耽擱了時辰。」等寧巧離開後，寧汐才皺起眉頭，對峨蕊說道：「去查查，今天府裡是不是來了客人？」

寧汐回到院子後，還沒等回峨蕊，就先等來了楊絮苑。楊絮苑不是空手來的，還帶了碗燕窩粥。寧汐有些驚訝，如果只是送吃食的話，直接讓丫鬟送過來就好，何必親自跑一趟？

楊絮苑露出一個溫柔的笑容。「這些日子，妳大哥公事忙得很，我下廚做了些燕窩粥給他，順便給妳和二妹也做了些，剛剛二妹已經在我那兒用過了，只是臨時有事，沒能和我一起過來。」

寧汐謝過後端起來，慢慢喝了下去。雖然只是一碗燕窩粥，但畢竟是楊絮苑親自下廚做的，就算寧汐現在並不餓，也不想浪費楊絮苑的心意。

果然，楊絮苑見狀，眼中浮現出絲絲笑意。

寧汐喝完後，輕輕擦拭了嘴角，才問道：「大哥最近很忙嗎？他不是在太僕寺嗎？」她記得太僕寺最近沒什麼事忙才是。

楊絮苑輕聲一笑。「妳大哥最近調到刑部去了。」

寧汐臉一紅，她果然不是個稱職的妹妹。

楊絮苑倒不介意寧汐的大意，反而想起近來京中發生的事，收起了笑容。「這次我過來，還真是有事要叮囑妳。」

寧汐見楊絮苑的神色變得嚴肅起來，也不敢懈怠，坐正了身子，認真聽楊絮苑說話。

「最近京中發生了幾件命案，妳大哥就是在負責這件事。聽妳大哥說，出事的都是未出閣的女子，這幾日為了安全著想，妳和幾個姊妹就先別出門了。」

寧汐心中咯噔一響。上世這個時候她在京外的莊子上休養，所以並不清楚京中之事，沒想到竟發生了這種事。

看楊絮菀一副隱晦的模樣，寧汐大概能猜到那些女子的死狀恐怕都不太好。寧汐重生一回，自然更加珍惜自己的生命，忙點點頭。

見寧汐並不是在敷衍自己，楊絮菀才放下了心，正想離開時，卻聽到寧汐問了句話——

「今天府裡有客人來嗎？」

楊絮菀眼中閃過些許疑惑，雖然奇怪寧汐為什麼會問起這個，但還是如實回答。「是忠毅侯來了，他是這起案子的主負責人。」

寧汐沒想到客人竟是舒恒，聞言有片刻的失神。「喔，我只是隨口問問。」

楊絮菀垂下眼眸，遮住眼中的疑慮。

楊絮菀離開後沒多久，峨蕊就回來了，寧汐卻擺擺手，叫她不用說了，那個人的事，她一點也不想再聽到。

可惜天不從人願，當寧汐被一隻狗咬著裙襬硬拽到英國公府的某個角落時，整個人都陰沈了，忍不住在心裡默默將某隻狗蒸炸烹煮了一百遍。

誰能告訴她，為什麼當年那隻只能在她腳邊打轉的小狗，如今卻長得比她手臂還長了？而且她悲催地發現，她根本比不過這隻狗的力氣。

是的，這隻狗就是小溪，牠一出現的時候寧汐就認出來了，別問她為什麼會認出來，這大概就是女人的直覺吧！

當小溪將她往外面拽的時候，她就猜到她可能會碰到誰，所以也沒敢讓丫鬟跟著。

毫不意外，寧汐被小溪拽到了牠主人的面前。

看到自己的主人，小溪終於放開寧汐，興沖沖地向舒恒撲去，卻被舒恒滿臉嫌棄地按住了頭。

「小溪，跟妳說過多少次了，別動不動就撲人，妳是女孩子，要矜持。」

寧汐覺得自己的青筋都快爆了，為什麼明明知道他說的是狗，她還是這麼不爽呢？

最後，寧汐將所有的鬱悶都轉化成對小溪這個名字的深深怨氣，狠狠瞪著小溪。

似乎是感覺到寧汐的怒氣，小溪往舒恒身後躲了躲。

寧汐怒極反笑。「你這隻狗還真聰明。」

舒恒只當沒聽出寧汐話裡的諷刺，反而順著寧汐的話說下去。「小溪確實很聰明，我說什麼牠都能聽懂。」說著還拍了拍小溪的頭。

小溪得到主人的鼓勵，朝寧汐搖了搖尾巴，還叫喚了兩聲。

寧汐揉了揉自己的額頭。她今天是怎麼了，怎地還和一隻狗較起真來？

「你找我什麼事？」

「我來叮囑妳一聲，最近別出府。」

寧汐頭一歪。舒恒把自己找來就只是為了說這句話？不讓她出府的原因呢？不提一下嗎？如果不是自己先前從大嫂那兒知道了最近京中發生的事，她一定會以為舒恒有病。

「京中最近發生的事，大嫂已經跟我說過了，如果你只是來說這句話，那你可以走了，我惜命得很，不會特意跑出去送死的。」寧汐心裡還是有氣，說話也就衝得很。

見寧汐氣急敗壞的模樣，舒恒突然笑了。「對別人一向溫文有禮的平樂郡主，怎麼一見到我就這麼容易生氣呢？」

寧汐冷笑一聲。「說明我對你這個人討厭到了極點。」

舒恒眉一挑，他可不這樣認為。

想到自己現在身處英國公府，不好多做逗留，便快速切入正題。「這幾天晚上，妳多留一個丫鬟守夜，多注意屋外的動靜，聽到奇怪的聲音就將門窗堵死，切忌不可開門察看。」

本來寧汐並不怎麼害怕，畢竟英國公府的守衛還是很嚴密，但聽舒恒這樣說，寧汐心裡又有些發毛；不管怎麼樣，寧汐對舒恒的能力還是認同的，他既然這樣告誡自己，說明這事比她想像得嚴重多了。

見寧汐似乎被自己嚇到，舒恒輕嘆了口氣，所以一開始他就不打算把這件事說出口。這個案子上世他沒有參與過，最後聽說也沒抓到犯人，因此這世他便請纓負責這起案子，想起那些女子的死狀，舒恒眼中閃過一絲冷意。「別怕，我會很快把這個案子破了，抓住真凶的。」

寧汐捏了捏衣角。她才不會承認她剛剛在害怕。

「收著這個。」

寧汐回過神來時，手上已經握了一把匕首，她使勁地眨眨眼，再次確認這真的是一把貨真價實的匕首。

寧汐有些發懵，看向舒恒。「這是你送我的禮物？」寧汐有些欲哭無淚。上世她剛嫁給舒恒那會兒，舒恒送她的禮物至少也是首飾、綢緞之類女人用的東西，她還沒收到過匕首這麼奇特的禮物。

舒恒皺了皺眉。「什麼禮物？這是給妳以防萬一用的。」

寧汐的耳根驀地發紅。她在想什麼啊，竟然認為舒恒會送她禮物，都怪舒恒上次說了那些奇怪的話，她才會亂想。思及此，寧汐心裡很不爽，看了眼手中的匕首後，鄭重地點了點頭。「你放心，如果遇到那個犯人，我會在被他殺害前用這把匕首自盡的。」話音一落，就看到舒恒的臉色慢慢變青，她心裡一下子就舒坦了。

「記得，在抓住真凶前，妳不准出門。」臨走前，舒恒不放心地又叮囑了一句。

寧汐有些嫌棄地點了點頭，這話舒恒都說了兩遍了，以前怎麼沒發現舒恒這麼囉嗦？

不得不說，舒恒的話還是很有用的，至少對寧汐來說。昨晚她根本就不敢入睡，滿腦子迴盪著舒恒說的話，手裡緊緊握著舒恒給的匕首，東方見白了才昏昏沈沈地睡了下去，可很快就被丫鬟喚醒了。

看著鏡子中那張面色蒼白、頂著兩個黑眼圈的臉，寧汐覺得舒恒那傢伙就是她的煞星，遇到他準沒好事。

當第四天傳來凶手被捕的消息後，寧汐差點沒把舒恒送的匕首給吞了。說好的窮凶惡極的凶手呢？說好的危險呢？怎麼這麼快就被抓了？寧汐甚至憤憤地想，舒恒根本就是故意來嚇唬她的。但寧汐也沒時間去找舒恒的碴，因為她急著補眠。

不過凶手被抓到之後，府裡的氛圍終於熱絡起來，丫鬟們也不再擔驚受怕。

許氏這個當家的人也輕鬆不少，想著馬上就要入冬了，便決定去安國公府看看寧嫵。寧汐想著自己也好久沒見過寧嫵了，便求許氏帶她一起去。

許氏想著這幾天也是把府裡的姑娘們拘壞了，便同意帶她和寧妙一起去，當然，這次不能只帶她們兩人，和小秦氏說了一聲，打算把寧顏和寧巧兩人也帶去。

寧顏是一萬個不願意去，不過小秦氏怎麼會放過這個能讓自己女兒露臉的機會？自然不顧寧顏的反對，當下就同意了。

出門前，寧汐看了眼自從凶手被捕後就被自己棄若敝屣的匕首，不知怎地，她竟鬼使神差地將它放進了衣袖裡。

等許氏一行人出門後，在不遠處打理花草的小丫鬟才站起身來，並不出色的臉上掛著兩個大大的黑眼圈，忍不住打了個哈欠。「都說不讓出門了怎麼還到處亂跑？這大宅裡的女人還真閒。」低聲嘟囔兩句後就轉身走了，她要去找她的鴿子，否則消息傳遞晚了，她就得遭殃了。

寧嫵最近被許逸凡寵著，又懷著孩子，府中的人都捧著她，日子過得頗為順心，整個人豐腴不少，見到寧汐等人，心情更加順暢，連忙拉著她們嘮嗑。

許氏見寧嫵日子過得挺好的，便放心和安國公夫人敍舊去了。

寧顏因為直接被寧嫵給忽略，心裡有氣，拉著寧巧到園子裡玩去了。

因為沒有了寧顏和寧巧的存在，三人說話更加無所顧忌，不知不覺便聊到了最近京中發生的命案。

「第一個被害的女子就是在隔壁府邸相鄰的巷子裡發現的，聽說是木府的丫鬟，我們府裡好多下人都看到了屍體，身上有很多鞭痕和燙傷，也不知生前遭了些什麼罪？」寧嫵心有餘悸地說道。

寧汐和寧妙兩人雖然知道這事，但都不瞭解細節，沒想到第一具屍體竟然是在安國公府附近發現的，難怪許氏急著來看寧嫵，怕是擔心寧嫵受到了驚嚇吧？

「妳沒事吧？」寧汐有些擔心。

寧嫵搖了搖頭。那段時間她倒不怎麼害怕，反而是許逸凡整個人都緊張兮兮的，晚上不敢入睡，一直守著她，不過兩人的感情也因此升溫不少。想到這兒，寧嫵臉上浮現出淡淡的紅暈，當然寧嫵不可能和寧汐她們說這些，於是避重就輕地說道：「我不害怕，安國公府守衛很嚴密，而且夫君也沒有姊妹，這件事對我們沒多大影響，不過隔壁府就沒我們這麼好過了。」

寧汐挑了挑眉。安國公府隔壁住的是皇商木氏一族，兩家雖然是鄰居，但因為兩家地位相差懸殊，並沒有什麼來往，而木府則有兩個如花似玉的待嫁千金。

「木家有三個女兒，怎麼可能不擔心。」寧妙接了一句。

「妳說木府有三個女兒？」寧汐驚訝地問。

寧妙有些奇怪地看了寧汐一眼。「對啊！」

寧汐垂下眼眸，是她記錯了嗎？

「前段時間，木府安靜得很，府中的下人都不能輕易出府，聽說那三個小姐的院子更是被圍得密不透風呢！唉，還好案子破了，隔壁這兩天終於見到人進出了。」寧嫵說完這句話後就將話題岔開了，怕嚇著自己的兩個妹妹。

因為寧嫵的要求，許氏一行人用過晚膳才回府，離開安國公府的時候天已經快黑了。

本來是許氏一輛馬車，她們四個女孩子一輛馬車的，但離開安國公府的時候，寧妙怕許氏孤單，就去陪許氏了，所以此刻馬車裡只有寧汐和寧顏、寧巧三人。

寧汐和她們兩個沒什麼好說的，上車後就閉上眼睛裝睡，心裡卻還在想木府的事，總覺得怪怪的。她之所以記得木府的事，還是因為上世剛成親那會兒，舒恒提起木府時總是一臉不屑，說木家賣女求榮，將兩個女兒都送給了京中顯貴做小。難道因為自己的重生，這一世的木家和前世的木家也有所改變了？寧汐還沒想通，馬車突然顛簸起來，接著一聲慘叫聲劃破黑夜，她驀地睜開眼睛，就見寧顏躲在寧巧懷裡瑟瑟發抖，而寧巧的臉色有些蒼白，顯然也被嚇到了。寧汐按捺住心裡的恐懼，問道：「怎麼回事？」

「三小姐，有歹人。」馬伕的聲音極為不穩。

寧汐聞言，心裡也慌了起來。今日出行，並沒有帶多少家丁，多是一些丫鬟、婆子，現在遇到了歹徒，怕是難以應付。

寧汐正想再細問，就聽見車外馬伕的慘叫，寧汐的臉唰地一下白了，果然下一刻，馬車的簾子就被人掀了起來，一張帶著血的臉出現在寧汐三人面前，甚至還有血從他的身上冒出來。

寧顏尖叫一聲後，往馬車的角落裡躲，寧巧也忍不住縮了縮身子。

見狀，寧汐知道她們兩個是指望不上了，只能穩下心神，強忍著心中的懼怕，開口道：「你襲擊我們的馬車是想要什麼？」寧汐默默祈禱這人只是求財，千萬別是英國公府的仇家，如果是仇家來尋仇，怕是她們都別想活了。

來人滿臉戾氣地說道：「我要妳們做我的護身符，有英國公府的女眷在我手裡，我看刑部那群人還敢不敢殺我！」

寧汐馬上就捉住了這人話中的重點。「少俠是在逃命？」見那人沒有否認，寧汐繼續說道：「少俠如果要逃命，我們這一群女眷只會成為你的累贅，不如你直接拿了馬去吧？現在還沒到門禁的時間，你現在騎馬過去，還能逃出京城。」

歹徒似乎被寧汐說動了，轉身出去。

寧汐剛鬆了一口氣，那人卻又轉了回來。

「妳很聰明，給了我一個好建議，但是我覺得我還是需要一個護身符，妳們三個我是帶不走，但帶走一個還是可以的，不知哪位小姐願意跟在下走一遭？」

聞言，三人臉上皆是又驚又怕。

寧顏整個人都崩潰了，大叫著不要。

寧汐的臉色也很不好，她可沒有犧牲自己救另外兩個人的覺悟。重生一世，她比誰都惜命，絕對不會為了所謂的血緣關係去救兩個根本沒什麼感情的人，不好意思，聖人誰愛做誰做，反正她是不做的。

「三姊姊。」突然，寧巧喊了她一聲，眼裡滿是乞求。

寧汐轉過頭去，只當沒看見，卻沒想到寧巧的這聲「三姊姊」讓寧顏回過神來了。

寧顏突然撲到寧汐面前，哭喊著。「三姊姊，我求求妳，妳救救我們好不好？妳是郡主，他不敢對妳怎麼樣的。」

寧汐沒被這句話打動，但歹徒卻被打動了。

「原來妳是郡主啊，我還真是撿了個寶呢！」說完就將寧汐拉了過去。

等寧汐被歹徒帶上馬，往城外逃去的時候，才發現她被寧巧和寧顏坑了。

因為歹徒帶著寧汐，門口的官兵沒敢多攔，歹徒很容易就出了京城。

寧汐自嘲地想著，原來自己的郡主身分這麼好用。

眼看離城門越來越遠，寧汐狠下心，拔下頭上的銀簪狠狠朝馬背刺去，受到刺激的馬果然激烈地跑動起來，很快就將背上的他們甩了下來。

離了歹徒的桎梏，寧汐也不顧身上的疼痛，爬起來快速朝路邊的樹林裡跑去，但寧汐畢竟是女子，體力根本比不上成年男子，很快就被追上了。

聽到身後越來越近的腳步聲，寧汐摸了摸袖子裡的匕首，沒辦法了，只能賭一把。寧汐停下來，轉過身，雙手緊握著匕首。「別過來！」

歹徒看著眼前用匕首指著自己的女子，突然笑了出來。「妳知道我是誰嗎？」

寧汐沒有回答，她還在打量四周，想看有沒有逃脫的方法，突然，她感覺到腳下有碎石滾落的聲音，不禁有些無奈。不是吧，竟然跑上了絕路？要不要這麼慘啊？

「在妳之前我已經殺了五個女子，妳覺得我會怕妳一把小小的匕首嗎？況且就算是死了，有妳這個皇室郡主作陪，主子知道後定會善待我的家人，算起來我還賺了呢！」

他竟然是最近京中那個讓人聞風喪膽的殺人犯?!寧汐只覺得自己倒楣到家了。突然，她想起舒恒最後說的那句話，原來重點在「真凶」上啊！寧汐這次是真的想哭了。舒恒，咱下次說話能說清楚點嗎？別玩什麼文字遊戲可不可以？

歹徒以為寧汐被自己的話嚇傻了，撲上去想搶走寧汐手上的匕首，不想寧汐卻下意識地往旁邊躲去，歹徒撲了空，沒收住腳，而寧汐身後就是一個陡坡，歹徒竟生生滾了下去。

寧汐被這戲劇性的一幕驚呆了，果然她還是受上天眷顧的啊！只是，寧汐還沒高興多久，腳就被人拽住了。

「我說過，就算死也要拉妳當墊背的。」

話音剛落，寧汐就被拽了下去。

寧汐絕望地閉上了眼睛，果然人不能得瑟，容易樂極生悲啊！

這一世她竟然落得和一個殺人犯同歸於盡的下場，想想自己上輩子的下場，果然沒有最慘，只有更慘啊……

第七章

寧汐是被腳上一陣尖銳的疼痛給痛醒的，醒來的時候，她第一個反應是覺得她的命還挺硬的，然後便開始打量自己所處的環境；可惜天已經完全黑了下來，她根本什麼都看不到，只能用手到處摸索，很快就碰到了一個冰涼的東西，寧汐用手摸了摸大概的形狀後，驚喜地發現竟然是她的匕首。

既然她還活著，表示那個歹徒也有可能還活著，有把匕首在，必要的時候還能自保，實在不行的話至少還能自盡吧？

寧汐拖著痛腳又往旁邊摸索了一陣，這次碰到了一隻腳，她馬上意識到這是那個歹徒的腳，還好這人還沒醒。寧汐想了想後，右手抓住這個男人的腳踝，左手繼續摸索，很快就碰到了男人的另一隻腳，她費力地將兩隻腳並在一起，拿出匕首，慢慢摸索著靠近男子的腳踝，然後咬了咬牙，狠狠劃了一刀下去。溫熱的液體噴到寧汐的臉上，男人發出一聲悶哼，寧汐慌忙退了幾步，還好男人還是沒醒，寧汐鬆了口氣，終於放下心來。

她挑了男人的腳筋，就算這個男人醒了，也不能對她做什麼了。

放下心後，寧汐就感覺到了自己右腳上的疼痛，皺了皺眉，她從自己的衣服上撕下一塊布，忍著劇痛幫自己的腿包紮。

一陣冷風吹過，寧汐縮了縮身子，才發現她一直忽略了一個大問題——現在已經快入冬，晚上極冷，她同時也發現了一個更悲催的事實，她身上什麼都沒帶，連個火摺子都沒有，她不會凍死在這兒吧？

寧汐只好硬著頭皮摸回歹徒身邊，也不管什麼男女之別，便在男子身上翻翻找找，終於找到了一個火摺子。燃起火的時侯，寧汐的心情終於好了一點，此時的她突然覺得和這個歹徒一起滾下山崖也是有好處的，至少他能給她提供一點光明。但她似乎忘了，如果不是他，她根本不會滾下來啊！

寧汐還算幸運，找到了一堆乾草和枯木，點燃它們，坐在火堆旁勉強能取暖。寧汐在這短短的幾個時辰過得又驚又累，現在放鬆下來，倦意便像潮水般襲了過來，迷迷糊糊中，她似乎看到了舒恒，含糊地喊了一聲。「少桓……」

「嗯，別怕，我在。」

昏昏沈沈的，寧汐又睡了過去。

等寧汐醒來時，發現自己又換了地方，不過這次還好，看起來是躺在一個農戶的家中。她試著坐起來，看見自己的右腳已經用乾淨的布包裹好了，身上也換成尋常百姓家穿的粗布麻衣。寧汐正想著，自己是不是被農戶救了的時候，便有人推門進來。

一看見來人，寧汐驀地瞪大了雙眼。「舒恒？」

此時的舒恒哪有平時俊美優雅的模樣？一張臉憔悴不已，眼下還有明顯的青痕，衣服雖然經過整理，但上面仍然帶著泥土和一些樹椏的劃痕。

舒恒冷著臉走到寧汐面前。「怎麼，見到我不高興？還是說妳更想見到那個殺人犯？」

寧汐搖了搖頭。以前她是不想見到舒恒，可是現在見到舒恒就跟見到親人一樣親切，她都恨不得上前喊聲哥了。

舒恒伸出手摸了摸寧汐的額頭，眼中的擔憂少了些。還好，燒退下來了。

「不是告訴過妳不要到處亂跑嗎？妳知不知道我有多擔心？」一想到自己差點又再次失去她，他的心就忍不住顫抖。沒有人知道他接到寧汐被擄的消息時心裡有多害怕，重生以來，他第一次憎恨自己的自負，他明明早就接到寧汐去安國公府的消息，也清楚今日那個歹徒會出現在木府，卻以為在自己的保護下，她不會出任何差錯；他也恨自己不將事情和她說清楚，如果她知道了自己的計劃，又怎麼會隨便跑出府？

這一夜，他差點把京郊給翻遍了，還好在路邊發現了她的髮簪，這才能找到她的蹤跡。再見到寧汐的時候，她像個嬰兒一樣窩在火堆旁，閉著眼睛、蹙著眉，臉色蒼白，更令他心驚的是她臉上和身上的血跡。他強迫自己不去看旁邊的犯人，因為他怕他會控制不住而不顧法規，將其碎屍萬段。

他讓手下將歹人先帶走了，而他自己則上前擁住寧汐，將她緊緊地抱在懷裡。重生後第一次抱住寧汐，這種感覺卻一點都不好，就像上世最後一次抱她的時候。那時他抱著她，從白天到黑夜，她的體溫在他的懷中慢慢散去，他道了無數遍對不起，說了無數遍我愛妳，她都不曾再回應一聲。

一想到這兒，舒恒再也控制不住自己，一把將寧汐摟緊，下巴放在寧汐的頸窩處，蹭了蹭。

寧汐已經被舒恒這一連串的動作弄昏頭了，不過此時還是忍不住在心裡吐槽一句：這傢伙是被家裡那隻狗給傳染了吧？寧汐露出笑容，想諷刺舒恒一句，卻聽到沙啞的聲音傳進耳朵，甚至還帶著不易察覺的哭腔。

「還好妳沒事、還好妳沒事……」

寧汐的嘲笑瞬間凝滯在喉中。這樣的舒恒她從不曾看過，這一刻，她竟覺得自己是被他捧在手心裡愛著、護著的那個人。

寧汐再也沒有那個勇氣去偽裝堅強，她不再去想面前的這個人曾傷她、負她，她只知道至少現在這個人可以讓她無所顧忌地哭泣、依靠。

等舒恒放開寧汐的時候，看到的便是一張梨花帶雨的臉，舒恒一下子就慌了神，忙用手去擦拭寧汐的淚痕。「妳怎麼了？別哭啊！我不是在喝斥妳，我只是擔心……還是妳討厭我抱妳？我剛剛只是太高興了，我下次不會這樣做了，妳別哭啊……」

看到平時理智到幾乎冷血的舒恒竟然也有這樣慌張的一面，寧汐破涕為笑。「舒恒，你竟然會怕女孩子的眼淚啊！」

舒恒收回手，沒有回答。他不是怕女子的眼淚，他只怕寧汐的眼淚。

寧汐用腳碰碰舒恒。「欸，你為什麼擔心我？我和你沒關係吧！」

舒恒俯下身來，揉了揉寧汐的頭。「我說過，我不想妳受到傷害。」

「為什麼怕我受到傷害？」問完寧汐就後悔了，直覺告訴她，她不該問的。

舒恒認真地凝視著寧汐的臉。「一個男人單純想保護一個女人，妳覺得是因為什麼？」

寧汐的耳根騰地燒了起來，轉過身去，她果然不該問的。還好此時門外傳來一陣聲響，是舒恒的手下找過來了，見舒恒走出去，寧汐這才鬆了口氣，用雙手搗了搗發燙的臉。

既然寧汐已經退熱了，他們自然不能再逗留，而且這個時辰已經過了門禁的時間，估計英國公府接到消息後已經派人過來接寧汐了。

寧汐也沒什麼好收拾的，在謝過農戶一家人後，就跟著舒恒走了。也不知道舒恒從哪兒弄來了一輛馬車，雖然簡陋，但對寧汐來說已經是非常好的代步工具了。

只是……馬車上的那人怎麼那麼熟悉？寧汐倏地睜大了眼。「于夢賢你怎麼在這兒?!」

見到寧汐，于夢賢也很高興，從馬車上跳了下來，和她打招呼。「我現在跟著舒大哥做事。」一提起舒恒，于夢賢就滿臉崇拜。他之前在禁衛軍的軍營裡看過舒恒練武，沒想到看起來文弱的舒恒竟然能以一敵十，從此舒恒就成了于夢賢心中高不可攀的英雄，舒恒走到哪兒，他就跟到哪兒，時間久了，舒恒見他也算可造之才，便讓他跟在身邊做事。

「你不是被你爹丟去禁衛軍的軍營了嗎？」寧汐滿臉詫異。

聞言，于夢賢怒了。「我才不是被我爹丟去軍營的，我爹是為了鍛鍊我才讓我去的軍營。」頓了頓，接著說道：「舒大哥是禁衛軍統領，妳不知道嗎？」

寧汐沈默了，她真不知道。上世，她嫁過去的時候，只知道舒恒是在兵部做事，卻不知道他還當過禁衛軍統領，她怎麼想得到他這麼年輕就能身處高位。

「那為什麼插手刑部的事？」

「只是代查。」

冷淡的聲音從寧汐身後傳來，寧汐覺得某人現在的臉色一定差得很。

就如寧汐想的那樣，舒恒現在的心情一點也不好。這個女人竟然知道一個剛認識的男人在禁衛軍做事，卻不知道他是禁衛軍統領，看來她真的一點也不關注他，難道他還比不上于夢賢嗎？舒恒很不高興，而他不想只有他不高興，但折騰寧汐，他捨不得，那就折騰于夢賢吧，反正那傻小子也缺調教。

如果于夢賢知道自己這次過來又會因為寧汐被上司盯上，不知道還會不會跑這一趟？

寧汐的腳受了傷，上馬車的時候自然不方便，于夢賢本來想扶她一把，卻被舒恒狠狠瞪了一眼，只好訕訕地收回手，讓農戶家裡的小娘子來攙扶一把。

其實舒恒是想自個兒抱寧汐上車的，可大庭廣眾之下，實在不好這麼做。

回京的途中，寧汐和車外騎著馬的舒恒有一搭、沒一搭地聊著。

「你們之前故意傳出找到凶手的消息，就是為了讓真凶放鬆警惕，趁他再下手的時候甕中捉鱉？」

舒恒點點頭，然後才想起寧汐看不見，答道：「是。」

寧汐右手撐著下巴，想了想，覺得這個方法確實挺好的，但是舒恒怎麼知道凶手再下手會選中哪家呢？寧汐將疑問拋給舒恒。

舒恒自然不會說自己是重生的，當然知道凶手的下一個目標會是誰，只能解釋說：「第一具屍體是在木府旁邊的巷子裡發現的，受害者是木府的丫鬟，我便猜想凶手隔了這麼長時間再犯案，有很大的可能會再從木府下手。」說起來，上世這個犯人的最後一個目標就是木大小姐，木大小姐死後就再沒出來做過案，難不成這犯人犯事還講究個有始有終？

「你們一直在木府布防？」

「是的，這幾天，木府府上全是刑部的人。」本來抓犯人舒恒只用了刑部的人，誰知在那麼有利的情況下還是讓人逃走了，後來聽說寧汐被擄走，他直接調用了禁衛軍來搜索，只是這事還沒有稟告皇上，還不知道上面是個什麼態度？

寧汐則陷入了沈思。上世自己只記得木家有兩位小姐，難不成上世木家有位小姐被害了？上世這個案子不是舒恒負責的嗎？驀地，寧汐想起歹徒掉下懸崖前說的話，當時她太害怕而忽略了，那歹徒口中的主子是誰？難道這不是件簡單的殺人案？寧汐將這事告訴舒恒。

聞言，舒恒眼中閃過一絲狠戾。「這事我會調查的。」

寧汐點了點頭，反正這事也不是她能管的，便閉上眼睛休憩了。

很快地，一行人回到了京城，剛入城門口就碰到寧樺，他正是來接寧汐的，馬車上還帶著峨蕊和曬青兩人。

謝過舒恒後，曬青和峨蕊兩人將寧汐攙扶下了馬車，兩人眼睛紅腫，怕是哭了不少。而寧樺在看見寧汐身上的衣服換了後，眼中也浮現出些許擔憂。

上馬車前，寧汐轉頭看了眼舒恒，不想舒恒也正望著她，兩人的目光在空中相視片刻，寧汐又想起了之前舒恒在農戶家中說的話，驀地轉過頭去，頭也不回地上了車。

見狀，舒恒嘴角微翹，露出一絲很淺的笑容，和寧樺打過招呼後就直奔皇宮。

回到英國公府後，寧汐得到了從未有過的春風般的對待，就連大秦氏都輕聲細語地安慰她，當然，如果忽略掉大秦氏眼裡赤裸裸的憐憫的話，她想她還挺享受的。

寧汐不是不知道大秦氏在可憐她什麼——她被歹徒擄走了一夜，就算沒發生什麼，她的名譽也是壞了，京中稍微好點的人家都不會看上她做兒媳婦的；不過寧汐反而不覺得這是件壞事，本來她就不想嫁人，自己過有什麼不好的？以前她沒有理由逃脫，現在好了，不是她不嫁，是沒人想娶她啊！想想自己以後的日子就是在英國公府裡白吃白住，一個人逍遙自在，她心裡就美得很啊！就算英國公府歸了大伯父，她也能回她的長公主府，等年紀大一點，她再收養個孩子給她送終，這樣的日子多好？總比嫁出去伺候夫家那一大群人來得自在。

想著未來的美好日子，寧汐高高興興地回了汐園。

英國公府的眾人看到寧汐心這麼寬，也不知是該欣慰還是該擔心。

皇宮。

聽了舒恒的彙報，皇上轉了轉手上的扳指，沈吟片刻後，問道：「你覺得這事和當年消失的那個人有關係嗎？」

舒恒垂下眼眸。經歷了前世的事，他當然知道此事與當年消失的那個人有關，但如今沒有直接證據，他自是不會斷言。「臣不敢妄下定論，但目標是木府的小姐，不知是巧合還是早有圖謀，木府雖然只是皇商，說不上有權有勢，但他們和宮裡頭宦官、宮女們的關係卻很熟絡，如果要借助誰的手在宮內安插眼線的話，木家自然是不二人選。」

皇上皺了皺眉，又問：「還是沒人去接觸那顆棋子嗎？」

舒恒搖了搖頭，顯然知道皇上口中的棋子是誰。

「監視的時候別暴露了自己，那可是一顆極有用的棋子。」

舒恒低頭應了，及時掩飾住眼中的陰霾。這一世，他定要將那顆棋子變成一顆棄子，絕不會再重蹈上世的錯誤，再抬頭時，舒恒的眼中已是一片清明。

「皇上，微臣有一事相求。」說著，舒恒就跪了下去。

「說來聽聽。」

聽完舒恒的請求後，皇上眯起眼睛，眼中的精光不容忽視。他不動聲色地打量著殿下的舒恒，似乎想看清舒恒的意圖，半晌才道：「此事等平樂傷好了之後再商議。」

寧汐的腳傷在她回府後，就請了大夫過來察看，幸運的是並不嚴重，只有被陡坡上尖銳的石頭割傷，然後便是輕微的骨折，休息個把月就好了。

宮裡也賜了很多東西下來。寧汐想著日後就自己一個人過日子了，銀錢還是很重要的，便叫茗眉把值錢的東西鎖了起來。

這其間聽說經歷此事，木家也被嚇怕了，快速給自家幾個女兒訂了親，而前世死於非命的木府大小姐很快就會出閣了。不管怎樣，這件事也算是有一個好結果。

許氏和寧妙也常過來看她，每次見到她，兩人都會露出愧疚的神色，寧汐知道她們還在為當天自己被擄走的事感到內疚，其實這根本不是她們的錯，在那種情況下，就算她們在她身邊，也幫不了她。

寧嫵也有來看過她，她被擄走這件事是瞞著寧嫵的，直到自己被救回來後，許逸凡才委婉地告訴寧嫵，即使如此，寧嫵還是跟許逸凡大鬧了一場。

等到一個多月後，寧汐的腳傷終於好了，便迫不及待地跑出汐園。這段時間一直待在院子裡，她覺得自己都快悶壞了。
天氣已經入冬，初雪過後，地上白茫茫的一片。寧汐踏著積雪，向梅園走去，她記得那裡有一片紅梅，現在應該開花了。
寧汐還沒走進園子，就看到寧顏和寧巧兩人。養傷這段時間，寧巧來過她的院子幾次，每次都是來道歉的，寧汐都沒怎麼搭理。說實話，人都是自私的，那種情況下她也沒打算犧牲自己保全她們兩人，所以她沒立場去責怪寧顏和寧巧，但是一想到寧巧她們竟然請求她犧牲自己去保全她們兩人，寧汐心裡就厭惡得很。
寧顏和寧巧自然也看到了寧汐，兩人的臉色都有些不好，寧顏看了寧汐一眼，見寧汐也在看著她，馬上低下頭，匆匆從另一邊的出口離去，而寧巧則在原地向寧汐行了一禮後才尾隨寧顏離去。
「哼，敢做不敢當，躲著算是怎麼一回事？」翠螺不屑地說。
當晚在車上發生的事，在寧汐被救回來後，或許是怕寧汐在英國公那裡告上她們一狀，三房的人就先將此事告知了英國公；但寧顏和寧巧兩人也是受害者，因此英國公再氣惱，最多也只能斥責她們一頓，可是寧汐身邊的這幾個丫鬟就沒那麼好說話了，到現在都記恨著寧顏和寧巧。
寧汐瞋了翠螺一眼。「好啦，這事都過去了，還和她們計較什麼？不喜歡她們，以後避開她們就是。」

翠螺跺了跺腳。「我就是不甘心嘛！小姐您受了這麼大的苦，她們憑什麼還能過得那麼自在？特別是五小姐，連句道歉的話都沒說過。」

寧汐搖了搖頭，也不勸翠螺了，她是來賞梅的，可不能被寧顏兩人弄得沒了興致。

翌日，宮中來了旨意，皇上召寧汐入宮。宮裡來人的時候，寧汐正在大秦氏那裡請安，自然大家都知道了寧汐馬上要入宮覲見皇上一事。

大秦氏當下便有些吞吞吐吐地說道：「汐兒，顏兒她還小，做事是糊塗了些，妳們都是姊妹，妳別和她計較，若是皇上問起此事，妳看妳……」越說大秦氏越心虛，尤其寧汐還似笑非笑地盯著她。

寧汐不得不承認，對寧顏來說，大秦氏的確是個好祖母，如果今日她和寧顏的處境對調，被毀了清譽的人是寧顏，不知大秦氏還能不能說出這些話來？

寧汐不欲多留，朝許氏和大嫂點了點頭就離開了，對大秦氏和三房的人視若無睹，現在受害者是她，她怎麼鬧都不過分，不是嗎？

到乾清宮後，看到舒恒也在，寧汐有些疑惑，但沒表現出來，上前給皇上行了禮。見到寧汐，皇上似乎很高興，先是給寧汐賜了座，然後又是一番噓寒問暖，寧汐都一一答了。

見寧汐的身體確實沒什麼問題後，皇上才切入正題。「汐兒可記得朕答應過要給妳許一門好親事？」

寧汐不知皇上為何突然提起此事，只能順從地點點頭。

「那汐兒覺得忠毅侯怎麼樣？」

寧汐驚訝地抬起頭看向皇上，發覺不妥，趕緊垂下頭來，眼角有些苦澀。這一幕何其相似，只是人調換了位置而已。當年，她躲在次間，聽見皇上問舒恒——「少桓，你覺得朕的外甥女平樂郡主怎麼樣？可有資格做你們侯府的女主人？」當時他是怎麼回答的？他回答——「平樂郡主秉性純良，能娶到她是臣的榮幸，日後臣定會善待平樂郡主。」

可是舒恒，日後你又是如何待我的？

「忠毅侯年輕有為，自然是極好的，可是平樂名譽有瑕，怎配得上忠毅侯？皇上還是為侯爺另擇佳媳吧！」

「哦？」皇上轉動著手上的扳指，有些好奇地打量寧汐。「可忠毅侯說他非妳不娶，朕實在不忍心拒絕。」

寧汐驀地看向站在她對面的舒恒，卻見舒恒仍然冷著臉不說話，寧汐都開始懷疑是不是還有另外一個忠毅侯了。寧汐抿了抿嘴，道：「平樂是個小心眼的人，日後定不能和忠毅侯的姬妾和平相處，與其日後後悔，侯爺還不如現在放棄迎娶平樂之心。」

聞言，舒恒沒有回答寧汐，而是直接對皇上說道：「臣此生只娶平樂郡主一人，身邊再無他人。」

不只是皇上，寧汐聞言也很驚訝。舒恒，你這樣說，你表妹聽了該多傷心啊！可憐歐陽玲還一心想嫁給自己的表哥。好吧，寧汐承認她是有點幸災樂禍，雖然時機不太對。

「愛卿，你可想清楚了？你今日既然在朕面前做了這種承諾，日後就容不得你反悔。」皇上勾了勾嘴角，他怎麼沒發現自己外甥女的魅力這麼大，竟能讓舒恒做出這樣的承諾。

舒恒鄭重地跪了下去。「臣日後絕不負平樂郡主。」

寧汐滿臉無語地看著他們。你們不過問一下我這個當事人的意見就在那兒自說自話，真的沒問題嗎？

「舅舅。」寧汐強行插話進去，她覺得她再不開口，就真的會被這個皇帝舅舅給賣了。

卻不想，皇上根本不給她開口的機會，直接說道：「忠毅侯既然做出如此承諾，汐兒也不必再擔憂；朕覺得忠毅侯實乃汝之佳配，汐兒這次可不能再拒絕朕的心意了。」

寧汐的眼眸閃了閃，她聽出了皇上話中的意思——皇上看在長公主的分上，可以容許她任性一次，卻絕不會容許她再繼續任性下去。寧汐無奈，只能點頭。

皇上說媒成功，心情大好，又和兩人說了會兒話才放他們離去。等兩人離去後，皇上眼中閃過一絲精光。寧汐，作為皇家的子嗣，有些事由不得妳選擇，日後妳可別怪舅舅。想到這兒又忍不住搖了搖頭，沒想到朝中最冷靜理智的忠毅侯，竟然也是個癡情種，也許寧汐嫁給他並不差。

出宮的時候，寧汐和舒恒走在一道。因為寧汐的心情很糟，便一直冷著臉，而舒恒一向都是冷臉，所以宮人看了都紛紛繞道，怕不小心被這兩人給波及到。

「舒恒，你很奇怪，為什麼非要娶我呢？」寧汐還是沒忍住，先開了口。

「我以為這個問題我之前已經回答過了。」

寧汐停住腳步，搖了搖頭。現在她的思緒很亂，前世、今生的事都在她的腦海裡亂竄，她很怕，很怕上世的噩夢會重複，很怕她會和上世一樣，無法保護他們的孩子。她不敢想像再失去一次孩子她會怎樣，有些傷痛一次就足夠讓人刻骨，又怎能再來一次？

舒恒走到寧汐面前，雙手緊握住寧汐的雙肩，直視她的雙眼。「寧汐，妳告訴我，妳究竟在害怕什麼？」

舒恒的話裡帶著隱忍的怒氣，這是重生以來她第一次看到他真正有了怒火。寧汐動了動嘴唇，怎麼說？說她是重生來的？說他們其實已經成過親了？說她知道他們婚後並不幸福？

「舒恒，你有沒有想過，你也許沒有你想像得那麼在乎我，也許我們成不了人人羨慕的佳偶，反而會因為這門親事而相互折磨、相互痛苦。」

舒恒眼中閃過一絲苦楚。他何嘗沒想過？可是他早就打算好了，這一世就算他們會繼續相互折磨，他也不會再放開她，哪怕她討厭他、記恨他，他也不要放手。

舒恒將額頭抵在寧汐額上。「妳所說的未來也許會發生，但那只是千萬種未來中的其中一種，我們的未來還有很多可能，為什麼不努力將我們的未來變成我們期待的樣子呢？寧汐，為什麼不多給自己一點勇氣、多給我一點信任？」

寧汐仍然低著頭，抿了抿嘴。

見狀，舒恒繼續說道：「寧汐，相信我一次，也相信自己一次好嗎？我們可以給彼此幸福的。寧汐，我們試試好嗎？」說到最後，舒恒的話語裡甚至帶著些許的乞求。

寧汐閉上了眼睛。如果是在上世，自己失去孩子後，舒恒這樣說的話，她一定會感動得痛哭流涕，因為她愛他，哪怕是經歷了那麼多的痛苦，她還是愛他的；可她真的累了，累到不想去愛、去痛。

舒恒，這一世我不想再恨你。這一世我已經放過了你，你為何不肯放過我？

寧汐抬起頭，眼中的淚水讓舒恒身軀一震。

「舒恒，你真的瞭解我嗎？你真的知道我想要的是什麼嗎？」

舒恒，你永遠不懂我要的是什麼。當我需要你的懷抱時，你在一旁冷眼看著；當我需要你的安慰、你的承諾時，你毫不留情地轉身離開。如今我什麼都不要，什麼都不求了，你卻不肯放開我，連最後一絲平靜的生活都不肯給我。舒恒，不管是前世還是今生，你都不懂我。

思及此，寧汐自嘲一笑。「不過也不重要了，皇上下了旨，我哪敢不從？」說完便踉蹌地走開了。

看著寧汐離開的背影，舒恒驀地握緊了拳頭，眼中滿是傷痛。是不是錯了一次，就再也挽回不了？

賜婚的聖旨很快就下來了，大秦氏和小秦氏知道寧汐被賜婚給忠毅侯後，心裡都有些泛酸，之前還在同情寧汐以後嫁不到好人家去，得，人家皇帝舅舅一道旨意下來，她就成了未來的忠毅侯夫人。唉，所以說還是皇親國戚好啊，他們這些世家再強也越不過皇親去。

接到這道旨意後，還有一個人不開心，那就是英國公。你說這孫女好不容易回來住了，我還沒高興幾天呢，一道聖旨下來，孫女就成別家的了，而且賜婚之事還不提前跟我這個祖父透露一聲，就算你是皇上也不能這樣做啊！

英國公覺得心塞得很，但英國公忠君的思想早就根深蒂固，現在也不敢去怨皇上，只好把所有的怨氣都放在了舒恒身上，這就是舒恒日後上門不受待見的原因，當然，這都是後話了。

而寧汐收到意料之中的旨意並沒有太過震驚，只是聖旨中提到婚期訂在兩年後的秋天這件事讓她有些驚訝，她還以為她一及笄就會被嫁出去呢！此刻她內心是百感交集，不想一個人待著，於是就像條小尾巴一樣，跟著寧妙去了她的院子。

因為寧妙快出閣了，而且日後還是王妃，所以現在她的院子許氏已交給她自己打理。

寧妙回到院裡處理完一些事務，又問了午膳的菜色後，這才坐下，揉了揉額頭，對一直跟在她身後的寧汐說道：「怎麼了？看妳一直心神不寧的樣子，是不是被聖旨給嚇到了？」

寧汐抿了抿嘴，沒有回答，反而問道：「二姊姊，妳接到聖旨的時候害怕嗎？」

寧妙聳了聳肩，道：「未來要和一個完全不認識的人成親過一輩子，我當然會怕。」

「可妳看起來很平靜。」

寧妙無奈地笑了。「那我問妳，害怕能改變旨意嗎？反抗就能不嫁人嗎？」

寧汐搖了搖頭，想了片刻才又說道：「可是我很害怕。」

寧妙走到寧汐身邊，摸了摸她的頭。「妳在怕什麼？忠毅侯我們都見過，雖然看起來冷冰冰的，但並不是紈袴子弟。」

寧汐咬了咬唇，下了很大的決心才開口。「我之前作過一個夢。」

聞言，寧妙挑了挑眉，繼續聽寧汐講述。

「我之前作過一個夢，夢裡我嫁給了舒恒，但是我過得並不快樂，我沒有孩子、沒有朋友，就連舒恒對我也說不上好，最後病逝在一個小院子裡。我很怕，很怕這個夢成真，我實在不想去過那種日子，那種日子太孤獨、太寂寞。」

寧妙拍了拍寧汐的頭，輕聲安慰。「可是妳現在還沒嫁給忠毅侯。」

寧汐抬起頭，眼神有些迷茫，這是什麼意思？

寧妙安撫一笑，握住寧汐的手，道：「妳夢裡的一切都還沒有發生，妳覺得以妳的能力，不足以改變自己的處境嗎？而且我可以非常肯定地告訴妳，我是不知道舒恒會不會對妳好，但我知道妳不會沒有親人、沒有朋友。我、大姊姊、英國公府，甚至皇上都是妳的親人、妳的依靠，我們不會讓妳受委屈，更不會讓妳感到寂寞，就算最後妳失去了一切，妳還有我們啊！」

聞言，寧汐再也忍不住，伏在寧妙身上哭了起來。前世所受的委屈、重生後的小心翼翼，全部化成淚水，從眼眶裡奔湧了出來。寧汐知道，不論重來多少次，她還是當初那個膽小怯弱的女子，她沒有大聰明，也不夠堅強，她不想做什麼強悍的郡主，她一直以來希望得到的只是有個人來為她遮風擋雨。寧汐哭了好久，直到哭累了，才停下來。

寧妙笑了她一句小花貓，就讓她去梳洗了。

哭了一場後，寧汐的情緒恢復許多，回到汐園後終於睡了個好覺。

幾日後，舒恒上門拜訪，英國公沒有給舒恒好臉色，倒是英國公世子很喜歡舒恒。

寧汐聽到這個消息的時候，已經過了晌午。聽說舒恒一來就被叫進了英國公的書房，沒人知道兩人在書房裡說了些什麼，就連午膳，兩人都是在書房裡用的。後來兩人終於出來了，卻又跑到梅園旁邊的水榭裡下棋去了。

寧汐並不打算過去，奈何祖父身邊的人來喚，寧汐覺得自己也該和舒恒好好談一次，便去了。

到水榭時，寧汐才發現原來大哥也在，她悄悄走到寧樺身邊，遞了個疑惑的眼神給他，可惜寧樺沈浸在棋局裡，根本沒理會寧汐。寧汐無奈，只能坐到一旁，百無聊賴地看英國公和舒恒下棋。可惜的是，寧汐對棋藝是七竅通了六竅，一竅不通，所以沒一會兒就開始打起瞌睡來。

「汐兒。」

直到英國公低沈的聲音響起，寧汐才清醒過來，揉了揉眼睛。「下完了嗎？」

「下完了，祖父贏了一子。」回答她的是寧樺。

寧汐不在意地點了點頭。「你們還要下嗎？」她根本不在乎誰輸誰贏好嗎？她只在乎他們還下不下棋，如果他們還要繼續下棋，那她可以先回去補個覺。

顯然英國公看出了寧汐的心思，瞪了她一眼。不知道為何，自家二兒子和二兒媳都是愛好下棋之人，生了個女兒，卻連點皮毛都學不會。無奈地搖了搖頭，英國公對舒恒說道：「棋藝不錯，有空多過來陪陪我下棋。唉，這英國公府裡就沒一個下棋下得好的。」

寧樺有些無語。祖父，不是他們棋藝不精，而是您的棋品實在不好啊！輸了，您不高興；贏了，您又要嫌別人棋藝不好，您說府裡的人還敢跟您下嗎？

「承蒙英國公厚愛，晚輩有空一定過來陪您下棋。」

英國公滿意地點了點頭，才對寧汐說道：「妳送送少桓，我和妳大哥還有事要談。」

寧汐過來本來就是有事要和舒恒說，聞言自然不會拒絕，滿口應下了。等英國公走後她才轉過去看舒恒，卻見舒恒正專心地看著她，她不自然地移開了目光。

「你做了什麼，逗得祖父這麼開心？」

「聽說英國公喜愛書畫和圍棋，恰好我府中有幾幅古圖，但我又是個不懂書畫之人，便送來給英國公鑑賞。」

寧汐鄙夷地看了舒恒一眼，第一次聽到有人把「投其所好」說得這麼好聽的。

「寧汐，當日妳說的話我認真考慮過了。」舒恒話鋒一轉，將話題拉到了兩人身上。

寧汐垂下眼皮，等待著下文。

舒恒仍坐在原處，手裡握著一顆棋子輕輕摩挲著，思酌片刻才繼續道：「妳說得沒錯，我還不夠瞭解妳，妳也不瞭解我，所以我向皇上求了將婚期延後，希望我們可以用這兩年的時間來瞭解彼此，我希望兩年後妳嫁給我時是心甘情願的，而不是因為所謂的聖旨。」頓了頓，舒恒看向寧汐，眼中帶著偏執。「這是我最後的妥協，也是我最後的請求。」

寧汐呼吸了一口氣。她與舒恒的婚事已成定局，雖然她內心抗拒這門婚事，其實也知道此事不會因為她的反抗而有所改變。想想寧妙那日的話，其實這一世的她已經比上一世好了許多，至少她還有親人和朋友，就算這一世舒恒仍然負了她，她也不會再飲恨而終。關上院門，她依然可以瀟灑地過她的小日子，而且還有忠毅侯府養她和她的丫鬟們，最重要的是，這樣低聲下氣說話的舒恒，是她上世從未見過的。想想重生以來發生的事，眼前的這個舒恒和上一世的那個，終究是不一樣的吧？

想通了後，寧汐也覺得自己沒必要再矯情下去，遂點了點頭，算是認同舒恒的話。

得到寧汐允諾的舒恒，內心欣喜若狂，再也控制不住表情，嘴角露出一個溫和的笑容。

臨走之前，舒恒遞給了寧汐一個小盒子。

寧汐揚了揚眉。「又是匕首？」

舒恒的嘴角抽了抽。「不是，是給妳的及笄禮物。」

這真不能怪寧汐，誰叫舒恒上次給她的匕首太令人印象深刻。

寧汐沒有接過來，而是疑惑地看著舒恒。怎麼，就這麼篤定她會接受他？居然連禮物都準備好了。

看出了寧汐的疑問，舒恒左手握拳，放在嘴邊咳嗽了幾聲。「我要離開京城一段時間，妳的及笄禮我可能沒空參加，這禮物我一直帶在身上，想找一個合適的機會提前給妳。」說完，耳根竟然有些微紅。

寧汐接了過去，看了看，卻沒有打開的意思，舒恒期待的眼神黯了下來，寧汐只當沒看見，反而故意問道：「還不走？」

舒恒怕留久了，又惹寧汐不高興，便點了點頭。「那妳照顧好自己，有空我再來看妳。」

寧汐輕輕頷首，舒恒見狀轉身離去。等舒恒走遠了，寧汐才輕輕打開盒子，盒子裡靜靜地躺著一支白玉簪子，上面雕刻的紫薇花栩栩如生，寧汐嘴角扯出一絲輕笑。

如果舒恒能一直這麼聽話，他們做一對相敬如賓的夫妻又未嘗不可？

一個月後，舒恒上門提親完就離開了京城。

翻過年，還沒入春，寧嫵就生了個大胖小子，可把許氏和安國公夫人給樂壞了。

滿月宴的時候剛好入春不久，這日許氏一大早就去了安國公府；至於大秦氏，年前就對外宣稱臥病在床，不出門走動了，今日當然也不例外。

因為是和許氏一同去的，到安國公府的時間還挺早，寧汐本來想先去看寧嫵的，卻得知忠毅侯府的老夫人也到了。

舒母年輕喪夫，此後或許是因為寡居的身分，她很少出門應酬，這種喜慶的日子她基本是不出席的，免得讓主人家覺得晦氣，但這次卻這麼早就過來了，許氏多少猜到了舒母的目的，便先帶了寧汐過去拜見，讓寧妙等人去了寧嫵房裡。

寧汐對舒母並沒有太多感情，在她的記憶中，舒母是個冷清的性子，對誰都是淡淡的，就連對待舒恒都不會有太多笑容。她嫁去忠毅侯府後，舒母沒多久就免了她的晨昏定省，只讓寧汐初一、十五過去她那邊請安，所以兩人見面的時間並不多。

不過，雖說舒母對她不冷不熱，但也不算是壞婆婆，至少舒母從沒為難過她，甚至在她嫁進忠毅侯府不久就將中饋交到了她手上。要說她對這個婆婆唯一的不滿，便是舒母對歐陽玲太好了。明明是一個清冷的性子，卻對歐陽玲面面俱到、關懷備至，甚至有時候她會想，其實歐陽玲才是舒母的親生女兒吧？

寧汐跟在許氏身後，來到了舒母旁邊，一雙眼睛偷偷打量著舒母。此時的舒母比她上世最後一次見到要年輕許多，眉眼之間仍然能看出和舒恒的相似之處，而且今日舒母一改平常的穿衣風格，選了件紫色襦裙，或許是考慮到出席的場合，特意換了件亮色點的衣服吧。至於舒母旁邊的歐陽玲，寧汐選擇性無視了。

舒母見到許氏和寧汐，眼神閃了閃，臉上卻仍然保持著一貫的冷淡神色，和寧汐說了兩句後就拿出一個手鐲送給寧汐，然後便藉口身體不舒服，去了客房休息。

寧汐有些發懵。不是來看她這個未來兒媳婦的嗎？這樣隨便寒暄兩句就離開，會不會太不把自己兒子成親這件事當回事了？

寧汐目送舒母離開後，才仔細察看手中的鐲子。不看不知道，一看嚇一跳，寧汐瞪大了雙眼。這不是忠毅侯府只傳給兒媳的手鐲嗎？舒母出手會不會太大方了？自己上世可是在嫁入忠毅侯府後才拿到這個鐲子的啊！

寧汐將鐲子收好，但沒有將鐲子的意義告訴許氏。

寧汐走進寧嫵屋子的時候，便看見寧妙坐在寧嫵旁邊和她說話，而寧顏則趴在小嬰兒旁邊，直直地盯著看，似乎很好奇；不過她有點詫異，竟然沒看到小秦氏和寧巧。

見許氏和寧汐進來，寧嫵就要起身，卻被許氏瞋了一眼。「我是妳娘，有什麼好見外的。」說著就坐到寧嫵身邊，細心地問起寧嫵的身體狀況來。

寧汐見寧妙和許氏都圍在寧嫵身邊就沒再過去，而是走到嬰兒旁邊，想要看看小寶寶。見到寧汐走過來，寧顏慌張地低下頭，走到一邊，給寧汐讓出了位置。

寧汐挑了挑眉。自那次劫持事件發生後，寧顏似乎乖巧不少，現在見到她就躲，不過少了寧顏的胡攪蠻纏，寧汐覺得日子更舒服了。

小寶寶小名叫湯圓，聽說是寧嫵生他之前突然特別想吃湯圓，可是還沒吃上幾個呢，肚子就疼起來，後來寶寶出生，寧嫵就乾脆給他取了湯圓這個小名。因為只是小名，安國公和安國公夫人也沒什麼意見；至於許逸凡，他雖然不想給自己的兒子取個這麼奇葩的小名，但他現在哪還敢得罪寧嫵，只好默默地告訴兒子：你爹盡力了。

不過許氏就沒那麼好說話了，到現在寧汐都還記得許氏第一次聽到自己外孫小名的時候，嘴角抽搐的樣子。

不過湯圓現在還小，只會吃和睡，寧汐看了兩眼後也沒了興致，就坐在一旁神遊。好在許氏待了一會兒就走了，寧汐立刻跑到寧嫵身邊，而寧顏則繼續坐回了湯圓旁邊。

見寧汐坐過來，寧嫵一時興起，調侃道：「喲，見完未來的婆婆啦！」

寧汐瞪了她一眼。得，當年打趣寧嫵的分，現在都報應回來了。

「怎麼沒看到三嬸和寧巧？」寧汐輕聲問道。

寧嫵聳了聳肩。「過來待了片刻就帶著四妹妹離開了，誰知道怎麼回事。」

「今天客人多，三嬸可能是想帶寧巧去見見世面。」寧妙看了眼守著湯圓的寧顏，淡淡地說了句。

聞言，寧汐皺了皺眉。小秦氏可不是什麼好嫡母，對於寧巧的存在，小秦氏一向都秉持著不養、不教、不在乎的三不原則，現在她會那麼好心帶寧巧出去見世面？

寧汐用詢問的眼神看向寧妙。

寧妙搖了搖頭。「四妹妹也十三了，年齡不小了。」寧巧的生辰在年節上，這會兒剛過十三的生辰。

寧汐啞然。不是吧，寧勤的婚事年前才訂下來，今年入夏的時候才會成親，新媳婦還沒進門呢，小秦氏就急著給寧巧找婆家了？寧巧才十三啊！小秦氏也太急了點吧？寧汐有點不能理解小秦氏的想法。

寧妙攤了攤手，她也不瞭解小秦氏的想法。

三人又說了會兒話，楊玲瓏就過來了，和寧嫵打過招呼後，寧嫵就讓寧汐陪楊玲瓏去園子裡逛逛，她這兒有寧妙陪著就好。楊玲瓏也不推託，拉著寧汐就出去了。

「怎麼看妳興致不高啊？」寧汐邊走邊問。

楊玲瓏嘆了口氣。「還不是為了我的婚事，我娘這段時間可把我折騰慘了。」

寧汐頷首。楊玲瓏和寧妙年齡相似，寧妙的婚事早就訂下了，可楊玲瓏的婚事還沒個定論，三公主能不急嗎？不過三公主和楊玲瓏兩人眼光都高，找遍了整個京城也沒挑到滿意的，楊玲瓏不急，可三公主急了，便想著法地在府裡折騰，把楊玲瓏累得夠嗆。

寧汐想了想，上世楊玲瓏嫁給誰來著？她竟然沒什麼印象了，不過看楊玲瓏吃癟的模樣，寧汐還是不厚道地抿嘴笑了。

楊玲瓏見狀，在寧汐腰間輕輕捏了一把。「妳就幸災樂禍吧！」然後撇過頭去，問道：「于夢賢現在不是和妳那個未婚夫一起做事嗎？他們什麼時候回來？」

寧汐右手摸著下巴，有幾分玩味地打量著楊玲瓏。「我們楊大小姐挺關心于夢賢的嘛。」

「切。」楊玲瓏不屑地轉過頭去。「誰關心他啊？只是自從于氏的臉出了事後，于夢賢那傻小子見到我就眼睛不是眼睛、鼻子不是鼻子的，好像我欠了他多少錢一樣。那于氏是個好的嗎？本姑娘好心幫他擺脫了他那個難纏的姑母，他還敢跟我擺臉色。」說完還氣呼呼地踢了踢腳下的小石子。

寧汐掩嘴笑了起來。生起氣來的楊玲瓏整個人看起來活潑不少。

「好啦，妳都說他是傻小子了，還和他計較什麼？」寧汐笑過之後連忙安撫了一句，否則她真怕楊玲瓏會把自己的鞋給踢破了。話音剛落，就看到前面有個女子走了過來，當下寧汐的臉就沈下來。

見狀，楊玲瓏皺了皺眉，眼神不由得對來人多了幾分探究。

「今天早上姨母身子不好，我急著照顧姨母，沒來得及給寧姊姊打招呼，現在姨母身子好些了，玲兒便過來向寧姊姊請罪。」

寧汐嘴角噙著冷笑，看著歐陽玲故作姿態。明明很討厭她卻不得不討好她，現在的歐陽玲心裡怕是恨得很吧？還有，口口聲聲說什麼照顧舒母，是來向她炫耀自己和舒母關係多好嗎？關係再好，妳歐陽玲也只是個外人。

「歐陽小姐不必客氣，妳這聲姊姊平樂擔不起，妳還是稱我一聲郡主比較好。」歐陽玲的這聲「姊姊」，她上輩子已經聽膩了，這輩子再不想從她口中聽到這兩個字。

歐陽玲臉上有些難堪，抬起頭看著寧汐，似乎有些不知所措。

那柔弱無助的模樣，寧汐身為女子都忍不住想上前安撫兩句，當然，除非寧汐腦子有毛病才會這麼做。

「我與歐陽小姐不熟，打不打招呼都無妨，歐陽小姐沒必要來向我請罪。」

聞言，歐陽玲看向楊玲瓏，想向楊玲瓏求助，一雙明眸水汪汪的，似乎下一刻就有眼淚滴下來。

可楊玲瓏根本不看她，一心玩著腳下的石子。

歐陽玲低下頭，掩住眼中的怨恨，有些委屈地說道：「我想著郡主就要和表哥成親了，按理我也該稱郡主一聲『姊姊』，所以才冒昧開口，卻不想惹怒了郡主，是玲兒冒失了，還請郡主見諒。」

寧汐冷哼一聲。她最看不得歐陽玲這副嘴臉，好像誰讓她受了天大的委屈一樣，話裡話外都在指責她這個郡主自恃身分不懂事，但那又怎樣？她堂堂郡主的身分，難不成還要來討好歐陽玲這個表小姐不成？

「我是與忠毅侯有婚約，但這與妳有何干係？恕我多嘴，表小姐始終只是寄宿在忠毅侯府上的一個外人，總有一天會嫁出去的，萬事少插手才好。」寧汐說完便看見歐陽玲的臉瞬間變青，這才滿意地拉著楊玲瓏走了。

走遠後，楊玲瓏才問道：「妳就不怕她在舒恒的母親面前說妳壞話？這婆媳關係處不好，日後可有妳苦頭吃的。」

寧汐撇了撇嘴。就歐陽玲那點心思，能待見她？不管她怎麼對待歐陽玲，歐陽玲都不會在舒母面前說她好話的；再說，她現在連舒恒都不是很待見，怎麼可能待見歐陽玲？

「不過，這個歐陽玲我總覺得長得和一個人特別像，可又一時想不起那個人是誰？」楊玲瓏有些苦惱地添了一句。

寧汐聽了也不甚在意。「大概是個不重要的人吧！」

楊玲瓏點了點頭，便將這件事拋在腦後了。

寧汐及笄這天，英國公府非常熱鬧，宮裡的賞賜也早就下來了。這次及笄禮的正賓，許氏在徵求過寧汐的同意後，選了李閣老家的老夫人，贊者寧汐則選了楊玲瓏。行禮之前，寧汐看了眼梳妝檯上的一個素色盒子，那是舒恒之前送她的髮簪，舒恒離京前還跟她說，希望及笄禮那天她能戴上這支簪子。

「小姐，還有什麼落下的嗎？」峨蕊問道。

寧汐搖了搖頭，走出房門。哼，她才不要聽舒恒的話。

等一天的禮節都結束後，寧汐已經累得都不想動了，草草用過晚膳、洗漱過後，便爬到床上躺下，可寧汐還沒睡熟就聽到窗子那兒傳來奇怪的聲音。寧汐皺了皺眉，這擾人清夢的聲音真討厭，便大聲喊了起來。「曬青，外面是不是起風了？妳去把窗子關了。」說完翻了個身，繼續睡。

聽見寧汐的話，曬青從次間走了進來，看了眼窗戶。沒打開啊！是主子睡糊塗了嗎？不過曬青還是細心地將窗戶檢查了一遍，確定沒問題後，才走出去。

曬青出去後不久，那惱人的聲音又響了起來。寧汐在床上滾了幾圈，最後煩躁地坐起來，拿起外衫披在身上，下床將燭檯點亮後，走去窗邊察看。見窗戶確實是關好的，寧汐皺了皺眉，仔細一聽，覺得從窗外傳來的聲音更像是一種敲打聲。

寧汐抿了抿嘴，走回床邊，從床的暗格裡拿出舒恒之前送的匕首，再慢慢走到窗邊。

或許是聽到了屋裡的聲音，窗外的聲音突然停了下來。

寧汐抿了抿嘴，不知道該不該上前察看，突然，一個細微的聲音傳了進來——

第八章

「寧汐，是我。」

聽見熟悉的聲音，寧汐鬆了口氣，但同時火氣也冒了出來。她將匕首丟回桌上，看了眼次間的曬青，確定曬青睡熟了才走到窗邊，一把推開窗戶，壓著聲音吼了句。「舒恒，你是不是瘋了？半夜擾人清夢！」吼完後，又覺得不對勁。「你不是不在京城嗎？」

舒恒低笑兩聲，輕輕說道：「我剛回來。」

寧汐皺起眉頭。「你不回你的忠毅侯府，來我這兒幹麼？」

「今天是妳的大日子，我不想缺席。」說著，趁寧汐沒注意就從窗口跳了進去。

寧汐沒忍住，輕叫了一聲，驚醒了睡在隔壁的曬青。聽到曬青起身的聲音，寧汐忙喊道：「曬青，我沒事，就是作了個噩夢，妳繼續睡。」然後又是曬青躺下的聲音，寧汐這才鬆了口氣，但還是忍不住瞪了一眼罪魁禍首。

因為之前舒恒一直站在窗外，根本看不清他的樣子，現在進到屋裡，寧汐才看到舒恒的嘴唇有些發白，眼眶黑了一圈，臉色也不是很好看；再看他那身衣服，似乎也好幾天沒換過，好些地方都起了縐褶。寧汐心中有個猜想，慢慢說了出來。「你是急著趕回來的？」

舒恒沒說話，直接在屋中的凳子坐下，算是默認了。

「因為我？」寧汐走到舒恒對面，彎下腰面對他，輕聲問道，嘴上還含著打趣的笑容。

舒恒慢悠悠地取了茶壺給自己倒了杯茶，抿了一口。「不是，是皇上命我調查的事有了眉目，我才急著趕回來。」

寧汐挑了挑眉。舒恒你就裝吧！

「你調查的事與之前那個案子有關嗎？」寧汐隨口問道。

聞言，舒恒想到查到的一些線索，眼中閃過一絲陰鬱，卻沒表露出來，只是輕輕說道：「是。」

寧汐知道朝堂之事她不好多問，便轉了個話題。「你半夜闖我閨房有什麼事？別告訴我你是走到半道兒渴了，來我這兒討杯茶喝。」

舒恒沒有搭理寧汐，只是掃視了房間一眼，看到他送給寧汐的禮物還安安靜靜地躺在梳妝檯上，不禁眯了眯眼。「妳今天沒戴我送妳的簪子？」

「我為什麼一定要戴你送的簪子？」寧汐挑釁地望回去。她現在可不怕他。

舒恒沒有說話，而是默默站起身來，走到梳妝檯邊拿起盒子。

寧汐盯著他的一舉一動，心想這廝該不會這麼小氣，因為她沒戴他的簪子就要把簪子收回去吧？

舒恒不知道寧汐心裡的想法，兀自認真且仔細地取出玉簪，走到寧汐面前。

寧汐一臉警惕地看著他。「你要幹麼？」

舒恒掃了一眼寧汐，根本不理她，直接伸出手掬起一束寧汐的頭髮，簡單地挽了髻，將玉簪插了進去。舒恒本就比寧汐高出一個頭，所以這一系列動作他完成得非常順利。

「等我走後再摘下來。」或許是怕寧汐將玉簪摘下來，舒恒最後還特意叮囑了一聲。

寧汐想著舒恒也不可能在這兒待多久，便沒和他計較。

「舒恒，我之前碰到你家那個表妹了。」

舒恒的神色有些不豫。「她說了什麼嗎？」

寧汐攤攤手。「她倒是沒說什麼，只是我不喜歡她，將她數落了一頓。」寧汐發誓，她只是在陳述事實，並沒有試探舒恒的意思。

舒恒聞言，嘴角露出一絲淺笑。「她惹妳不快，妳怎麼對待她都無妨，不必在意我。」語氣中似乎還帶著些許的寵溺。

寧汐有些狐疑地看著舒恒。這一世的他真的一點都不在乎歐陽玲嗎？她不相信，可是又覺得舒恒的表情不似作假。

「你真的不在乎？她可是你青梅竹馬的表妹。」

聽到寧汐這樣說，舒恒忍不住笑出聲來。「妳不用擔心，我和她不熟。」

擔心你個大頭鬼啊！寧汐忍不住罵了一句。她才不在意舒恒在不在乎歐陽玲，反正這一世她虐歐陽玲這事沒得商量。

「對了。」說著寧汐就從櫃子裡拿出一個妝匣來，然後從妝匣的最底層拿了個鐲子遞給舒恒。「這是你母親送我的，看樣子挺珍貴的，你覺得我現在拿著合適嗎？」寧汐當然不能說她知道這是忠毅侯府只傳給兒媳的手鐲。

舒恒沒有接過去，只是掃了一眼，淡淡地說道：「這是我讓她給妳的。」

現在用一個詞來形容寧汐的表情，那就是目瞪口呆。

「既然如此，那我就收著了。」既然忠毅侯府的兩個主人都沒意見，她幹麼還矯情推託？將手鐲重新收好後，看見舒恒一臉笑意地看著她，她忍不住抖了抖手臂。「你別這樣看我，我怕我今晚作噩夢。」

舒恒的嘴角抽搐了一下，心中生出些許的無奈。怎麼重生後的寧汐越來越喜歡逗弄他了？難道這才是被她壓抑的本性嗎？搖了搖頭，舒恒從懷裡掏出一個包裹，放到寧汐面前。「給妳的。」

寧汐有些驚訝。禮物不是送過了嗎，怎麼又送？看不出來舒恒還有當敗家子的潛質啊！

或許是寧汐的表情太過明顯，舒恒忍不住咳嗽一聲，解釋道：「回來的路上看到的，覺得挺適合妳，就順手買了下來。」

寧汐拆開一看，發現竟然是一串珍珠項鍊，每一粒珍珠都飽滿豐潤，沒有雜色，光澤也十分誘人。她有些懷疑地看向舒恒，這真的是在路上隨便買的？

舒恒突然站了起來，說道：「時間不早了，妳休息吧，我走了。」然後不留一點機會給寧汐開口，就從窗口跳了出去。

寧汐有些奇怪，這人怎麼說來就來，說走就走啊？然後再看了眼手裡的項鍊，算了，反正是她賺了。將東西收起來後，寧汐又重新爬上床，沒多久就去見周公。

另一邊，舒恒剛出院子就看到有一男一女在那兒等著。

女子看到舒恒，立即可憐兮兮地問道：「主子，我什麼時候才能回去啊？」

「等郡主嫁入忠毅侯府，妳就可以回來了。」

聞言，女子哀號。那不是還有一年多的時間嗎？她不要在這大院裡玩什麼宅鬥，她要快意江湖啊！都是奇哥哥騙了她，不行，她一定要好好罵他一頓。等女子回過神來時才發現，那兩個人早就沒了蹤影，這次她是真的想罵人了。

追隨著自己主子離開英國公府的舒奇好奇地問道：「平樂郡主喜歡您送的項鍊嗎？」因為舒奇從小就跟在舒恒身邊，感情自然比其他人深厚不少，所以舒恒還是願意和他說心裡話的。「我不知道。」

「嗯？」舒奇有些疑惑地望著自己的主子。

「我沒問。」舒恒才不會說他怕寧汐把項鍊還給他，所以急著跑出來，根本沒敢問寧汐喜不喜歡。

舒奇鬱悶了。本來他們進京的時候太陽已經落了下去，可舒恒突然問他，去見女孩子是不是得帶點禮物比較好？舒奇馬上就想到舒恒是要去見那個郡主未婚妻，於是便說女孩子都喜歡別人送自己禮物。哪知道就因為這隨便的一句話，舒恒翻遍了整個京城，最後終於找到一份比較滿意的禮物，然後帶著禮物直奔英國公府。

再然後，當他看到平常那個英明睿智的侯爺居然熟練地翻過別人家高牆的時候，他真的很想說他不認識這人，就算再心急也不能半夜闖姑娘家的閨閣啊！

好吧，你說你閨閣也闖了，禮物也送了，結果連一句喜不喜歡都沒問就跑回來，那你帶禮物去是幹麼用的？難道不就是為了討佳人歡心嗎？

舒奇有些無力地看了眼舒恒，他真的很為自己這位主子的婚姻生活擔憂啊！

時光匆匆，一晃又是一載。

這一年的時間裡，楊絮菀生了個可愛的女兒，見到重孫出生，英國公別提多高興了；不過英國公年紀也大了，看樣子最近一、兩年就會把位置讓給大伯父。

寧勤的媳婦也懷孕了，可把小秦氏歡喜慘了，甚至在心裡暗暗想著，自己兒媳如果生個兒子出來，他們三房也算是壓了大房一次。

寧妙在半年前嫁進了賢王府，兩人看起來過得還算恩愛，寧妙的日子自然也頗為順暢，唯一不順的就是子嗣，進府半年肚子都沒什麼動靜。其實說來，寧妙進府才半年，根本沒必要急，而且許華裳比寧妙早進府兩個月，也沒有受孕，但皇后卻急著要賢王生個兒子來鞏固地位，這不，又指了詹事府一個大學士的嫡女張氏入府，過兩天就要進門了。

寧汐得知這個消息後，對皇后的這種做法頗為不滿。自己不喜歡別的女人來搶自己的丈夫，卻給自己的兒子送一堆女人過去，也不怕自己兒子受不了，看來即使是世上最尊貴的女人，成為婆婆後，和其他女人也沒多大差別。

自從寧妙出嫁後，寧汐就很少再和她碰面，這次聽說了這事，怕寧妙傷心，便求了許氏去賢王府一趟。許氏本來想著寧汐還有幾個月就要出嫁，是不許的，可拗不過寧汐撒嬌耍賴，而且許氏也挺擔心寧妙的，可她不方便去賢王府，便同意了寧汐的請求。

這日，寧汐到賢王府的時候恰好碰到許華裳從寧妙的屋裡出來，擺著一張臭臉，看起來心情很不好，看到寧汐也沒打招呼，逕自從寧汐身邊走了過去。寧汐自然不會用熱臉去貼別人的冷屁股，只當沒看見，直接進了屋。

「那許華裳又跑妳這兒鬧了？」剛進屋寧汐就問道。

雖然寧汐很少過來賢王府，但之前從寧妙口中聽說過，這位許側妃可不是個好相與的，一有不順心就跑到寧妙跟前來鬧；不過她鬧她的，最後該怎麼做寧妙還是怎麼做，根本不理她，反正對許華裳來說，最不順心的事就是自己只是個側妃。

寧妙諷刺一笑，道：「還不是因為另外一個側妃進府一事，這不，被母后趕回來後，又跑到我這兒來鬧。」

「那妳呢？不介意嗎？」寧汐找了把椅子隨意坐下。

寧妙愣了愣後，輕笑一聲。「對我而言，一個側妃和兩個側妃沒什麼區別，而且張氏入府能暫時轉移許華裳的注意力，對我而言還是好事呢！」

寧汐只當寧妙說這句話是不想她擔心，便沒往心裡去。

寧妙不管寧汐有沒有聽進去她的話，直接問道：「再過幾個月妳就要出閣了，現在還會害怕嫁人嗎？我看這一年來，忠毅侯往英國公府跑得挺勤的，對妳應該也是有意，妳現在心寬了許多吧？」

如寧妙所言，這一年來，舒恒確實常來英國公府，把祖父都哄得服服貼貼的；而每次舒恒來英國公府也都會給寧汐帶一些小禮物，有一次甚至送來了一窩兔子，不過寧汐轉手就將那窩兔子送給了小湯圓。倒不是她討厭動物，主要是留下來的話，她怕會忍不住將那窩兔子給紅燒了，那就罪過了。

不過經過這一年的相處，寧汐發現舒恒真的和上一世很不一樣，就目前而言，他對她確實是用了真心，但是未來的日子還那麼長，變數還多著，她只是現在沒那麼抵觸嫁給舒恒了而已，寧汐攤了攤手。「我還是覺得不嫁人過得最暢快。」

寧妙笑著搖了搖頭。「妳就嘴硬吧！」

寧汐撇了撇嘴。她才不是嘴硬呢，她說的都是實話，只是寧妙不信而已。

當兩人又聊了些其他話題時，便聽到李煜過來了，寧妙站起身來迎接，寧汐則慢吞吞地、不甘不願地站了起來。

李煜進來後先扶著寧妙坐下，接著才看向寧汐。「寧表妹每次過來我都錯過，這次終於趕巧碰上了，寧表妹難得來我府中一趟，定要多留片刻。」

寧汐露出一個非常敷衍的笑容。「我這次過來就是來看看二姊姊，如今見二姊姊身體健康便安心了，府中還有事務等著我回去處理，我就不在這兒耽擱了。」說著向兩人行了個禮，又對寧妙悄悄地眨了眨眼，走了。

李煜摸了摸鼻梁。「我怎麼覺得自從我們成親後，寧表妹就開始不待見我了？」

寧汐當然不待見他，一想到聰明又疼愛自己的二姊姊，最後竟然嫁給李煜這個注定要三妻四妾的人，寧汐就肝疼；再想到寧妙不但要溫順地服侍李煜，還可能會被李煜的妾室欺負，寧汐就忍不住想扎小人了。顯然在寧汐的腦洞中，某人已經被無限醜化。

寧妙接過丫鬟手中的茶壺給李煜斟茶，聞言，溫婉一笑。「怎麼會呢？三妹妹生性羞澀，怕是不習慣和自己姊夫相處吧！」

李煜挑眉。寧妙口中那個生性羞澀、不習慣與外男相處的人，真的是那個把許逸凡說得一愣一愣的寧汐？再看自家嬌妻臉上那抹溫婉可人的笑容，他就知道她又在哄他了。他們成親沒多久，他就發現自己這位妻子表面上溫良無害、端莊穩重，內裡其實是一隻狡猾的小狐狸，許華裳這半年來可沒在她手上討到過好處。

李煜不想白白被這隻小狐狸騙，轉了轉眼珠，輕輕上前將寧妙擁在懷裡，還壞心眼地在寧妙的耳朵邊吹了口熱氣。感覺到懷中的人兒有一瞬的僵硬，李煜的笑容不禁染上了些許的得意，不僅不鬆開寧妙，還將下巴放在寧妙的頸窩處磨蹭。

寧妙強忍著把李煜拍飛的念頭，心裡默唸：這是王爺，打不得。打了，自己以後的日子就難過了。

兩人膩歪了一會兒，李煜才問道：「華裳又過來鬧妳了？」

寧妙聽見李煜的稱呼，撇了撇嘴，滿是不屑，卻雲淡風輕地開口。「許妹妹是太在乎王爺了，所以心裡難受，難免胡鬧了些，臣妾不會和她置氣的。」

「那妳呢？」李煜的語氣沒發生任何改變，似乎只是隨口一問而已。

寧妙笑得更加溫婉。「張妹妹入府是服侍王爺的，只要王爺開心，臣妾自然就開心。」

李煜挑了挑眉，顯然對寧妙的這個回答不滿意。「所以妳並不是很在乎我嗎？因為妳都不會吃醋。」

寧妙覺得無言了。你那神奇的腦袋瓜是怎麼得出這個結論的？我怎麼可能不在乎你？當然，那個……她在乎的和許華裳在乎的有點不一樣而已，許華裳求的是情，而她要的是權，只有掌了王府內院的權，她才能過得舒坦。「王爺，您誤會了，唔……」

寧妙正想解釋，話卻被突如其來的唇舌堵在了喉中。她驀地睜大眼睛，看著近在咫尺的俊容，心裡怒吼：這隻笑面狐又不按常理出牌。

一吻結束，李煜舔了舔唇，滿意地瞇了瞇眼睛，嗯，味道還是一如既往的好。

看到某人略帶情色的動作，饒是寧妙也不由得羞紅了臉頰。為了掩飾自己的窘迫，寧妙轉而說起了張氏進府那日禮節的安排。

看到寧妙假裝鎮定地和他討論儀式的事，李煜很滿意這次偷襲的效果，甚至還想著，這樣的偷襲，日後可以考慮多做幾次。

轉眼快到了寧汐的婚禮，忠毅侯府的聘禮早就送了過來，聘禮幾乎堆滿了寧汐的半個院子，其中有三副寶石頭面和一塊翡翠屏風尤其珍貴。

寧汐把這幾樣東西拿了出來放在陪嫁當中，至於其他的就暫時放在汐園裡，用英國公的話來說——我們英國公府嫁孫女，怎麼能用聘禮充當嫁妝？當然，英國公也沒想要留下忠毅侯府的聘禮，而是打算在寧汐婚後再幫她送去忠毅侯府。英國公的這個心思沒瞞著府中的人，由於之前許氏兩個女兒的聘禮都是由女兒帶走的，所以許氏沒什麼意見；至於小秦氏自然眼饞那些東西，忍不住冒了兩句酸水，可根本沒人搭理她，她也不想再自討沒趣，便訕訕地閉了嘴。

寧汐的嫁妝比起忠毅侯府的聘禮來也不算少。除去英國公府公中出的嫁妝和宮裡的賞賜，還有長公主留下來的嫁妝和她父親留給她的莊子、田地；之前這些莊子、田地都是英國公在幫她打理，現在她要嫁人了，英國公自然悉數交給了她，甚至還補貼了些自己的私用。

寧汐和丫鬟們整理好自己的資產後，才發現原來自己這麼有錢，突然間不想嫁人了。舒恒真的不是看中了她的財產才娶她的嗎？

出嫁前一天，寧汐的姊妹和楊玲瓏都過來給她添妝。

楊玲瓏很早就過來了，寧汐有些詫異，還取笑道：「沒想到我成個親，妳比我還積極。」

楊玲瓏瞪了寧汐一眼，然後拿出一對如意鐲遞給寧汐。

寧汐看著含金量十足的鐲子，故作浮誇地抱住楊玲瓏。「送我這麼貴重的禮物，妳對我才是真愛啊！」

楊玲瓏頗為嫌棄地推開寧汐，找了張凳子坐下，說道：「喝完妳的喜酒後，我就要離開京城了。」

寧汐以為楊玲瓏只是出門遊玩，便沒在意，隨口問了句。「那妳什麼時候回來？」

「也許很快，也許就不回來了。」

寧汐一怔，放下手中的物品，轉過頭看著楊玲瓏，皺了皺眉。「妳這話是什麼意思？」

楊玲瓏聳了聳肩。「我娘親現在急著給我找親事，可我沒一個看得上的，又不想將就，想著乾脆去我小叔那兒好了。聽說那裡的民風和我們這邊很不一樣，那邊對女子沒那麼多約束，甚至女子都可以在外面拋頭露面做生意，哪裡像京城對女子的要求那麼多，我早就想去見識見識了。」

楊玲瓏口中的小叔就是武昌侯最小的兒子，雖是庶出，但因武昌侯夫人心善，自小就養在自己身邊，與嫡子無太大差別。聽說這位庶子對待武昌侯夫人比對自己的親生娘親還要好，和兩位嫡出哥哥的感情也十分深厚，只是這位庶子年少從軍，去了邊塞後便極少歸家。

寧汐皺了皺眉。「此去邊塞，路程遙遠，妳一個自小在京城長大的嬌嬌女真的受得了？」而且她很懷疑，三姨母會同意她去？

看出寧汐的疑惑，楊玲瓏挑了挑眉，神秘地笑道：「山人自有妙計。」

寧汐搖了搖頭。對於她這個至死都沒離開過京城的女子來說，她並不認同楊玲瓏去那等野蠻之地，但是她也不會將自己的想法強加在楊玲瓏身上。各人有各人的活法，只要自己覺得開心就好，更重要的是，寧汐不覺得楊玲瓏真的逃得開三姨母的掌控。

楊玲瓏沒坐片刻就急著離開，想是回去準備她的逃離大計去了。

很快地，寧家姊妹都過來了。

看到四人是一起過來的，寧汐有些驚訝。她們是怎麼碰到一起的？

進來後，寧巧和寧顏就急著把禮物給寧汐。寧巧送的是親手繡的絲帕，寧顏則是送了一副小巧的耳環；寧汐笑著收下後寧顏便要離開，寧巧倒是想和寧汐說幾句話，卻硬被寧顏給拽走了。

寧汐也不介意寧顏的態度，反正她們關係本來就不好，現在不過是個面子情。

「妳們怎麼一塊兒過來了？」寧汐接過寧嫵手中的湯圓，抱在懷裡逗弄，隨口問道。

寧嫵揉了揉有點痠痛的手臂，回道：「剛剛去看望祖母的時候，恰好寧顏兩人也在，祖母便叫我們四人一起過來。」

寧汐點了點頭，繼續逗弄懷裡的小湯圓。小湯圓如今一歲多了，長得胖嘟嘟的，抱起來軟軟的，寧汐可喜歡抱他了，每次過來都教他叫姨姨，可小湯圓到現在叫的還是一一。

小湯圓在寧汐懷裡待不了多久就開始鬧了，時不時去拔寧汐頭上的髮釵，寧嫵見狀，連忙接過孩子。寧嫵自從生下小湯圓後，怕首飾會傷到孩子，基本上都不戴了，但今日要出門，頭上還是戴了珠花，因而她也不敢多抱湯圓，便轉身將小湯圓交給乳母，囑咐乳母將湯圓送回許氏那兒去，待轉過頭看見寧汐依依不捨的模樣，不禁噗哧地笑了一聲，打趣道：「這麼喜歡孩子，妳成親後也趕緊去生一個。」

寧汐臉上一僵，想起上世流掉的那個孩子，心裡又是一陣遺憾，不知這一世那個孩子還會不會回來？如果他回來了，她定會拚盡全力護他周全。

「好啦，三妹妹還沒成親呢，臉皮薄，大姊姊妳就別打趣她了。」寧妙瞋了寧嫵一眼，說著讓身邊的丫鬟將自己準備的一副純金頭面送給寧汐。

寧汐笑著接了過去，說了聲謝謝，然後朝寧嫵伸出手。「禮物呢？」

寧嫵笑罵了一聲，將事先準備好的一整套首飾拿出來。「這可是從我私庫裡拿出來的，可別說姊姊不疼妳啊！」

寧汐拉著寧嫵的手撒嬌道：「大姊姊最好了。」

三人又打趣了幾句，寧妙身邊的吳嬤嬤便走了進來。

吳嬤嬤曾經在宮裡當過差，出宮後便進了英國公府，在許氏屋裡做事，平時做事謹慎周密，頗得許氏信任，知道寧妙要嫁進賢王府後，許氏便將吳嬤嬤作為陪房，送去了賢王府。

吳嬤嬤在寧妙耳邊說了幾句，寧妙點了點頭，臉上的神色仍然淡淡的，看不出喜怒。

吳嬤嬤說完後，和寧汐、寧嫵兩人行了禮後，主動退了出去。

寧妙看向寧汐，露出一個歉意的笑容。「今日本來想多陪陪妳的，可是府裡突然出了事，怕是不能久留了。」

寧汐點了點頭，笑道：「二姊姊不必介意，既然府裡有事要處理，就先回去吧，別因為我耽擱了。」

寧妙點了點頭，又和寧嫵打了聲招呼才走出去。

寧嫵忍不住擔心地喊了句。「妹妹。」

寧妙正好走到門口，聽到聲音轉過頭來，陽光灑在她的身上，泛起金色的光澤，她露出一個溫柔的笑容。「沒事，別擔心。」

寧妙走後，屋裡的氣氛有些低沈，須臾，寧嫵才幽幽地說道：「二妹妹成親後的心思越來越難猜了。」

寧汐垂下眼眸。嫁入皇家，不僅要應付皇后這個尊貴的婆婆，每天還要和後院裡兩個不省心的女人周旋，寧妙的心思豈能不變得深沈？

「二姊姊一向聰明，大姊姊不必擔心。」寧汐安慰道。

寧嫵點了點頭，但神色還是蔫蔫的，沒坐多久就走了。

坐在回府的馬車上，寧妙揉了揉雙額，問道：「確定了嗎？」

吳嬤嬤點了點頭。「那邊停藥也有三個月了，算算日子確實差不多，不過今日那邊看大夫都是瞞著的，想來暫時不會將消息透露出來。」

寧妙眼中閃過一絲精光。「她想瞞就讓她瞞著，終歸會有露餡的一天。過段日子我就會稱病，將管家的權力交給她們兩人。」

吳嬤嬤有些擔心，躊躇道：「您進府還不足一年，權力還未抓牢，這個時候放權出去，等想收回來恐怕就難了。」

寧妙諷刺一笑。「嬤嬤放心，到時候她們的敵人就不是我這個病懨懨的王妃了，權力是很誘人，但也要看握不握得住？」她既然敢放權出去，就不怕收不回來。在賢王府裡待了這麼久，她還有很多事沒摸清楚，李煜不是糊塗的人，卻任由自己的後院混亂，他在打什麼心思？還有皇上，那也是個深不見底的主，這也是她不敢貿然懷孕的原因。在沒有十足的把握能護自己和孩子周全的情況下，她不會拿自己和親骨肉去冒險。

回到賢王府時，寧妙恰好在門口碰到剛回來的李煜，寧妙心中詫異，他怎麼這麼早就回來了？難不成也收到了消息？

李煜見到寧妙，露出一個和煦的笑容，像是見到了心上人一般，走到寧妙身邊，溫柔地問道：「怎麼這麼早就回來了？我以為妳會多陪會兒寧家表妹。」

李煜隨口問的一句話，寧妙卻在瞬間警惕了起來。沒辦法，面對這隻狐狸，一不小心就可能落入他的陷阱。寧妙垂下眼眸，溫柔地回答道：「本來是想多陪陪三妹妹的，可是身子有些不爽快，便先回府了。」

李煜忙上前扶住寧妙。「既然王妃身子不舒服，怎麼還在這兒站著？快進屋休息吧！」

寧妙溫婉地點了點頭。

在眾人眼中恩愛有加的兩人，眼裡卻都藏著不易察覺的凌厲。

終於到了婚禮這日。

寧汐穿著大紅的嫁衣，點上精緻的妝容，今天她將再次嫁給那個男人。身後的一位老嬤嬤拿著木梳緩緩梳著寧汐如瀑的黑髮，嘴上唸著。「一梳梳到頭，富貴不用愁；二梳梳到頭，無病又無憂；三梳梳到頭，多子又多壽……」四個丫鬟們則在屋裡屋外忙來忙去，熱鬧極了。

寧汐輕輕撫上因脂粉而過於紅潤的臉頰，此時此景，竟讓她覺得自己似乎又回到了當年，但終歸是不一樣的吧？這一世，她不會再是那個只知情愛的女子。

寧汐打扮好後，許氏就走了進來，在她的示意下，屋裡的下人都退了出去。

寧汐看著許氏，等著她開口。

許氏走到寧汐身邊，伸手將寧汐頭上的一支簪子扶正，然後才笑著說道：「為人媳始終比不得在家當姑娘的日子，難免辛苦一些，好在忠毅侯府只有一個老夫人和一個表小姐，妳又沒有其他妯娌，人口倒也簡單，與婆家人相處的時候凡事都須禮讓三分。」見寧汐點了點頭，許氏卻又話鋒一轉。「但是，妳嫁過去便是忠毅侯府的女主人，妳又是郡主之尊，所以除了老夫人，其他人沒資格對妳做的事置喙；那種看不清自己身分位置的人，妳也沒必要給她留面子，妳是郡主，是忠毅侯夫人，只有別人來奉承妳的分，不需要妳上趕著討好別人，明白嗎？」

這次寧汐使勁點了點頭。上世出嫁若是許氏也和她說了這些話，她會不會過得好一些？

見寧汐是真的聽進去了，許氏欣慰地點了點頭，然後又不放心地問道：「昨晚我給妳的畫本妳看了嗎？」

寧汐的臉騰地燒了起來。她當然知道那個畫本裡畫得是什麼，上世出嫁前晚也是許氏去長公主府拿給她的，可饒是嫁過一次的人，她還是覺得臊得慌，輕輕地「嗯」了一聲。

許氏聞言慌慌張張地離開了，如果不是寧汐沒有父母，這事也輪不到她來說，她問這個問題也有些不好意思。

很快地，前院就熱鬧起來，聽丫鬟們說，是哥哥們在攔門。寧汐抿嘴一笑，這可比上世出嫁熱鬧多了。

過了一會兒，寧樺過來了，笑著說道：「三妹妹，哥哥揹妳出門。」

寧汐點了點頭，身邊的嬤嬤拿來紅蓋頭給寧汐蓋上。

寧汐趴在寧樺的背上，忍不住笑了笑，也許寧樺揹她上轎是這場婚禮和上世婚禮唯一相同的地方。

「三妹妹，大哥還一直沒有跟妳說聲對不起，柳茹意那件事是我小人之心了。」

寧汐偏了偏頭。「大哥為什麼要和我道歉？我們是一家人啊！」

寧樺一怔，然後咧開嘴笑了。「沒錯，我們是一家人，以後如果舒恒那小子敢欺負妳，妳就回來告訴大哥，大哥給妳出頭。」

寧汐抿嘴笑著，朗聲應了。

轎起轎落，寧汐到了忠毅侯府。一名女童走到轎子前，伸手拉了寧汐三下，寧汐方下轎，喜娘扶著寧汐向府內走去。時隔三年，她又再次回到這個地方，難道這就是冥冥之中自有安排？

等一通儀式下來，寧汐已經累得不想動了。

舒恒揭了寧汐的蓋頭，對她笑道：「妳先用點東西，我去去就回。」

寧汐擺了擺手，心裡卻想著：其實你晚點回來也行。

舒恒出去沒多久，就有丫鬟送餐過來，寧汐知道這個丫鬟是舒恒院子裡的人，管著舒恒的四季衣物，算是舒恒比較信任的丫鬟，除了她以外，舒恒都不准其他丫鬟進屋，這算是舒恒的一個怪癖吧！

等寧汐吃飽喝足，便去寬衣沐浴，換好衣服出來的時候，恰好舒恒走了進來。

看見寧汐身上穿著輕衫，舒恒不自然地移開目光，然後在桌邊坐了下來，拿起筷子吃寧汐留下來的剩菜。

寧汐皺了皺眉，終沒有開口，老老實實地坐在梳妝檯前，任曬青給她打理濕髮。

兩人坐不到一刻鐘，便有下人在門外說道：「表小姐突然發起了高燒，想請您過去一趟。」

聞言，寧汐眼中閃過一絲冷意。果然，歐陽玲是不打算讓她好好過洞房花燭夜了，寧汐似笑非笑地看著舒恒，她倒要看看舒恒會怎麼做。

舒恒看了寧汐一眼，然後騰地站了起來。

寧汐眼中冷意更甚。如果今日舒恒敢去歐陽玲那兒，她絕不會再讓他踏進她房門半步。

舒恒站起來後，看了寧汐一眼，然後轉身進了次間，不一會兒裡面就傳來水聲，寧汐滿意地露出一個笑容，聽到屋外的人還在輕聲喚舒恒，寧汐冷笑一聲，說道：「既然生病了便去找大夫，來找侯爺是什麼意思？難不成還指望侯爺給你家主子治病？」

門外人沒想到喊了半天，回答他的竟然是女人的聲音，但也猜到了聲音的主人是今日新進府的女主子，躊躇半天，最後還是怕得罪寧汐這位新進侯爺夫人，離開了院子。

舒恒沐浴出來後，寧汐諷刺道：「你這長青堂裡還真是什麼阿貓、阿狗都能放進來。」

舒恒挑了挑眉，輕笑道：「我不常待在這邊，便沒怎麼管院中的事，以後這院子就交給妳打理，看不順眼的人就都清理出去。」

寧汐這時倒會順竿兒往上爬。「既然你這樣說，到時候可別怪我動了你的人。」

舒恒搖了搖頭，到床邊坐下。屋裡的丫鬟見狀，都退了下去。

寧汐看自己身邊的丫鬟竟然是走得最快的，嘴角不禁抽搐。喂，妳們會不會太放心妳家小姐了？

舒恒朝寧汐招了招手。「過來。」

寧汐揚了揚眉，竟然乖巧地走過去，挨著舒恒坐下。

舒恒眼中帶著笑意，顯然是對寧汐的行為感到很滿意。他伸手按住寧汐的頭，讓她慢慢向自己的身子靠過來，就在快碰觸到寧汐的嘴唇時，舒恒皺了皺眉，低頭看著那雙推著自己胸膛的手，有些疑惑。

寧汐故作羞澀地說道：「我忘了我今天來了癸水。」

舒恒有些懷疑地看著寧汐，不知她說的是真是假？。

寧汐才不管舒恒的小心思，翻身上了床，往被窩裡一鑽，很快就進入夢鄉。

舒恒坐在床邊盯著寧汐看了很久，直到寧汐呼吸平穩了才慢慢在寧汐身邊躺下。算了，來日方長。

感覺到舒恒睡過去了，寧汐才慢慢睜開眼睛，摸了摸自己撲通撲通跳的胸膛，今晚算是應付過去了。

第二天，寧汐是被峨蕊叫醒的，看著大紅的床幔，寧汐愣了片刻，才後知後覺地想起自己昨天已經嫁人了。

寧汐坐起身來的時候，舒恒已經穿戴整齊，見寧汐醒了，走到寧汐身邊，淡淡地說道：「時辰還早，妳慢慢起來，我們吃過早膳再過去正廳。」

寧汐點了點頭，任由曬青和峨蕊將她從床上挖了起來，坐在梳妝檯前挽髮的時候，寧汐還忍不住打哈欠。

正在給她梳頭的翠螺見狀抿嘴一笑，眼裡滿是打趣。

寧汐一眼就看穿翠螺的想法，鬱悶了，這丫鬟會不會懂得太多了些？而且她昨晚只是認床再加上身邊睡了個男人，所以才會一直睡不著好不好。可寧汐也不能跟她們解釋，只能恨恨地扯了扯衣袖。

不一會兒就有嬤嬤過來，寧汐看了一眼，原是舒母身邊的禾嬤嬤。聽說禾嬤嬤是過來拿喜帕的，寧汐本來想解釋，卻聽到舒恒開了口。

「不必了。」

禾嬤嬤有些驚訝，看著舒恒，神色有些躊躇。

或許是不想在今天這日子為難下人，舒恒難得地多說了一句。「喜帕我會叫人給母親送去，嬤嬤請回吧！」

既然主子都這樣說了，禾嬤嬤哪敢不從？忙不迭地離開了。

寧汐輕笑一聲，到膳桌前用膳。寧汐用的是一碗小米粥和一些精緻的小菜，這些倒對女孩的口味。

兩人用過膳後，一起去了正廳。

到正廳的時候，只看到舒母和一眾僕人，寧汐嘲笑一聲，歐陽玲果然病得起不了身呢！

進屋後，寧汐先給舒母請安。

舒恒也輕聲喚了聲。「母親。」

舒母點了點頭。

然後便該是敬茶了。寧汐接過丫鬟手中的茶杯，輕輕跪在蒲團上，對舒母說道：「母親請用茶。」

舒母也不是那等喜歡打壓兒媳的婆婆，接過茶杯輕抿一口後，從身後丫鬟手中拿出了一柄如意璧。對於舒母的大方，寧汐有些驚訝，但還是乖巧地收了下來。

見舒母點了點頭，舒恒忙上前將寧汐扶起身來。

舒母象徵性地說了兩人幾句，便道：「你們還要進宮謝恩，就別在我這兒耽擱了，快去吧！」

寧汐應了，然後與舒恒兩人一同進了宮。

一路上，寧汐都沒和舒恒說話。

舒恒倒不介意，他本就性子冷淡，話不多，只是事關寧汐，話才會多一些。

兩人一同到了乾清宮，這個時辰已經下朝，見到兩人，皇上看起來很高興，和兩人說了會兒話，就叫寧汐先去皇后那邊，他則要留舒恒說說話。

寧汐想，他們應該是要說朝堂之事，便也不多逗留，徑直離開了。

見寧汐走後，舒恒突然跪了下去。「臣有罪，還請皇上降罪。」

皇上瞇了瞇眼眼，端起手邊的茶杯。「哦？愛卿何罪之有？」

「今早臣收到情報，昨日竟然有人趁臣喜事，府中忙亂之際，與那顆棋子有了接觸。」

啪嚓。剛剛還在皇上手中的茶杯，此刻已經落在舒恒腳邊，碎了一地。

「愛卿不像是這般大意之人啊！」皇上的聲音早已轉冷。

舒恒的態度越發恭敬。「臣昨日迎娶郡主，心情過於得意，所以疏忽了那顆棋子，是臣之錯。」

皇上盯著舒恒看了良久，才輕輕開口。「平樂是朕最寵愛的外甥女，可朕卻願意將她嫁給你，你可知為何？」

舒恒的眼眸閃了閃，沒說話。

「因為朕信任你，朕願意將皇室子女交到你的手上，那麼你呢？你的父親是為朕而死，朕不想猜忌忠良之後，你告訴朕，朕可以相信你嗎？」

舒恒聞言，抬起頭直視皇上。「臣絕不辜負皇上的信任。」

皇上這才滿意一些，輕聲道：「愛卿請起，朕相信你今日說的話。」然後頓了頓，接著冷笑一聲。「繼續盯著那顆棋子，那顆棋子就算知道自己的身分，現在也做不了什麼，說不定還能幫朕把幕後之人挖出來。」

舒恒低頭應了。

等舒恒走後，隔間走出一個人來，竟是二皇子李煜。

李煜望了眼舒恒離去的方向，眼神有些複雜。「父皇，兒臣認為少桓對您是一片忠心，定不會背叛我們皇家。」

皇上搖了搖頭。「朕也不想猜忌他，只是當年那事，他們舒家旁支參與的人可不少，朕不得不防。」

李煜聽皇上提起那件事，低下了頭。當年他雖然年紀還小，但也知道那場亂事導致京中不少世家滅門，若不是舒恒的父親救了當今聖上一命，舒家怕是早就不在了。

皇上繼續說道：「不過現在有平樂在舒恒身邊，朕也算安心了些。平樂也是皇室中人，絕不會為了外人背叛皇室，必要時，平樂可以替朕……」後面的話，皇上沒有說出口。

李煜聽著，心中卻是一顫。這就是為帝者的冷酷面，雖然這些年來，皇上的這一面他見得不少，可每次想想心裡還是覺得冰冷。

皇上沒注意到李煜的神色，繼續喃喃道：「朕的好四弟，臨了還給朕留了這麼一手，沒坐上這個位置，你就這麼不甘嗎？」

寧汐本來是要去鳳儀宮的，可半道兒卻被何嬤嬤攔住，請去了延壽宮。寧汐有些驚訝，第一反應是——原來太后還記得我。

寧汐再次走進延壽宮，發現這裡的佈置仍和以前一樣，就連太后，歲月似乎未曾在她臉上留下太多痕跡。寧汐心想，果然是世上最尊貴的女子，連歲月都這麼善待她。

見到寧汐，太后臉上並沒有太多喜色，連座都沒賜，寒暄兩句便直接問道：「妳可知舒家為何如今人丁零落？」

寧汐搖了搖頭。她上世問過這個問題，當時舒恒說他們家族本就子嗣不豐，到了他這一代只剩他一人，那時她信了舒恒的這個說法，可現在想來，這個說法似乎不太可信。一個人丁稀少的家族，怎麼可能在京中屹立多年不搖？

太后也不驚訝寧汐的回答，右手輕輕敲打著案桌，眼神有些飄忽。「先皇還在世時，舒家是北方豪族，在北方的勢力不容忽視，先皇害怕舒家的勢力在北方繼續坐大，威脅到他的皇位，便將舒家嫡支調入京城，封為忠毅侯，明為升官，實際卻是將舒家嫡支放在自己眼皮底下監視。當時的忠毅侯即舒恒的祖父，能力頗為出眾，但為了不被先皇猜忌，便掩蓋了自己的光華，幾乎一生都碌碌無為。」

寧汐掩飾住眼中的詫異，她還在等太后的後話，因為當今的北方豪族中並未有舒氏一族。

太后端起茶輕抿一口，才繼續說：「乾元兩年，舒家老宅遭山匪洗劫，全族一千三百餘人，男女老少，甚至包括奴僕，無一倖免。因為此事太過慘烈，當今皇上便下令，任何人都不得提起。」

太后說得輕描淡寫，但聽在寧汐耳中卻是如同一顆驚雷，驚得寧汐半晌說不出話來。

太后知道這事對寧汐這種小姑娘來說太過殘忍，但這個世上殘忍的事何其多？她十四歲就入宮為妃，在宮中摸爬滾打多年，手上也是沾滿鮮血。太后最後看了寧汐一眼，道：「這皇宮，日後就少來了，回吧！」

寧汐麻木地點點頭，福身離去。

看著寧汐如幽魂般的背影，太后搖了搖頭。還是說得太早了些嗎？

「郡主還小，難免有些難以接受。」

太后嘆了口氣。「如果不是見她這兩年脾氣強硬了些，我也不會選擇告訴她這件事。皇上是我的兒子，我不是不知道他的打算，我雖然不待見平樂，但也不想看她被皇上利用。唉，今天看來，她的性子還是不夠硬。」

何嬤嬤在心裡默默地嘆了口氣。她何嘗不知道太后對寧汐的矛盾心情？因長公主的死而遷怒寧汐，可寧汐又是長公主留在這世間唯一的念想，特別是寧汐越大越像長公主，太后實在不忍心看見她受到傷害，提醒她少來皇宮，便是太后對她最大的維護了。

寧汐不知道自己是怎麼走出延壽宮的，她的耳邊還迴響著太后的話。舒家那件事真的如太后說得那麼簡單嗎？太后不讓自己再入宮，難道……舒氏一族的事與皇家有關？乾元兩年，那個時候當今皇上才登基兩年，那一年究竟發生了什麼？是什麼事讓舒氏幾乎被滅族？可任她想破腦袋，也記不起來當年發生的事。

等寧汐回過神來的時候，才發現自己繞到一個很偏僻的地方。這裡的宮殿荒涼，路旁雜草叢生，連個宮人都沒有。寧汐嚥了嚥口水，還是先離開這兒吧，宮裡一向冤魂多，別到時候碰到什麼奇怪的東西。

「姑娘，妳是宮裡的人嗎？」

突然，寧汐身後傳來一個聲音，寧汐一驚，覺得背脊發涼。不是吧？這麼不禁唸。

「姑娘？」

別喊了。寧汐苦著一張臉，急步朝前走。

「姑娘、姑娘……」

後面的聲音越來越遠，寧汐的步伐越來越快，直到看到宮人才停了下來，拉住一個小宮女，指著自己過來的方向問道：「那裡。」寧汐喘了一口氣，接著說道：「是哪裡？」

小宮女雖然不認識寧汐，但看寧汐穿著華麗，猜想著應該是自己不認識的貴人，便恭敬地答道：「那裡是一座廢棄的宮殿。」然後看了四周一眼，壓低聲音道：「聽說那裡鬧鬼，奴婢們都不敢去那兒。」

聞言，寧汐感覺自己渾身起了雞皮疙瘩。難道她剛剛碰到的真的是那個東西？寧汐不敢繼續亂想下去，向宮女問了去鳳儀宮的路，就慌慌張張地走了。

寧汐還沒走到鳳儀宮，就碰到了來接她的舒恒。

看寧汐慌慌張張的樣子，舒恒皺了皺眉，上前拉住她的手。「怎麼了？」

見到舒恒，寧汐驀地想起了太后的話，臉色更加不好。

舒恒見狀更加擔心了。「剛剛去哪兒了？」

「沒、沒去哪兒。」寧汐有些不自然地回道，然後想了想，又添了句。「就去了太后宮中一趟。」

舒恒的眉頭仍然沒有鬆開，見寧汐不願開口，便道：「我剛從鳳儀宮那邊過來，皇后娘娘說妳不用過去了，我們先回府吧！」

寧汐點了點頭，她現在也不想繼續待在宮裡。

回府的時候，舒恒擔心寧汐，便沒有騎馬，而是陪寧汐一起坐馬車。

「太后說了什麼嗎？妳的臉色看起來很不好。」

寧汐搖搖頭，怕舒恒懷疑，又說道：「剛剛走到了一座廢棄的宮殿外，那裡好像有什麼污穢之物。」

舒恒聞言，輕聲問道：「碰到什麼了嗎？」

「我聽見有個聲音在叫我，我沒敢回頭，就跑回來了。」

「也許是宮人，大白天的，那些污穢之物不敢出來。」

寧汐點了點頭。自己當時剛知道舒家的事，心神不寧，又跑到那麼荒涼的地方，難免亂想了些。

寧汐沈浸在自己的世界，因此錯過了舒恒眼中一閃而過的沈思。宮裡廢棄的宮殿並不多，再想想寧汐過來的方向，難不成寧汐遇到的人是「她」？

回到忠毅侯府後，寧汐先回房休息，舒恒則去了書房。

舒奇正在書房裡等著，見到舒恒回來，忙上前問道：「皇上可有為難侯爺？」

舒恒輕笑一聲。「皇上不會因為這件事就為難我的，你太緊張了。」然後轉了話題。「你確定棋子已經知道自己的身分了嗎？」

「那邊的人與之接觸的時候，我就躲在屋外，絕對沒錯。」

舒恒點了點頭。「跟著傳信人，別讓他被人滅口了。」

舒奇頷首，突然又想到一事。「周王過幾日就要回京了。」

周王，皇上的大兒子。

舒恒眉毛上揚。周王，前世那個短命之人。他記得周王就是在回京的時候不慎從馬上滾落，生生摔死了。想想周王生母的身分，舒恒瞇起了眼睛。「馬上派人出城，暗中保護周王，絕不能讓他出任何意外。」
舒奇有些奇怪，誰會對那個閒雲野鶴的王爺出手啊？但舒恒之前說的事都精準得出奇，舒奇對舒恒的安排也從不懷疑，因此馬上下去調派人手。
舒奇走後，舒恒安靜地坐在書桌前。上世周王早逝，這世他偏要將周王救下來，也不知這個周王活下來後，會對接下來的事產生多大影響？可別讓他失望才好啊！

寧汐補了個回籠覺後，精神好了許多，看了看服侍她起身的峨蕊，想著峨蕊比她大兩歲，也許記得乾元兩年發生的事，便問道：「峨蕊，妳還記得乾元兩年發生了什麼事嗎？」
峨蕊一愣，不知寧汐為何這樣一問，仔細想了想才道：「奴婢記得那個時候長公主和駙馬帶著小姐和奴婢們去了江南遊玩，直到乾元四年才回京。」
寧汐一愣。難怪她記不得當年京中發生了什麼事，可是父母為什麼選擇那個時候出京？難道他們早就知道京中會發生什麼大事嗎？寧汐搖了搖頭，太複雜了，不想去想了，她突然好懷念前世什麼都不知道的日子。

中午舒恒過來陪寧汐吃了午膳後，陪她去大堂見了忠毅侯府的所有管事。
寧汐見舒恒坐在自己身邊，知道他是在給自己撐腰。上世也是這般，只是上世因為歐陽玲那團糟心事，她見忠毅侯府管事的時間晚了好幾天。

寧汐剛坐下，一個白色的不明物品就向她衝了過來，寧汐還沒反應過來，那個不明物品已經被舒恒拎到一邊去。

寧汐看著站在舒恒旁邊、一雙淚汪汪的眼睛委屈地盯著自己的小溪，忍不住笑出聲。

「好啦，你別欺負牠，讓牠過來吧！」說著寧汐就向小溪招了招手。

看懂了寧汐手勢的小溪，歡快地跑到寧汐腳下躺下。

舒恒淡淡地看了眼小溪，沒說話。

安撫好小溪後，該說正事了。

忠毅侯府之前一直都是舒母在打理，下人們倒也各司其職，沒有那種特別跳脫的，這對寧汐來說省事多了，她可不想一來就要給舒恒收拾爛攤子。寧汐先是拿著名冊認了認各個管事，然後又象徵性地敲打幾句，便讓他們散了。

待人走後，她問了舒恒一句。「我一來就掌權，真的可以嗎？」

「無妨，妳本就是這府中的女主人，後院之事理所當然該妳管，這也是母親的意思。」舒恒略帶寵溺地說道。

寧汐「哦」了一聲。既然舒母沒意見，那她就可以安心地稱霸侯府了；至於舒家的事，如果舒恒不主動提起，她還是別問得好，大不了日後少進皇宮就是。

第九章

婚後的第三天是寧汐回門的日子，這天寧汐難得一大早就起身，催促著舒恒出門；當然，昨晚他們仍然是蓋著棉被純睡覺。

到英國公府的時候，剛好寧嫵他們的馬車也到了，寧汐走過去接過小湯圓，輕聲細語地哄著。

許逸凡見到舒恒也很高興，不過他高興的點似乎有點……嗯，不太對。

「三妹夫，近來可好啊！」

許逸凡嬉皮笑臉地湊到舒恒面前。要說舒恒娶寧汐這件事，除了當事人外，許逸凡絕對是最高興的那一個。一想到常年不給自己好臉色看的舒恒，以後一輩子輩分都矮他一截，許逸凡覺得自己作夢都能笑醒。

舒恒冷冷地看了他一眼，然後便轉到寧汐身邊，同她一起進府。

許逸凡看舒恒不爽的模樣，心裡別提有多爽快了，也高高興興地跟在他們身後進了門。

原本待在寧汐懷裡玩的湯圓一看到舒恒，竟然高興地朝他伸出雙手，寧汐有些詫異。他竟然不怕舒恒那張臭臉？

顯然舒恒也被湯圓的這個舉動給驚到了，一時有些不知所措，愣愣地看著寧汐。

寧汐想，舒恒肯定沒抱過孩子，他如果抱湯圓，怕是會把湯圓弄得不舒服。

就在寧汐思考間，湯圓突然鬧騰起來，雙腳蹬著寧汐的身體，小身子不斷往舒恒身上湊，嘴巴喊著。「抱抱、抱抱……」

寧汐沒法，只能將他交到舒恒懷裡。

舒恒沒想到寧汐真的放心把孩子交給自己，驚訝之餘，還有些不知所措，感覺自己手裡軟軟的一團，舒恒的身子瞬間僵硬起來，怕用力會傷害到孩子，又怕不小心摔了孩子。

湯圓不知道自己坐墊的慌張，還努力地向上攀爬，最後雙手摟住舒恒的脖子，格格地笑起來。

舒恒用眼神向寧汐求助，寧汐只能攤攤手，表示自己也無能為力。

而寧嫵這個親娘更加心大，不僅不擔心自己的兒子，還直接將寧汐先拽走了。

最後，還是許逸凡擔心舒恒這廝傷了自己兒子，忙接了過去；不過看自家兒子滿臉不捨的模樣，他心裡暗暗想著，日後再不讓湯圓見舒恒了，也沒見這小子對自己這麼不捨過。

寧汐她們前腳進屋，舒恒他們後腳就到，一大家子坐在一起寒暄了會兒後，寧妙和二皇子也到了，然後幾個女婿被英國公世子帶到了前院去喝茶、下棋；許氏去張羅午膳，而楊絮苑帶著湯圓去找妹妹玩，寧汐五姊妹則一起回寧嫵的院子聊了起來。

不過因為有寧顏和寧巧在，幾個人聊的話題也不多，一會兒就沒話說了。寧巧見狀，拉著寧顏先離開了。

她們兩人走後，寧汐便問道：「寧巧怎麼了？一副心事重重的模樣。」

寧嫵皺了皺眉。「聽說三嬸給她找了一門親事。」

寧汐手中的動作停了下來。「我怎麼不知道？」

「聽說還沒訂下來，我也是聽母親偶然提起的。」

寧妙瞇了瞇眼。她回府的時間沒寧嫵多，這事她也是才聽說，饒有幾分興味地問道：「為什麼沒訂下來？門第不好嗎？」

寧嫵搖搖頭。「說得是高門庶子，門第不差，只是祖父似乎有些不滿意，但這事畢竟是三房的事，我猜想著，最後這事還得三嬸說了算。」

寧汐低嘆了口氣。寧巧雖然只是庶女，怎麼說也是英國公府出來的姑娘，如果低嫁，嫁給一個小門嫡子也是使得的，可是這小秦氏也不知怎麼想的，偏偏要把寧巧許給庶子。寧巧自己本身就嚐夠了為人庶子的痛苦，又怎麼願意去做人家的庶媳？也難怪寧巧心情不好。

三人聊了一會兒，有一個丫鬟行色匆匆地走了進來，在寧妙耳邊說了幾句話。

寧妙神色一變，匆匆起了身。

寧汐見狀忙問道：「怎麼了？」

寧妙冷笑一聲。「聽說剛剛有個丫鬟不小心打翻了茶杯，弄髒王爺的衣衫，要引王爺去前院的書房換衣。」

寧汐和寧嫵對視一眼，也不知這是意外還是有心人設計的？

三人不再多說，匆匆往前院走去，可剛走出二門就看到寧巧正在和一個丫鬟糾纏。看樣子，寧巧似乎也是急著要去前院。

寧巧背對著寧汐她們，自然沒看到她們，可小丫鬟早就看見了，向三人的方向招了招手，喊道：「三小姐。」話音一落似乎又覺得不妥，忙放下手，乖乖地行了個禮。

寧汐笑了起來。沒想到英國公府還有這麼好玩的丫鬟。

「四妹妹這是要去哪兒？」說著，三人已經到了寧巧身邊，寧妙掃了一眼地上的茶杯，淡淡問道。

寧巧在聽見小丫鬟喊寧汐的時候，臉色就僵硬了幾分，現在聽見寧妙的聲音，臉色又白上幾分。

寧妙不動聲色地將寧巧的變化記在了心裡。

「沒什麼，本來想給祖父送茶過去，卻不小心將茶壺打碎了，是妹妹我太愚笨了。」寧巧有些歉意地說道。

「都怪奴婢，奴婢看四小姐獨自一人端著茶具，身邊連個伺候的人都沒有，奴婢便上前來想幫四小姐將茶送到前院去；結果四小姐心善，不忍累著奴婢，說她可以自己送去，可哪有主子幹活，丫鬟卻在一旁看著的道理？奴婢自然不依，卻不想在推搡間摔了茶壺。是奴婢愚鈍，還請主子責罰。」

寧汐挑了挑眉。寧巧是得罪這個丫鬟了嗎？這個丫鬟的話裡裡外外都在說寧巧去前院的目的不純，想起前院發生的事，寧汐不由得看向寧妙。

寧妙臉上神色淡淡的，看不出喜怒，她打量了一會兒寧巧後，突然露出一個溫婉的笑容，用繡帕拍拍寧巧的肩膀。「四妹妹怕是受了驚，先回房休息吧！前院有人伺候，不會渴著。」寧妙頓了頓，見寧巧臉色越發不好，才接著說道：「不會渴著祖父的。」

寧巧點了點頭，有些慌亂地行個禮就離開了。

見寧巧已經離開，寧妙也不逗留，繼續向前走去。

寧汐落在她們身後，突然被小丫鬟拉住了衣袖，她回過頭，就見小丫鬟雙眼亮晶晶地看著自己，她有些疑惑，問道：「還有什麼事？」

小丫鬟笑嘻嘻地說：「三小姐不問問奴婢叫什麼名字嗎？」

寧汐失笑，順著她的話問道：「那妳叫什麼名字？」

「舒青。」

「舒？」寧汐小聲地重複了一聲，見小丫鬟仍然充滿期待地看著自己，寧汐有些不確定地問：「妳和忠毅侯府有關係？」可看她打扮是英國公府丫鬟的打扮。

舒青使勁地點了點頭。

寧汐皺了皺眉。忠毅侯府的丫鬟出現在英國公府裡，只有一個可能。寧汐咬著牙說道：「舒恒派妳過來的。」這不是問句。

舒青又點了點頭，見寧汐神色不豫，連忙解釋道：「主子是派我過來保護夫人的，不是監視夫人，夫人您別誤會主子的心意。」

寧汐皺了皺眉，心裡有些不悅，但知道舒恒是好心，又覺得沒什麼好矯情的，反而對眼前的女子起了興趣。「妳告訴我就不怕舒恒怪罪妳嗎？」

「怎麼會？」舒青有些驚訝。「夫人是主子的妻子，自然也是奴婢的主子啊！」

這句話寧汐聽了頗受用，遂笑著問道：「那妳會武嗎？」

「雖然沒有奇哥哥和主子厲害，但一次對付三、四個壯漢還是沒問題的。」

寧汐摸了摸下巴，眼珠轉了幾圈。她身邊正缺這種會武的丫鬟，既然舒恒都把人丟到她面前來了，可沒還回去的道理。思及此，寧汐的身子微微向前。「妳想不想回忠毅侯府？」

「想。」

「如果我將妳弄回忠毅侯府，妳可願在我手下做事？」

「夫人本來就是奴婢的主子，能在您身邊伺候是奴婢的榮幸。」

寧汐笑了笑，告訴舒青耐心等幾日後方才離開。

站在原地的舒青露出了一個俏皮的笑容。哼，自己的主子有了媳婦就忘了她這個勞心勞力的小丫鬟，她算是看出來了，主子根本不可靠，還是跟著夫人有肉吃。這樣想著，她便歡快地踢著腳步走了。

寧汐到前院的時候，果不其然看到祖父在和舒恒下棋，其他人則在一旁安靜地圍觀，寧汐無力地拍了拍額頭。祖父這個棋迷是沒救了。

寧汐悄悄走過去，沒看見寧妙，心裡疑惑，小聲問了寧嫵。

寧嫵悄聲說道：「二妹夫不是衣服濕了嗎？現下在二妹院裡換衣服。」

寧汐有些奇怪，不是說去書房換嗎？

同樣有這個疑問的不是只有寧汐一人。

在寧妙院裡，看見賢王換了衣服出來，寧妙遞上一杯熱茶，溫柔地問道：「不是說有丫鬟要引王爺去書房換衣嗎？王爺怎麼沒去呢？」

李煜接過茶水，喝了一口，笑著問道：「哦？難不成書房裡有給本王準備的驚喜嗎？」

寧妙心中一驚，不自覺地看向李煜，卻見李煜正認真看著茶杯中漂浮的綠葉，寧妙根本看不清他的眼神。「我這不是怕王爺著涼嗎？再說，英國公府都把家中的寶貝孫女嫁給您了，王爺還想要什麼驚喜？」寧妙瞋了李煜一眼，故意撒嬌道，心裡早就掉了一地的雞皮疙瘩。

李煜眼中慢慢浮現出笑意，拉過寧妙的手，將她拉入懷中，蹭了蹭寧妙的頭。「王妃說得對，能娶到王妃，本王真的很驚喜；不過有一句，王妃還是說錯了，王妃可不只是英國公府的寶貝孫女，還是本王的心頭寶，本王可捨不得身邊沒有妳。」可不就是捨不得？沒有了寧妙這個丫頭和自己鬥智鬥勇，生活可就乏味多了。

聞言，寧妙故作羞澀地垂下了頭，若不仔細看，沒人會發現寧妙的眼角直抽搐。在與李煜第四十七次暗中較量中，寧妙再次見識到了某人睜眼說瞎話的本事。

用午膳的時候，舒恒和英國公等人坐在外間。

許逸凡好不容易逮到個能光明正大灌醉舒恒的機會，當然不會輕易放過。今天是寧汐回門的好日子，舒恒自然不會拒絕，而寧樺這個正經大舅子也緊著給舒恒倒酒。

比起舒恒他們那桌，女人們這邊就顯得安靜多了。

大秦氏藉口身體不舒服，根本沒出席，寧汐也不在意，在桌上和大房的人輕聲聊著閒事。小秦氏偶爾插上兩句，而寧顏和寧巧幾乎不說話，這種情況也見怪不怪了，反正最近寧顏見了寧汐就像老鼠見了貓一樣，乖得很；寧巧則做慣了隱形人，除非必要，一般不輕易開口。

幾人閒聊了一會兒後，不想寧妙話鋒一轉，對小秦氏說道：「三嬸，四妹妹怎麼說也是我們英國公府的孫女，怎麼出門連個服侍的丫鬟都沒有？雖說她是庶女，但該有的東西咱也不能少了不是？」

小秦氏一聽，火氣就上來了，以為是寧巧在寧妙面前說了什麼，不禁瞪了寧巧一眼。

寧巧忙低下頭。

小秦氏這才回道：「二姪女這話我怎麼聽著這麼不舒服呢？我自問不是什麼惡毒的嫡

母，寧巧的吃穿用度可是比照著規矩來的，我連頓飯都沒苛刻過，難道還會少她個丫鬟？」

寧妙聞言，臉上露出些許歉意。「姪女只是今日看四妹妹身邊連個伺候的丫鬟都沒有，連端茶遞水這種小事還得自己親自動手，我見了實在不忍，才大著膽子在三嬸面前唸上兩句，是我誤會三嬸了，三嬸別和我置氣才是。」說完，寧妙又轉頭對許氏說道：「母親，前院的下人也該好好梳理一遍了，連上茶這種事都做不好，還有什麼資格留在府裡？」

許氏也聽出了寧妙話裡的意思，淡淡地瞥了一眼寧巧。「府裡的下人是該好好敲打一下，連主子都認不清的丫鬟，留著有何用？」

聞言，寧巧手一抖，手中的湯匙一滑，落入碗中發出的清脆響聲吸引了眾人的目光，尤其是小秦氏，本來就不喜寧巧這副柔柔弱弱的模樣，再加上今天因為寧妙的話，心裡對寧巧存了氣，當下又是狠狠地瞪了寧巧一眼。

寧巧這下更是恨不得把頭埋到桌子上了。

許氏皺了皺眉。「巧兒不舒服嗎？不舒服就回房休息吧！」

寧巧看了一眼小秦氏，在得到小秦氏的允許後，才慢慢起身離開。

寧汐看了眼寧巧離開的背影，搖了搖頭。自作孽不可活，不過今日寧妙的態度也頗為強硬了些，不太像她的處事之道，實在奇怪。

用過午膳後，寧汐她們三個出嫁女便要離開，走之前，寧妙拉過寧汐的手，輕聲道：

「可是覺得我今天的手段太過強硬了，對自己的妹妹竟然沒有絲毫寬容之心？」

寧汐搖搖頭，想了片刻方回答。「倒沒有覺得二姊姊今天的行為有哪裡不妥，只是不太像二姊姊的行事風格。」

寧妙嘆了口氣，敲了一下寧汐的頭。「記住，越是自己身邊的人，犯了錯越不能輕饒，敵人只能損妳髮膚，真正能傷妳心肺的只有妳信任之人。」

寧汐一愣，想想上世自己的經歷，不正是這個道理嗎？

「而且，我沒想到平常柔柔弱弱的四妹妹竟然藏著這種齷齪心思，但願今天我對她的敲打能讓她認清自己的身分，否則日後若是釀成什麼大錯，我們誰也幫不了。」說完，寧妙見寧汐臉色呆呆的，忍不住又敲了一下寧汐的頭，看寧汐委屈地看著自己，這才笑道：「還愣在這兒幹麼？忠毅侯在等著妳呢！」

寧汐吐了吐舌，回頭看舒恒正站在馬車前看著自己，才慢悠悠地朝他走去，上車之前看到自己的二姊正一臉溫婉地和李煜說話，寧汐心裡越發覺得自己這麼聰明的二姊嫁給李煜真是虧了。

回府的路上，舒恒見寧汐一直低著頭不說話，皺了皺眉，有幾分擔憂地問道：「今天回府發生了什麼事嗎？」

寧汐是在想寧巧的事。她記得上世寧巧嫁給一位郡王做填房，雖然出閣時年齡大了一些，但這門親事怎麼看都是寧巧賺到了；不過後來她出門訪客時，偶然間聽到某些夫人隱晦地提到，那位郡王似乎是被人設計了才娶寧巧，而那背後設計的人嘛，自然是寧巧。

之前，寧汐以為寧巧只是年齡大了，又不想被小秦氏隨意婚配才不得已為之，所以重生後，她對待寧巧的事也頗為小心，就是不希望這丫頭心長偏了，卻不想原來這般年紀時，寧巧就生了攀龍附鳳的心思。

自然，這些事寧汐不可能和舒恒說，便道：「我在想，賢王哪個地方配得上我二姊？」

見寧汐一副痛心疾首的模樣，舒恒輕笑起來。

寧汐一看自己竟然被嘲笑了，不由得伸手想要捏舒恒的臉，馬車卻突然顛簸起來，寧汐一不注意就落入舒恒懷裡，當熟悉的薄荷香味傳入寧汐鼻尖，她才慢半拍地坐正身子。

舒恒有些不滿寧汐這麼快就逃離了自己的懷抱，又見她渾身不自在的模樣，嘴角微揚，輕聲說了句：「好像有些醉了。」然後就很自然地將頭靠到了寧汐的肩上。

寧汐身子一僵，推了推他。「幹麼啊？走開。」

舒恒卻仗著體力優勢，賴在寧汐肩上不起來，嘴裡還嘟囔著。「我喝醉了……」

寧汐有些懷疑地盯著他。「之前不是還好好的嗎？」

「大概是突然性醉酒。」

寧汐的嘴角抽了抽。舒恒，你當我傻是不是？我還突然性撒潑呢！

就在寧汐糾結著該用什麼姿勢將舒恒推開的時候，突然想起了舒青，眼眸一轉，收回蠢蠢欲動的手，用指尖戳了戳舒恒。「欸，舒恒，和你商量一事唄。」

因為靠在寧汐肩上，舒恒的心情無比舒暢，微瞇著眼睛，懶懶地回道：「什麼事？」

「你不是有個叫舒青的丫鬟嗎？你把她給我唄。」

舒恒眉一挑。舒青自小就和舒奇一塊兒訓練，雖然比不上舒奇，但保護寧汐卻是綽綽有餘的，打從一開始他就有把舒青給寧汐的念頭，可是因為怕寧汐不放心用他的人，才遲遲沒有開口，這會兒寧汐怎地主動開口了？「怎麼想要她了？」

寧汐以為舒恒捨不得，有些不滿地道：「你把她放在英國公府這麼久，我有感情了不行啊？」

聽到這話，舒恒噗哧地笑出聲。他以前怎麼沒發現小姑娘竟然這麼會說瞎話？不過舒恒怕把寧汐惹怒了，最後真不要舒青，那可就不好玩了。「我本來就打算把她給妳，有她在妳身邊，我也放心點。」

寧汐一聽這話，提前給舒恒撂了話。「既然你把她給了我，那她就是我的人了，以後可別想從她口中打探我的事。」

舒恒在心裡嘆了口氣，知道寧汐還是因為他將舒青放到英國公府一事而不高興。「我留她在妳身邊是為了保護妳的安全，不是為了監視妳，妳又想哪兒去了？」

寧汐撇了撇嘴，說得那麼好聽。不過寧汐留下舒青也確實是因為看中舒青會武，至少下次再遇到馬車被劫一事，有舒青在還能反抗一二。

既然這事舒恒已經應下，寧汐就不打算繼續做舒恒的靠椅了，趁舒恒不注意，一把將他推開，然後移了移屁股，坐到距離舒恒稍遠的地方。

舒恒看寧汐得意的模樣，無奈地摸了摸鼻梁，看來以後絕對不能太快答應寧汐，這丫頭典型的過河拆橋啊！

因為擺了舒恒一道，寧汐一路上心情都很好，只是這份好心情在長青堂門口看到歐陽玲時，便灰飛煙滅了。

見到寧汐，歐陽玲的神色沒有什麼太大的變化，可是在見到舒恒的時候，眼神瞬間亮了起來。「表哥，你回來啦！」

見身邊的人兒臉色冷了下來，舒恒的心情也頗為不爽，於是看向歐陽玲的時候，眼中便多了分不耐煩，喝斥道：「沒看見妳表嫂也在嗎？」

歐陽玲臉上的笑容一僵，不甘不願地叫了聲表嫂。

寧汐看歐陽玲那副模樣，心下詫異，這歐陽玲是上次被自己刺激過頭了嗎？現在竟然連白蓮花都不裝了。

歐陽玲又看向舒恒，眼中帶著期待。「表哥，我有事和你說，能去一趟我的院子嗎？」

舒恒皺了皺眉。「有什麼事就在這兒說，難道妳的話妳表嫂聽不得？」

歐陽玲的臉色有些難堪。「玲兒要說的話事關重大，外人聽了，不妥。」

寧汐眉一揚。這意思是說她是外人嘍？本來她今兒個沒心情應付歐陽玲的，可既然歐陽玲都這樣說了，她不反擊未免也太好欺負了，這樣想著，寧汐便走到舒恒身邊，輕輕挽住他的手。

寧汐這突如其來的親熱讓舒恒心裡有些詫異，不由得看了她一眼，就見寧汐一臉溫和地看著自己，但眼裡卻滿是警告：你敢拆我的臺試試。舒恒其實頗為享受寧汐的親近，自然不會說什麼。

「夫君，既然表小姐說這話我們外人聽不得，那我們就先回房吧！」

舒恒點了點頭，就要和寧汐踏進院子。

歐陽玲見狀忙喊道：「表哥。」

舒恒回頭，看歐陽玲眼圈泛紅的模樣，眼中隱隱有些煩躁。「既然妳把妳表嫂當作外人，我這個表哥自然也是外人了，那番話妳往後也不必再向我提了。」說完就拉著寧汐的手進了院子。

寧汐非常滿意舒恒對歐陽玲的態度，嘴角上揚。

舒恒見了，心裡也暖得很，更加確定遠離歐陽玲，幸福一大家。

他們都沒看見身後的歐陽玲，眼中滿是嫉恨。

寧汐在婚後快一個月的某晚，從舒恒那兒得知楊玲瓏離開了京城，聽說是她小叔派人來接走她的；可偏偏這事三駙馬知道，武昌侯府的兩老也知道，只瞞了三公主一人，等三公主察覺到不對勁的時候，楊玲瓏路程已經走了快一大半。於是三公主在宮裡、府裡兩頭鬧，想讓人把楊玲瓏接回來，把皇上和武昌侯府眾人折騰了一段時間，最後也不知三駙馬怎麼勸的，三公主竟然安靜了下來，似乎也認同了楊玲瓏去邊塞一事。

聽舒恒說起這事的時候，寧汐突然想到楊玲瓏對邊塞的描述，便將那些話轉述給舒恒聽，最後還問道：「那裡真的有那麼好嗎？」

舒恒上世曾去過邊塞辦差事，聽寧汐這樣問，笑著答道：「那邊對女子確實要寬容許多，女子的地位並不比男子低多少。」

寧汐一聽，兩眼放光，突然覺得生活在那兒似乎也很不錯。

舒恒見狀，知道小姑娘是被邊塞的民風吸引了，嘆了口氣，接著說道：「但那裡戰事多，有時候女人都得拿起武器抗敵。京中女子羨慕她們的自由，她們又何嘗不羨慕京中安穩的生活？」

寧汐認可地點點頭。像她這種肩不能挑、手不能提的弱女子，的確不適合那邊的生活，對邊塞也就沒什麼好嚮往的了。

舒恒見寧汐神色淡下來，以為她是在遺憾不能去邊塞見識，想了想，說道：「等以後我們的孩子能獨當一面了，我就帶妳去邊塞遊玩。」

寧汐的嘴角有些抽搐。這傢伙會不會想太遠了？而且依他們現在和衣而眠的情況，她很懷疑他們真的會有孩子？他們兩個雖然成親將近一個月了，舒恒卻沒有越雷池一步，寧汐有些驚詫舒恒的隱忍，但也不得不承認舒恒這樣做讓她放鬆許多。

寧汐自認為和舒恒的話題已經說完，便換了衣衫，上床睡覺，剛躺上床，舒恒就在她旁邊躺了下來，還順手將她撈進了自己懷裡。

寧汐愣了愣，有些不自然地扭了扭身子，想脫離舒恒的懷抱。「你幹麼呀？」舒恒卻把她抱得更緊了些，甚至還把頭靠了過來。「乖，讓我抱會兒。」溫熱的氣息撒在寧汐的耳根處，寧汐咬了咬唇，心裡有些羞澀，又忍不住掙扎了幾下。

「妳再動下去我就不保證只是抱妳了。」舒恒咬牙切齒地說道，低沈的聲音中帶著某種隱忍。

寧汐的臉騰地燒了起來，她自然明白舒恒話中的意思，當下也不敢再亂動，如果真的把舒恒體內的某隻野獸放出來，遭罪的還是她。

或許是因為上世兩人一起生活過的原因，沒多久寧汐就適應了舒恒的懷抱，然後自覺地找了個舒服的位置，安穩地睡著了。

舒恒卻一直無法入眠，一是因為美人在懷，自己卻不得不做柳下惠而上火；二則是他今天收到消息，明日周王就將入京。那個前世早逝的王爺今世好好地活了下來，也許他執意要救周王不僅是想要利用他來擾亂京城這一盤棋，更重要的是，他迫切地需要一件事來證明命運是可以改變的。看著在他懷裡沈睡的嬌顏，舒恒的嘴角向上翹了起來。汐兒，我們兩人不會再像上世那般天人永隔。

第二日，舒恒起身的時候不小心驚醒了寧汐。

寧汐還沒完全清醒，見舒恒已經穿戴整齊，迷迷糊糊地問了句。「什麼時候了？」

舒恒走到她身邊，摸了摸她的頭，輕聲道：「還未到卯時，妳再睡會兒再去母親那邊請安也不晚。今日我要去迎接周王，不能回來陪妳用午膳，妳如果不想一個人用膳，就去母親院子和她一塊兒用。」

寧汐「嗯」了一聲，翻了個身，又昏昏沈沈地睡了過去。

舒恒失笑地搖了搖頭，怕寧汐沒將他的話記進心裡，又對峨蕊交代了一遍。

等寧汐睡醒的時候，已經過了卯時，後知後覺地想起舒恒離開前說的話，寧汐驀地坐了起來。周王竟然回到京城了，他難道不是應該死在回京的途中嗎？

「小姐，醒了嗎？」

聽見峨蕊的聲音，寧汐將周王的事暫時放下，叫峨蕊等人進來伺候她起身。

寧汐穿戴整齊後，草草用了點早膳便匆匆去了舒母的房中，不出意外地，在那裡又碰到了歐陽玲。

歐陽玲看到寧汐後，直接將臉轉到一邊，好像生怕別人不知道自己不待見寧汐一般。

寧汐輕哼一聲，懶得理會歐陽玲，上前給舒母行了個禮。

兩人的動作全落在舒母的眼底，舒母不動聲色地看著，卻沒說什麼，照例詢問完寧汐的身體以及日常生活後，沒有像往常一樣叫寧汐回去，而是說道：「現在府中事務繁多，我這兒平時也沒什麼事，妳就每月逢初一、十五過來請安，我們一家人用頓飯便好。」

寧汐心裡也不覺得奇怪，上世舒母也是這般做的，應了後，寧汐就回了長青堂；至於舒恒說的和舒母一起用午膳一事，還是算了，因為歐陽玲肯定會在舒母那兒用膳，她怕自己看到歐陽玲那張臉會影響食慾。

寧汐走後，歐陽玲一副欲言又止的樣子。

舒母見了，問道：「想說什麼？」

「就是覺得姨母對郡主真好，其他婆婆都想著怎麼給兒媳立規矩，可您卻主動減了郡主的晨昏定省。」

舒母聽出歐陽玲話中的酸意，無奈地搖了搖頭。「她是郡主，身分高貴，這樣做也是使得的。」

歐陽玲心裡生出些許怒意，再次記恨起寧汐的身分，面上卻不顯，一邊給舒母捏肩，一邊用撒嬌的語氣說道：「如果是我，肯定不會仗著身分給自己的婆婆擺架子，我一定會把姨母您服侍得妥妥貼貼的。」

舒母輕笑了起來。「可惜我沒這個福氣。」

聞言，歐陽玲狀似隨意地說道：「誰知道呢？萬事都有可能。」

舒母似乎沒聽到這話一樣，沒有搭話，而是閉上了眼睛，享受著歐陽玲的伺候。

晚上舒恒回來的時間已經有些晚了，聞到他身上的酒氣，寧汐頗為嫌棄地擺了擺手。

「還不快去洗漱，熏死人了。」

舒恒皺起眉頭，聞了聞衣袖，酒味是挺重的，便依言去了次間。

等他出來的時候，寧汐已經換好了裡衣。

寧汐見舒恒的頭髮還是濕的，不由得問道：「怎麼頭髮還沒擦？」

舒恒揚起嘴角，拿起一條帕子走到寧汐身邊，遞給她。「妳給我擦擦。」

寧汐挑了挑眉，接過帕子，看見舒恒嘴角的笑意更甚，一把將手中的帕子丟到他頭上。

「要擦叫你的丫鬟進來給你擦，本郡主才不伺候你。」

舒恒無奈地聳聳肩，自己胡亂地擦了擦頭髮。

寧汐實在看不過去他這樣糟蹋那頭黑髮，遂搶過他手上的帕子。

舒恒愣愣地看著寧汐，似乎不理解她的行為。

寧汐沒好氣地說道：「還不坐下？你那麼高，我怎麼給你擦啊！」

聽到這話，舒恒又忍不住揚起了嘴角，然後乖乖地坐到寧汐面前。

寧汐看不得舒恒這麼得意的樣子，下手就重了些，可舒恒卻不覺得寧汐手勁重，還覺得挺舒服的，寧汐弄了幾下舒恒都沒喊痛，她自己的手反而先痠了，再看舒恒一副享受的樣子，寧汐有些洩氣，這根本是在折騰她自己嘛！這樣一想，手勁便輕了些。

「你今兒個不是只是去接周王嗎？怎麼這麼晚才回來？」

「妳這是在查勤嗎？娘子。」舒恒戲謔一笑。「放心，家有悍妻，我絕對不敢去那些不該去的地方。」從舒恒的語氣中明顯能感覺到他的愉悅。

寧汐手中動作一頓，然後狠狠地敲了敲舒恒的頭。這廝婚後越發不正經了，而且，她哪裡凶悍了？「跟你說正經的呢！」其實，寧汐更想問的是周王路上的經歷，她想知道到底是哪裡改變了，才導致周王活了下來？

「我說的也不是什麼不正經的啊！」舒恒嘟囔了兩句，但怕真把寧汐給惹怒了，馬上正色說道：「周王邀我去醉安樓相聚，所以回來得晚些。」

「你和周王關係很好嗎？」不然周王幹麼一回來不找皇室的兄弟相聚，反而邀舒恒一起用飯？

舒恒意識到寧汐話裡的意思，搖了搖頭，解釋道：「舒奇他們出京辦事的時候順手救了周王一命，周王心裡感激，今日是專程來向我道謝的。」

寧汐這下算是想明白了，舒奇就是那個讓周王活下來的意外吧！

臨睡前，舒恒跟寧汐說，明晚皇宮要辦家宴歡迎周王，皇上讓他們兩人也出席。

寧汐想著太后說的話，心裡決定還是聽聽老人言好了。

昨日晚上，寧汐以身體不適為由，沒有去皇宮赴宴。

舒恒擔心寧汐的身子，告了罪，早早離開宴會。

今日，寧汐一大早得知周王昨晚被皇上禁足了，實際原因外人不知，只聽說在晚宴上周王似乎說錯了什麼話，惹得皇上不快。

得到這個消息的時候，寧汐正在接見茗眉的娘親。茗眉家中姓吳，現在這個名字是她到寧汐身邊伺候時，寧汐給她改的。茗眉一家都是家生子，他們原是在英國公府上伺候，後來寧知逸娶了長公主，就把他們帶到了長公主府，這次寧汐結婚，他們自然也作為陪房跟來了忠毅侯府。

茗眉的娘親這次過來是想跟寧汐討個恩典，想讓寧汐給茗眉挑個合適的夫婿。

寧汐想起上世茗眉的母親也是這個時候來求的恩典，那時她剛新婚，自然欣喜地答應了，後來給茗眉找的也是自家莊子上的管事，吃穿倒是不愁，就是那時的自己太疏忽，竟然沒問過茗眉喜不喜歡。

記得當時自己是打算把身邊的丫鬟都放出去嫁人的，可是因為後來出了各種各樣的糟心事，自己一心沈浸在傷痛裡，生生把身邊的其他三個丫鬟給耽誤，這世再怎麼也不能讓她們虛度青春了。

茗眉的娘親見寧汐走神兒的模樣，以為寧汐不高興她來討人，心裡一咯噔，怕自己把寧汐得罪了，女兒在寧汐身邊討不了好。其實她也是無奈，自家女兒雖不是寧汐身邊年齡最大的丫鬟，可眼看著也快滿十八了，再不成親，不就成老姑娘了嗎？她這才覥著臉來求情。

寧汐回過神來，見茗眉的娘親臉帶躊躇，知道她是想岔了，便安撫一笑，道：「茗眉年齡確實不小了，之前我身邊缺人就私心留著，剛好最近侯爺給了我一個小丫鬟，我也不怕茗眉走了後，我這兒忙不過來。」

「小姐哪裡的話，茗眉就一個小丫鬟，哪有小姐說得那麼好。」

寧汐笑著搖了搖頭。茗眉自小就跟著她，想想有時候她還真不捨得將茗眉嫁出去。

「吳嬷嬷，妳心裡有合適的人選嗎？」

「這、這……」茗眉的娘親眼神閃爍。「夫人選的自然都是好的。」

看來是有看中的人了。「吳嬷嬷和我有什麼見外的？我常年都待在後宅裡，對前院那些人哪有妳來得瞭解？吳嬷嬷如果心裡有人選，說出來我也好參考參考。」

茗眉的娘親還是有些躊躇。主子肯放人已經是最大的恩典了，哪有她挑三揀四的分？可是想了想自己的親女兒，咬咬牙，大著膽子說道：「奴婢之前瞧過老才家的兒子，那個孩子奴婢看著頗為老實忠厚，長相也不差，想來是個好的。」

寧汐一愣。竟和自己上世選的人一樣，看來自己上世的眼光也不差嘛！寧汐心裡有些得意，問道：「這事和茗眉說過了嗎？」

「女孩子臉皮薄，奴婢哪敢跟她提？再說，我是看上了人家的孩子，也不知道人家看不看得上我們茗眉。」

寧汐眉一揚。她的丫鬟誰敢說不好？「我倒要看看誰敢說看不上我的丫鬟。」

這句在寧汐眼中頗為霸道的話，落入吳嬤嬤耳中倒是覺得多了分孩子氣，不由得露出一個慈愛的笑容。小郡主也算是她看著長大的，一轉眼當年那個鬧著要吃果子的小女孩已經成了一家主母，她心中也頗有感觸。

等茗眉的娘親走後，寧汐把四個丫鬟喚了進來，將四人都仔細打量了一番。唉，不愧是她娘親生前給她選的丫鬟，個個都出落得亭亭玉立，瞧這氣度，往外一站，不一定會輸給小家千金呢！

「小姐，您有話就說，被您這樣盯著，奴婢們會覺得自己是放在砧板上論斤賣的豬肉。」曬青淡淡地開口。

嘖，她明明是很慈愛地看著她們好不好。曬青這是什麼眼神？再見其他三人竟頗為贊同地點了點頭，寧汐突然有種想馬上就把這四個人打包送走的衝動。

寧汐右手握拳，假裝咳嗽了兩聲，刻意擺出主子的威嚴來，對茗眉說道：「茗眉，今日吳嬤嬤來向我求恩典，希望我能給妳找個好夫家，我已經應下了，妳可別怪我自作主張。」

聞言，茗眉的臉色有些微紅。她不是沒想過嫁人，可是郡主才嫁來忠毅侯府一個月，身邊正是缺人手的時候，她怎麼可以在這個時候離開？而且她也捨不得屋裡的姊妹們。「奴婢不嫁，奴婢就想陪在小姐身邊，伺候小姐一輩子。」

寧汐抿嘴笑道：「說什麼傻話呢？妳們想在我這兒當老姑娘，妳們願意，我還不願意給妳們養老呢！不只是妳，她們三個我一個不落，都會打包送給別人家，別想讓我管吃管喝一輩子。」

聽見寧汐突然點名到自己，其他三人都忍不住瞋了寧汐一眼。

寧汐挑眉。她說的可是實話。「不過妳們放心，妳們的夫家我都會仔細挑選，絕不會輕易將妳們許出去。」這話是對她們四人說的，然後又對茗眉說道：「茗眉，我知道妳在擔心什麼，放心，妳家小姐可捨不得這麼早放妳離開，我還需要妳給我調教調教新人呢！再說，雖然是吳嬤嬤看中的人選，我還是要再觀察觀察，我可捨不得我家茗眉嫁給一個二愣子，所以妳至少還得在我這兒待上好一段時間呢！」

茗眉一聽，這才放下心來。這樣她就有足夠的時間來教下面的人了，至少在接了她的位置後不會手忙腳亂。

說完這事，寧汐讓她們該幹什麼幹什麼去，自己則認真考慮起四個丫鬟的事。四人當中，只有翠螺不是家生子，聽說鄉下還有家人，當年實在窮得沒法，才進了長公主府，也不知道她家裡人對她是個什麼安排？好在翠螺年齡是最小的，她的事先放一放也沒關係。剩下的便是曬青和峨蕊兩人了，她們都是家生子，倒是好安排，只是她不常接觸外院，去哪兒給她們相看人家呢？唉，算了，到時候再說吧。

搖了搖頭，寧汐又研究起自己的私庫，計算著能給自己這幾個丫鬟多少嫁妝，這四個丫鬟陪了自己兩世，說什麼也不能虧待了她們。

寧汐越算越入迷，甚至都沒發現身邊多了一個人。

舒恒實在看不過去自己竟然被忽視了這麼久，特意咳嗽了一聲。

寧汐被驚了一跳，瞪著舒恒道：「你怎麼嚇人啊？」

舒恒頗為無奈地摸了摸鼻梁。「我都進來好久了，是妳自己沒發現而已，我看妳都快鑽進錢眼裡去了。」

寧汐哼了一聲。像舒恒這種人才不會懂得數錢的樂趣。寧汐當著舒恒的面將自己的帳本收好後，突然想起自己的丫鬟現在怎麼說也是忠毅侯府的人了，既然要出嫁，舒恒自然也要出一份嫁妝啊！說實話，她對舒恒的私庫很感興趣。

舒恒本來已經坐在窗邊看書，卻看到寧汐帶著一臉詭異的笑容走過來。

「舒恒，我跟你商量件事唄。」寧汐自覺笑容很和藹、很可親地說道。

舒恒挑了挑眉，有種不好的預感。「什麼事？」

寧汐在舒恒旁邊坐下，輕聲細語地道：「我家茗眉就快出嫁了。」

舒恒心裡有些納悶，茗眉出嫁，跟他有什麼關係？想了半天才反應過來，在寧汐期待的目光中，緩緩說道：「是不是擔心身邊缺人？過兩天舒青就能回來了，恰好可以替代茗眉的位置；如果還缺的話，妳從其他院子選幾個過來，或者找牙婆從外面買幾個進來也行。」

寧汐的嘴角抽了抽。舒恒怎麼就繞到了這個上面？她繼續循循善誘地道：「我這兒不缺人，我的意思是，茗眉跟了我這麼多年，怎麼說咱們都不能虧待她吧？」

舒恒頗為贊同地點了點頭，然後……便沒有然後了。

寧汐見狀，怒了，直接吼道：「舒恒，你就直說，茗眉出嫁，你給不給嫁妝？」

舒恒怔住片刻，然後笑出了聲。敢情這小丫頭和他繞彎子就是為了從他這兒掏走一份嫁妝啊？想了想，舒恒站起身來，走進內室。

寧汐看著舒恒離開，驀地瞪大雙眼。不是吧？只是問舒恒要一份嫁妝就把他給嚇走了？舒恒這廝也太摳了吧？還是說，其實他很窮？

寧汐還沒從舒恒是摳還是窮裡得出結論，舒恒已經又走了回來，手裡還拿著一個檀木箱子，上頭有把小鎖。

舒恒坐下後，將箱子放在兩人之間，然後把鑰匙遞給寧汐。

寧汐挑了挑眉，不知舒恒是何意。

「這些都是我這些年的積蓄和一些個人名下的房產、地產，還有一些產業妳可能也不太懂，那些就我先打理著。」

寧汐愣住了。她只是想從舒恒那裡討點碎銀子而已，竟然把他的私庫給挖出來了。

寧汐接過鑰匙，打開箱子。其實她沒有要霸占舒恒私庫的想法，她只是好奇他的私庫有多少而已，畢竟在她看來，他這人又冷、又不懂鑽營，估計積蓄也就只有他的那點俸祿。

可是讓寧汐意外的是，裡面現銀雖然不多，銀票卻不少，面額還挺大的，再仔細一看，寧汐的手不禁有一些發抖，裡面的房契、地契雖然說不上多，但都處在京城最好的地段。

「……舒恒，你老實告訴我，你是不是收人好處了？」他不過一個侯爵，哪來這麼多的產業？

舒恒失笑道：「妳放心收著，這些東西都是乾乾淨淨的。」他手下的能人不少，他出錢，底下人出力，他的資產自然就豐厚了起來。

寧汐將箱子鎖上，推回去。「還是你收著吧！」

舒恒皺了皺眉。「還是覺得這是我收受賄賂來的？」

寧汐搖了搖頭，見舒恒還疑惑地看著自己，又解釋了一句。「這裡面的東西挺重要的，還是你收著安全些。」頓了頓，又添了句。「你可以把鑰匙先放我這兒。」如果舒恒日後敢欺負她，她就捲了他的私庫跑路。

舒恒忍不住揉了揉寧汐的頭後，將鑰匙和箱子一起拿走了。

寧汐愣了愣，衝舒恒的背影說道：「我不是說可以把鑰匙先放我這兒嗎？」

「我覺得還是放我這兒比較安全。」淡淡的聲音傳來。

寧汐嘟了嘟嘴。果然還是隻鐵公雞，舒恒剛才根本就是逗她玩的。等寧汐生完氣才回過神來，嫁妝的事舒恒還沒答應出呢！

因為茗眉的事一鬧，寧汐竟把周王的事給忘了，等想起來時已是第二天晌午。在寧汐的印象中，周王喜歡遊山玩水，愛畫如癡，如果有了興致就是天塌下來他也不會放下他的畫筆。這樣一位悠閒、無心政事的王爺竟然能惹得皇上不快，她還真是頗為好奇。

不過舒恒回來後，寧汐還來不及問就先得知了寧妙患病的消息。寧汐第一反應就是賢王府裡的那兩位側妃又出什麼么蛾子，心裡已經開始各種陰謀論，越想越急，最後都在考慮要不要馬上叫人備馬車去賢王府了。

舒恒見狀，頗為無奈地解釋道：「賢王妃聽說只是吹了些冷風，再加上前日在晚宴上受了驚才會突然病了，這病與王府上的那兩位沒有關係。」

寧汐這才放下心來，將腦中的各種幻想拍飛，一時又有些好奇。竟能讓她家二姊受驚，當日晚宴究竟發生了什麼啊？這樣想著，寧汐便問出了口。

舒恒看看日頭，再看了眼空蕩蕩的餐桌，搖了搖頭，先吩咐人上菜，然後拉著寧汐淨了手坐下後，才回答。「那日我離席得早，也不太清楚發生了什麼，只知道周王似乎提到了自己的生母，惹怒了皇上。」說完，菜也已經上桌。

寧汐咬了咬銀筷，想著舒恒之前的話。聽說周王的生母原是皇上身邊的一個宮女，生下周王後就離世了，這位宮女生前沒犯過錯，皇上就算對她沒有感情，也不至於一聽見名字就會發怒的程度吧？周王究竟說了什麼觸到了皇上的逆鱗？

舒恒當然知道其中的原委，但事關皇家秘聞，寧汐自然是知道的越少越好，見寧汐還在糾結，舒恒挾了一筷子菜到寧汐碗中。

寧汐因為在想事，也沒注意，順著上一口菜就吃下去，嚼了幾口才發現不對，忙吐了出來。「水，我要水。」

舒恒早就在一旁準備好了茶水，聞言遞了過去，餵寧汐喝了幾口。

寧汐這才覺得口中的辣味淡了些。「混蛋。」被辣椒一辣，她哪裡還記得周王的事？現在滿心都是對舒恒的火氣。這傢伙絕對是故意的！

舒恒達到了目的，忙安撫寧汐幾句，可是見寧汐兩眼通紅，一雙水眸瞋怒地瞪著自己的模樣，竟然覺得像小白兔一樣惹人憐，其實偶爾欺負一下自己的媳婦似乎也不錯啊！

剛開始，寧汐以為寧妙只是小病，過幾天就好了，卻不想寧妙這一病就病了半個多月，眼見著寧妙的病情一天天拖下去，寧汐也淡定不了了，和寧嫵約好一同去了賢王府。

到賢王府的時候，是寧妙身邊的吳嬤嬤迎兩人進府的。因吳嬤嬤是寧妙的心腹，寧汐也放心，問道：「二姊姊這病是怎麼回事？這麼久了竟然還不見好。」

吳嬤嬤輕聲道：「大夫說王妃的病沒什麼大礙，只是身子弱，需要調理一番。」

寧汐和寧嫵兩人相視皆皺了皺眉。寧妙的身子在閨中的時候還好好的，怎地到了賢王府身子就弱了起來？

說著話，一行人到了寧妙的院子。寧妙屋中佈置仍然和以前一般淡雅，或許是為了掩蓋空氣中的藥味，屋中擺放的花卉多了些。

寧妙身著素衣半躺在榻上，腿上蓋了張薄毯，臉色有些蒼白，卻沒有想像中那般憔悴。

見到寧汐和寧嫵兩人，寧妙微微起身，招呼她們過去。

寧嫵心疼地走到她身邊。「瞧這臉色，怎地這麼差？」

寧妙笑道：「妳見過哪個生病的人臉色紅潤有光澤的？」

寧汐見寧妙還有心情開玩笑，心裡的擔心少了些，也走到寧妙跟前坐下，假裝嗔怒地道：「妳還開玩笑，不知道我和大姊姊都很擔心嗎？」

寧妙歉意地摸了摸寧汐的頭。「讓妳們擔心了，是我的不對。妳們放心，我這病，養一段時間就會好了。」

「身子現在怎麼這麼弱？以前在府裡不是好好的嗎？」寧汐蹙眉道。

「哪裡弱了？只是吳嬤嬤太緊張了，硬要我多養段時間。」寧妙安撫了一句。

寧嫵拍了拍寧妙的手。「那妳就好好養養，我看妳都瘦了，多長點肉才好。」

寧妙點了點頭。

寧嫵還想說些什麼，有個丫鬟走了進來，說是張側妃和許側妃有事詢問王妃。

寧妙聞言揚眉。「叫她們先回去，等我這邊見完客人再見她們。」

小丫鬟點了點頭，退了出去。

等人走後，寧汐蹙眉問道：「不接見她們真的沒問題嗎？」

寧妙嗤笑一聲。「她們可不是來看我的。」見寧汐和寧嫵兩人還沒反應過來，又點了一句。「這段時間我身子不好，王爺常過來我這兒。」

寧汐兩人頓時醒悟過來。

寧嫵語氣不善地道：「不喜歡，打發走就是，明知她們的目的，幹麼還放她們進來？」寧嫵本就不喜歡妹妹嫁到王府來，如今見妹妹還要和其他女人搶一個男人，心情更是糟糕。

寧妙笑了笑。那兩個側妃她還不看在眼裡，她們雖然有些小心機，只要不觸碰到她的底線，她都能容忍；在這府裡，她唯一需要提防的只有那個枕邊人。

三人又說了會兒話後，寧嫵因擔心家中的孩子，提前走了，只剩寧汐一人。見寧嫵離開，寧汐才問道：「那日晚宴究竟是怎麼回事？」

聞言，寧妙的眼神冷了下去，屏退眾人，呷了一口茶才回道：「周王的母妃妳知道多少？」

寧汐愣了愣，將自己知道的為數不多的事說出來。

等寧汐說完，寧妙才悠悠地說：「眾所周知，周王的母妃身分低微，但母憑子貴，既然周王的生母已經去了，這份榮耀自然該落在其母族身上，但妳可有聽說過周王的舅家？」

寧汐搖了搖頭。「或許是周王生母家中沒人了呢，不然也不會進宮當宮女。」

「是有這個可能。」寧妙頓了頓。「可是，那日周王趁著醉酒，竟當著眾人的面求皇上將他舅舅從衛所放回來。」

寧汐有些驚訝，衛所，那可是流放之地啊！周王的舅家究竟犯了什麼罪，竟然落到一家流放的地步？

「如果是平常百姓，會犯什麼大罪以致一家流放？」最後寧妙直直地盯著寧汐，一字一頓地說道：「周王的母妃，真的只是名宮女嗎？」

周王的母妃不是宮女，又是什麼？皇室又為何要掩蓋她的身分？

寧汐抿了抿唇，望向寧妙。「二姊姊，妳說，周王的母妃真的是難產死的嗎？」她的死，真的和皇上沒關係嗎？寧汐不敢去想，那個對她和善、慈愛，讓她一直滿心敬仰的舅舅，真的會去殺一個為自己生了孩子的女人嗎？寧汐想要否認，可是心裡卻有個聲音在叫囂——那個人，可是皇上。寧汐不由得握緊了寧妙的手。「二姊姊……」她想要一個否定的答案，她的舅舅不會是那種殘酷之人。

寧妙在心裡暗嘆了口氣。寧汐對親情的看重她不是不知道，讓她去接受一個愛戴了多年的親人背後竟然也有如此冷酷的一面，談何容易？「三妹妹，這些都只是我們的猜測，真相究竟如何，我們不得而知，別想太多。」寧妙安慰了她一句，最後還是忍不住添了句。「那人終歸是帝王，妳莫太在意。」

寧汐點了點頭。她知道皇位其實並不好坐，舅舅再怎麼說也是帝王，身處在那個位置上，有太多的身不由己，她只需要記得，她的舅舅是真心疼愛她的便是。

至於周王的母妃，她們只需要記得那人只是個宮女即可。

身為皇室成員，裝聾作啞是不得不會的事。

第十章

寧汐回到忠毅侯府的時候，舒恒已經回來了。

見到寧汐，舒恒起身將她身上的斗篷取下來，攏了攏寧汐耳邊的碎髮。「怎麼樣？賢王妃身子可還好？」

寧汐輕聲道：「二姊姊身子沒事。」

「沒事就好，妳也不用擔心了，這幾天看妳都憔悴了。吃過飯了嗎？我讓廚房給妳留了銀耳蓮子羹，妳用一些可好？」說著就要拉寧汐去膳桌旁坐下。

寧汐卻沒有動半步，而是靜靜地看著舒恒。周王生母的事，二姊都能看出端倪來，舒恒肯定也察覺到了不對之處，甚至他知道的說不定比二姊還多，可是他卻什麼都沒告訴她。

她可不可以這樣想，其實他是儘量想將她隔絕在是非之外？舒恒他……其實對她挺好的吧？這一刻，她突然生出了想和舒恒簡簡單單生活下去的念頭。

寧汐這樣想著，伸手圈住了舒恒的腰，輕聲喊著。「舒恒、舒恒……」

舒恒低嘆一口氣，猜到寧汐去賢王府，定是從寧妙那兒知道些什麼了，見寧汐低著頭一副不豫的模樣，他心疼得緊，摸了摸她的頭，低聲哄著。「沒事，我在，我一直在。」

寧汐鼻頭一酸，將舒恒抱得更緊。

寧汐走後，寧妙瞇了瞇眼。京城這盤棋真是越來越好玩了，她本不欲入局，可是嫁給了中宮皇子，日後的事真的還由得了她嗎？只是她甘心做棋子，寧汐呢？她會甘心嗎？那人，畢竟是寧汐的親人。

「王妃？王妃。」

吳嬤嬤的叫喚讓寧妙回過神來，理了理衣衫，淡淡道：「去請兩位側妃過來吧！」

張氏和許華裳前後腳走了進來，兩人面上的表情雖然看起來都很溫和，但眼底的疏離冷淡卻還是一目了然，寧妙眼中閃過一絲滿意。兩個側妃關係融洽對她而言可不是什麼好事。

兩人進來後，許華裳敷衍地行了個禮，而張氏則規規矩矩地行了個全禮，許華裳不屑地看了張氏一眼。

寧妙只當沒注意到兩人間暗中的較量，免了兩人的禮，賜了座，才問道：「什麼事？」

張氏剛想開口卻被許華裳搶了先。「最近莊子上送來了些新鮮瓜果，剛好妾身最近嘴饞得很，便想多拿一些，可是張側妃不同意，硬說這不合規矩。妾身就不明白了，妾身怎麼說也是最早入府的妃子，想多拿點瓜果怎麼就不合規矩了？」

張氏上前微微福了福身，才輕聲開口。「這次莊子送上來的瓜果本就不多，妾身按照側妃的分例給了許姊姊她的那一份，甚至還從自己的分例裡多勻了一部分給許姊姊，可許姊姊還嫌不足，她若再多拿，王爺和王妃姊姊這邊就勢必不夠，妾身才會執意反對，還請王妃姊姊作主。」

寧妙的眼眸閃了閃。許華裳不是看上了那些瓜果，只是想乘機宣示自己在府裡的地位特別而已；不過許華裳再怎麼鬧，地位也不可能越過她這個王妃去，只是想壓張氏一頭罷了，張氏會不知道嗎？如此，張氏自然不會同意。

「既然這府中我已經交給妳們兩人共同管理，這等小事就自己商討著解決便是，又何必鬧到我這兒來？我的身子弱，可禁不起妳們鬧騰。」然後寧妙看向張氏，輕輕道：「既然許側妃喜歡瓜果，就從我的分例裡分一半給她吧，反正我最近身子弱，吃不了多少。」

張氏的眼眸黯了下去，應了聲是，許華裳則毫不掩飾得意的眼神。

寧妙的嘴角接著揚起一絲冷笑。「既然許側妃今日這般鬧著要多分些瓜果，那本妃希望日後不會聽到許側妃隨意糟蹋、浪費瓜果的消息，這些瓜果，許側妃定要一個人用完才是。」淡淡的語氣中帶著濃濃的警告。

許華裳臉色一僵，在寧妙的笑臉下不情不願地應了。

寧妙這才滿意地收回了目光，然後扶了扶頭上的髮釵，悠悠地說道：「過會兒太醫會來給我把脈，我讓他也給妳們請個平安脈吧！」

張氏點了點頭。

許華裳卻神色不自然地拒絕道：「妾身的身子一向康健，不用煩勞太醫了。」

「母后急著抱孫子，讓太醫看看也是為了王府的子嗣著想。」寧妙三言兩語擋了回去。

許華裳扯了扯袖口，看了眼身邊的丫鬟，見自己貼身丫鬟眼中也滿是著急，不得已，許華裳只能強行將焦急的心情壓下，強硬地說：「我的身子我自己知道，我說不需要就是不需要。」說完就要往外走。

許華裳還沒走兩步，李煜就從門外走了進來，邊走還邊問道：「華裳這是怎麼了？不需要什麼呀？」

見到李煜，許華裳臉上露出一個興奮的笑容，忙依偎過去，拉著李煜的手撒嬌道：「表哥好久沒去看裳兒了，裳兒好想表哥。」

李煜輕笑著答道：「最近事務繁忙，冷落了華裳，是本王不對。」然後不著痕跡地把手從許華裳的手中抽了出來，走到寧妙身邊，摸了摸寧妙的額頭。「身子可好些了？」

寧妙滿臉溫柔。「好多了，勞王爺掛念。」

見狀，許華裳拉下臉，看向寧妙的眼神多了分嫉恨。

就連張氏的眼中也都多了分嫉妒。

寧妙只當沒看見她們的神色，對李煜解釋道：「今兒個太醫要來給我把脈，我便想著給兩位側妃也請個平安脈。」

聞言，李煜瞇了瞇眼，臉上笑意未減。「如此也好。」然後看向許華裳。「華裳，王妃也是為了妳好，別鬧了。」無奈的語氣似乎只是在訓一個不懂事的妹妹。

許華裳還想說什麼，可看到李煜臉上的笑意，到嘴邊的話最後還是嚥了下去。

很快地，太醫就過來了，在為寧妙把過脈後，說了幾句身子還有些弱，需要再調養一段時間之類的話。

而後寧妙才開口道：「還請太醫給我們府上的兩位側妃把把脈。」

太醫也不推辭，看過張氏後便輪到許華裳。

許華裳扭扭捏捏的，可是李煜在一旁看著，她又不敢拒絕。

太醫仔細給許華裳把脈，皺了皺眉，又換了隻手，最後才鬆開眉頭，眉開眼笑地對李煜說道：「恭喜王爺，許側妃有喜了，已經有兩個多月了。」

聞言，許華裳臉上露出驚喜的神色，似乎是第一次聽到這個消息，可細看之下，仍能看出演戲的痕跡。

寧妙眼中波瀾不驚，臉上卻露出高興之色。

反觀張氏的神色則真實多了，驚訝過後只是勉強地露出了笑容。

李煜卻沒有初為人父的大喜，臉上的笑容仍是淡淡的，謝過太醫後，才對許華裳說道：「既然有了孩子，日後就別胡鬧了，好好保重身體才是。」

許華裳羞答答地應了，然後抬頭滿臉喜悅地說道：「華裳會好好養身子的，一定會為表哥生一個健康的兒子。」

「是嗎？」李煜深深地看了許華裳一眼，才繼續道：「我倒希望華裳能為本王生一個女兒。」

許華裳臉色一變，看向李煜的眼神少了羞澀，多了分迷茫。表哥這是什麼意思？她沒敢問出口，因為在她的心中，隱隱地知道那個答案。

等兩位側妃走後，寧妙有些驚訝地問道：「王爺不去許側妃那兒嗎？」見李煜有幾分不滿地看著自己，寧妙馬上添了句。「許側妃剛懷孕，妾身還以為王爺心裡高興，會去多陪陪她。」

李煜走到寧妙的榻上坐下，將寧妙摟在懷裡。「華裳懷孕，本王自然高興，只是如果王妃能為本王誕下嫡子，本王會更高興。」

寧妙輕笑了起來。「王爺剛剛不是還說了想要個女兒嗎？怎麼轉眼就變成兒子了？」

李煜挑了挑眉。「王妃這麼聰明，難道會不明白適才本王話裡的意思？」

寧妙沒搭話。她自然明白李煜話中的意思，李煜不希望許華裳生下兒子，她又何嘗想？

「王妃，妳說華裳的孩子能順利生下來嗎？」過了好半晌，李煜才又問了句，聲音低沈，聽不清他的情緒。

寧妙的眼眸閃了閃。許華裳肚中的孩子，既然自己當初同意讓她懷上，自然不會動手對她做什麼，但是其他人自己就保證不了了。「那是王爺的孩子，自然福澤深厚，一定會健康地出生的。」

李煜蹭了蹭寧妙的頸窩。許華裳那兒明明一直都有用避孕藥，卻還是懷上孩子，當他得知這個消息時，便猜到是懷中人搞的鬼，她是在借許華裳來試探他和皇上對順安侯府的態度；他心裡明明惱火得很，偏偏不忍責罰她，他想，大概是難得遇到這麼聰明的女子，他捨不得這麼快就結束他們之間的鬥智鬥勇吧？至於許華裳，那畢竟是他的孩子，只要順安侯府老實一些，孩子自然能順利生下來。

第二日，許華裳懷孕的消息就傳了出來，皇上、皇后當即賜下許多補品，言氏更是坐不住，領著自己兒媳來了賢王府，連寧妙那兒都沒去上一趟就直奔許華裳的院子。

寧妙知道後釋然一笑，任她們去了。

見到親人，許華裳心情很好，拉著母親說起府裡的事。聽完許華裳的話後，言氏皺了皺眉。「我說妳怎麼把懷孕的事透露出來了？原是那個寧妙在裡面插了一腳。」

許華裳頷首。「母親，您說她是不是早就知道女兒懷孕的事，才會故意讓太醫來給女兒把脈？」

言氏思酌片刻，搖了搖頭。「我看不像，如果她早知道妳懷孕，怕是早就給妳使絆子了，又怎會讓王爺得知妳有孕一事？」

許華裳有些擔憂。「之前您讓我瞞著，說等過了三個月再露出來，如今提前被她們知道了，女兒會有危險嗎？」

言氏拍拍許華裳的手，安慰道：「沒事。最近妳少出門，不去和府裡那兩個女人碰面，她們自然不能對妳做什麼；就算她們想出手，也得顧忌賢王的面子，畢竟這是賢王的第一個孩子，說不定還是日後的長子呢！」說到這兒，言氏面上的表情就飛揚起來。側妃又如何？王府的長子還不是從她女兒的肚子裡出來的。

許華裳聞言，臉上的表情也緩和許多，摸了摸自己的肚子，可想起昨日李煜的話，臉色又黯了下來，將李煜的話轉述給言氏聽。

言氏聽完，臉上的喜色淡了許多。「賢王真是這樣說的？」

許華裳點了點頭，然後委屈地說道：「得知我懷孕後，表哥還未曾來看望過我，只是賜了些東西下來，寧妙生病，他可是日日都待在那邊的。母親，表哥他不會真的喜歡上那個寧妙了吧？」

言氏也捉摸不透李煜的想法，只能安慰道：「妳現在懷了賢王的孩子，不管怎樣都是王爺的第一個孩子，生下來終歸是好的，其他的事妳就不必擔憂了，我回去和妳父親再商量商量。」

或許是言氏一番安慰的話起了作用，許華裳安心地在自己院落裡養胎，而寧妙則在自己的院子中養病，府中的大權都交到了張氏手中。張氏是個乖順的人，即使手握府中權力也沒敢做什麼出格的事，一時間，賢王府的後院安靜許多。

一晃便過了三個月，周王終於被解禁，可是這位王爺解禁後的第一件事竟然是去城郊畫什麼初春圖，寧汐知道後不由得失笑，嘆道，果然是位畫癡啊！笑過之後繼續翻看手中的帳本，等做完活兒，看了眼天色，寧汐將舒青喚了進來。茗眉已經回家待嫁，現在舒青頂替了茗眉的位置。

「侯爺回來了嗎？」

「回來了，不過周王也一同過來了。」

寧汐皺了皺眉。這周王過來做甚麼？看來今日她只能自己用膳了，便讓人給前院多送了幾道菜去，不想很快地，兩人竟過來了長青堂。

見到寧汐，周王笑道：「我過來蹭飯，表妹不會介意吧？」

寧汐這是多年後再見到周王，周王長相頗為俊秀，唇紅齒白，若是生為女兒身，定是個大美女，不過他的長相不似皇上，想是偏像他的生母。

「表哥說笑了，表哥來作客，我高興還來不及，怎麼會介意呢？」說完就讓人上菜，等兩人入座後，自己才挨著舒恒坐下。

還沒吃上兩口，周王看了看寧汐，欲言又止地說：「表妹，聽說妳的嫁妝裡有幾幅名家畫的仕女圖，不知能否借給為兄看看？」

寧汐輕笑著放下筷子。難怪周王會跑到她這兒來，原來是看上她的畫了，那些古畫都是她出嫁時英國公給的嫁妝，但她不是個懂畫之人，因此那些畫就被她放在庫房了。

「表哥怎麼喜歡仕女圖了？前些天不是還往京外跑，要畫春景圖嗎？」寧汐揶揄道。

周王不好意思地撓撓頭。「最近一直想畫幅仕女圖掛在書房裡，可是一直沒什麼靈感，之前聽舒兄提過表妹的嫁妝裡有幾幅仕女圖，就想著討來找找靈感。」

寧汐抿嘴一笑，對這個畫癡表哥生出幾分好感。「那我叫丫鬟去庫房拿。」

一聽寧汐竟然將那些畫放在庫房，周王不滿地看了寧汐一眼。

寧汐無所謂地聳了聳肩。反正她就一俗人，對她而言，那些畫大概就是比較值錢的裝飾品而已。

「還是我和妳的丫鬟一同去吧，免得妳的丫鬟粗心，弄壞了那些珍品。」周王說著就要起身。

寧汐瞪大了雙眼看著周王。飯還沒吃上兩口就急著去拿畫，她算是見識到周王對畫的癡迷程度了。寧汐本想勸周王用過飯再去，卻被舒恒阻止了。

周王這傢伙害他晚回來了這麼久，還打擾他和寧汐兩人用餐，他早就想把周王扔出去，現在自然巴不得周王離開。

周王倒沒注意到兩人的心思，滿心喜悅地跟著峨蕊出了門。

走出長青堂沒多遠，周王突然停了下來，呆呆地看著不遠處湖心亭裡站著的那個身影。

藍天白雲，陽光明媚，伊人站在湖中心，春風拂過，吹碎了一池湖水以及伊人的裙角，青絲垂落在伊人臉龐，伊人面容看起來楚楚可憐。周王的心狠狠跳了一下，忙對身邊的小廝說道：「快給本王備紙和筆。」

小廝知道自家主子的性子，紙筆都是必備的，一聽吩咐，馬上拿出來遞給周王。

峨蕊看了眼亭中女子，只覺得矯揉造作，哪裡有半分美感？想起寧汐吩咐她的事，便問周王可還需要去拿仕女圖，可周王就像沒聽到一般，根本不理會她。

周王的小廝忙解釋道：「這位姊姊，我家主子的性子就是這般，只要來了靈感，拿起畫筆，周圍的一切就都入不了他的眼和耳了。」

峨蕊有些無奈，躊躇道：「周王還要畫多久？」

小廝搖晃著頭，故弄玄虛地說道：「那可拿不准，也許就一刻鐘，也許要花上一天的時間。」

峨蕊咋舌，看了眼還站在亭中故作姿態的歐陽玲，心裡有些可憐，猜想著那姑娘還以為看著她的人是舒恒，現在心裡不知道怎麼美呢！說不定為了吸引身後人的目光，會那樣站上一天，想想也是夠累的。

這次峨蕊還真是猜對了，歐陽玲現在去不了長青堂，去前院又堵不到舒恒，最後只好選了從前院回長青堂的必經之路；不顧初春的冷意，穿了一襲薄衫，垂下秀髮，只有一支蝴蝶髮釵插在頭上，看時候差不多了就站在湖心亭裡，做出一副嬌嫋不勝的模樣，她怎麼會想到從長青堂出來的男子竟然不是舒恒？

峨蕊想了想，決定還是將這件事告知寧汐較好，免得到時這位表小姐又出什麼么蛾子。

寧汐和舒恒到的時候，看到的就是溫婉的女子站在亭中靜靜地看著春景，卻不知身後有位才子將她畫入了紙中，而這種場景只有在話本上才會出現。寧汐忍不住扶額，如果女主角不是歐陽玲，她大概會真的覺得美。

舒恒看了眼周王的畫作，眼中滿是嫌棄，似乎頗為不滿周王的審美。

寧汐見狀，心情卻飛揚了起來，喚來舒青，在她耳邊吩咐了幾句。

舒青眼眸一亮，走去了湖心亭。

「表小姐。」舒青走到歐陽玲身邊，恭順地喊道。

歐陽玲知道舒青原是舒恒身邊的人，對她的態度就比較親切。「有什麼事嗎？」

舒青露出一個真誠的笑容。「夫人讓我來告訴表小姐一聲，難得周王找到繪畫的靈感，還請表小姐在周王沒有完成畫作之前一直保持這個姿勢。」

歐陽玲臉上的笑容凝住，驀地轉身一看，只見寧汐和舒恒兩人站在一起，寧汐臉上帶著淺淺的笑意，正在看一名陌生男子繪畫，而舒恒則靜靜地看著寧汐，臉上沒有什麼表情，可她知道，舒恒眼裡定滿是柔情，他竟然連一個眼神都捨不得施捨給她？

驀地，歐陽玲握緊了雙手。憑什麼？憑什麼得到舒恒眷顧的人是寧汐？明明是她先認識舒恒的，明明他們才是青梅竹馬的一對，憑什麼寧汐可以輕而易舉地搶走這一切？難道就因為寧汐是郡主？如果不是當年發生的事，她又怎麼會落到這個地步？她明明就不是什麼小官之女，她也不該是個孤女，舒恒也好，萬千寵愛也好，都該是屬於她的。

眼見歐陽玲的神情變得猙獰，舒青心裡打了個突。這個女人變起臉來果然好恐怖啊！她得先給寧汐提個醒，免得到時候吃了這個女人的暗虧。但嘴上仍笑盈盈地說道：「欸，表小姐，不是說了不能動嗎？如果影響了周王的興致可如何是好？到時候周王怪罪下來，侯爺也擔待不起啊！」

歐陽玲瞪了舒青兩眼。她哪裡不知道舒青是替寧汐來諷刺她的？然後又狠狠地瞪了眼遠處的寧汐，再滿眼眷戀地看了眼舒恒，轉身走了。

「欸，周王還沒畫完呢，表小姐，怎麼就走了呢？表小姐穿得這麼漂亮，不讓人畫下來太可惜了。」舒青在歐陽玲身後滿心遺憾地喊著。

歐陽玲轉過身，眼裡滿是怒火，想要教訓一下這個丫鬟，可是一想到舒青身後的主子，又多了幾分猶豫，她不怕寧汐，但她怕舒恒。

舒青看出歐陽玲的意圖，蹦蹦跳跳地走到歐陽玲面前。「表小姐是想要教訓奴婢嗎？表小姐可別忘了，奴婢是會武的。」說完又踏著輕快的步伐走了。

歐陽玲緊緊地咬住嘴唇，一個奴才都敢欺負她。寧汐，妳真是好的，今日我所受的屈辱，來日定會一一奉還。

看舒青歡快地跑回來，再看湖心亭裡那個忿忿離開的身影，寧汐笑出了聲。看來舒青做得很好嘛，果然是在舒恒身邊待過的人。

舒恒見狀，搖了搖頭，眼裡卻滿是寵溺。這一世只要寧汐喜歡，他許她隨便鬧騰。

只有周王在一旁嘆息，哀嘆他的仕女圖還沒完成，還問舒恒那是誰？

見周王對歐陽玲上了心，舒恒眼中閃過一絲思慮，三言兩語地轉開話題。

等周王走後，寧汐躺在榻上，摸了摸吃撐的肚皮。今日心情好，不小心就多吃了些。

舒恒進屋後，見狀笑道：「吃了這麼多，趕快出去蹓躂，否則積食的話晚上睡不好。」

寧汐慢慢地起身，還不忘打趣道：「今兒個歐陽玲在那兒站了那麼久，怕是受了不少累，你不去安慰安慰？」

舒恒敲敲寧汐的額頭。「她怎樣與我何干？我現在只關心妳這隻小饞貓。」說完就拉寧汐出了院子。

寧汐在他身後偷樂了許久。

翌日，正是十五，給舒母請安的日子。寧汐特意早起，和舒恒一同去了舒母那裡用膳。到了那兒，竟然沒看到歐陽玲，寧汐很滿意。

舒母見到兩人，神色也沒多大變化，等了半晌還不見歐陽玲過來，舒母皺了皺眉，讓人去看看，然後便喚寧汐和舒恒兩人入席，三人先用早膳。

難得能碰上一個歐陽玲不在的時候，寧汐愉快地喝起了小米粥，嚐了一口，嗯，感覺比以前在這兒用的粥好喝多了。

舒恒看寧汐一臉如偷了腥的貓的樣子，失笑，挾了一個銀絲卷放到寧汐碗裡。

寧汐抬頭想了想，也給舒恒挾了一筷子醋溜馬鈴薯絲。

舒恒挑了挑眉。看來小丫頭今天心情真的很好啊，以前沒見她給自己挾過吃食。

舒母在一旁靜靜地看著，眼中閃過一絲笑意。

三人還未吃上幾口，舒母旁邊的丫鬟就匆匆忙忙地跑了回來。

「老夫人，不好了！表小姐她……她自盡了。」

聞言，三人胃口全無，齊齊地看著那個丫鬟。

寧汐皺了皺眉。歐陽玲會自盡？怎麼想都覺得不可能。

「妳說表小姐怎麼了？」舒母的語氣中已經染上著急。

那個丫鬟似乎也意識到自己說錯了話，忙解釋道：「奴婢過去的時候，正碰到表小姐想要自盡，被身邊的人救了下來，這會兒還在床上躺著呢！」

寧汐暗笑一聲，還真是巧。

舒母當下也不用飯了，起身就往外走。

寧汐也忙起身打算過去看看。雖然她不喜歡歐陽玲，但這忠毅侯府怎麼說現在也是她在掌家，府裡出了這種事，明面上她也得去看看。

舒恒本來也打算過去的，卻被寧汐攔了下來。

「怎麼，你這是在關心歐陽玲？」別跟她說歐陽玲出事了，舒恒才發現自己比想像中的更在乎自己這位表妹。

舒恒知道寧汐又想歪了，戳了戳她的頭。「妳這個小醋罈子，我這不是怕歐陽玲在母親那兒給妳使絆子嗎？」否則他才懶得管歐陽玲呢！

寧汐挑了挑眉。這還差不多，不過歐陽玲還難不倒她。「時候不早了，你快去上朝吧，歐陽玲那兒，我一個人應付得來。」

舒恒挑了挑眉。「確定？」

寧汐橫了他一眼。當然，怎麼說她也是堂堂的一個郡主，還會怕歐陽玲？

舒恒搖了搖頭。小丫頭既然想自己解決，他就不插手了，反正最後還有他給她撐腰。

送走了舒恒，寧汐才去歐陽玲的院子，剛進屋子就聽到歐陽玲哭哭啼啼地向舒母訴苦。從自己自幼喪父、喪母到昨兒個吃了個酸的橘子，通通說了一遍，聽得寧汐一愣一愣的；也是舒母脾氣好，耐心聽著、哄著，如果是她，早翻臉了。

這位歐陽大小姐也太把自己當回事了吧？忠毅侯府供妳吃、供妳喝，沒虧待妳一分，妳還委屈上了？既然不想寄人籬下，倒是出去自立門戶啊！或者早點把自己嫁了也行，免得她一天到晚看到歐陽玲窩火得很。

歐陽玲說了半個時辰後，終於停下來，寧汐猜想著是說累了。

舒母見歐陽玲停止了哭泣，忙叫人端了水上來，餵她喝下。

「好端端的，妳亂想什麼？忠毅侯府就是妳家，妳待在這兒是因為妳是我的外甥女，誰敢嚼舌根？」舒母一邊輕拍歐陽玲的背，一邊安慰道。

聞言，歐陽玲的眼睛又冒出了水光。「可是，表嫂好像不喜歡玲兒。昨日，玲兒不小心被周王殿下瞧了去，要將我畫下來，表嫂不僅不維護我的名譽，還讓我站在那兒不准動，等周王畫完才讓我離開。玲兒雖然只是一個孤女，但也是清清白白的姑娘家，表嫂就算再不喜我也不該如此侮辱我，這讓我怎麼活得下去？」

寧汐揚眉，得，終於說到重點上了。

舒母一聽，眼眸閃了閃，問道：「可是真的？」

歐陽玲說的話也算是事實，只是一件事換了種說法，性質就完全不一樣了。

寧汐也收斂了表情，認真道：「昨日表小姐穿了件薄衫站在亭中，恰好周王最近醉心畫仕女圖，不小心看到表小姐便來了靈感，硬要將表小姐畫下來，等我得知這件事趕到的時候，周王已經畫了一半；也不知表小姐看什麼風景看得那般入迷，竟然那麼長時間都沒發現身後人，我就想著，表小姐穿得那麼漂亮，或許是特意……」後面的話，寧汐沒有說出口，反而多了層深意。

歐陽玲自然聽出來了，急忙道：「寧汐，妳血口噴人！」

寧汐微微揚起嘴角。「哦，原來是我誤解了表小姐的目的。」說完，寧汐還做出一副懊惱的模樣。「唉，我還以為表小姐對周王有意，想幫一把呢，沒想到竟是好心做了壞事。」

「妳胡說八道。」這次歐陽玲是真的急了，她去那兒雖然是有目的，也是衝著舒恒去的，那個勞什子周王，她根本就不認識。眼睜睜看著寧汐往她身上潑髒水，她又解釋不得，此刻的歐陽玲只覺得無比憋屈。

「姨母，您別相信她，我真的不知道站在我身後的人是周王。」

「那妳為什麼穿成那樣去與妳院子相隔甚遠的亭子裡？妳究竟是想等誰？」寧汐才不想放過歐陽玲，緊接著問道。

歐陽玲咬了咬唇。她怎麼能說她是在等舒恒呢？姨母最注重女子的貞德，如果被她知道自己覬覦已婚的表哥，說不定自己在這府裡最後的依靠也會沒了，更別提嫁給舒恒了。

舒母皺了皺眉。「好了，都別爭了，這事就到此為止。寧汐，妳先回去吧！」

寧汐輕笑一聲，應了。

等寧汐走後，歐陽玲拉著舒母的衣袖，撒嬌道：「姨母，玲兒真的沒有那等齷齪之心，是寧汐在誣衊我。」

舒母拍拍歐陽玲的手。「知道妳們兩個不和，姨母也不求妳們互相諒解，以後妳就避著她點，妳也別再做出今日之舉，姨母老了，禁不起妳們折騰。」

「姨母，明明就是她的錯，我怎麼說也是您的外甥女，就算看在您的面子上，她也該待玲兒好點，可她待玲兒這般心狠，根本就是沒把您放在眼裡。」

舒母的眼神變得嚴厲，抽出自己的衣袖。「她怎麼說也是忠毅侯府的夫人，皇上親封的郡主，這話我不希望聽到第二次，妳日後若還不知收斂，姨母就只能給妳找個人家嫁了。」

歐陽玲一聽，也不敢再鬧了，心裡卻對寧汐越發地憎恨。為什麼所有人都向著她？就連姨母都幫她說話，就因為她是郡主嗎？

見歐陽玲安靜了，舒母緩和了神色，又輕聲安慰了她幾句。

從歐陽玲的院子中走出來後，寧汐問身旁的舒青。「老夫人真的很寵歐陽玲？」

舒青點了點頭。「表小姐是在老夫人膝下長大的，老夫人待她就如親生女兒一樣，她們的感情是極為深厚的。」

寧汐皺了皺眉。是這樣嗎？之前她還沒察覺，可今日之事，她卻覺得蹊蹺。如果真如舒青所說，老夫人待歐陽玲如親生女兒，那今日聽到自己的那番解釋，應該更加惱火才是，畢竟那話明擺著是往歐陽玲身上潑髒水，哪個母親容得了自己的女兒被人如此對待？可是老夫人不僅沒有生氣，還輕易地放自己離開，更像是默認了她的那番說辭，難道老夫人一點也不介意歐陽玲清譽有損？這還真是怪哉。寧汐偏了偏頭，不過這樣，對付歐陽玲就更容易了。

傍晚的時候，舒恒忙完了朝務，匆匆趕回府，生怕寧汐在歐陽玲手上吃了暗虧，不想卻在二門碰到了歐陽玲。

見到舒恒，歐陽玲的雙眼亮起來，迎了上去。

舒恒皺了皺眉，只當沒看見，繞了過去。

歐陽玲見狀，心裡越發委屈。「表哥現在見了我就躲開，在表哥心中，我就這麼招人討厭嗎？今日，我被表嫂逼得尋短見，表哥都沒來看過我一眼，難道表哥真的一點都不在乎我嗎？」說完，歐陽玲的淚水就流了下來，這次是真的傷心了。

舒恒聽見歐陽玲誣衊寧汐，腳步一頓，想了想，最後還是決定不要搭理歐陽玲，免得寧汐知道後又和他置氣。

見舒恒的腳步有一剎那的停頓，歐陽玲再接再厲道：「我還不足兩歲就來了忠毅侯府，從那以後我們就一直待在一塊兒，這十多年來，我早就將你認作我的唯一，可是表哥你呢？難道在表哥心中，我就沒有一點分量嗎？難道這些年我們之間的感情都是假的嗎？難道這一切都是我多想了嗎？」

舒恒蹙眉，轉過身來。

見狀，歐陽玲面露喜色。

只聽見舒恒冷聲說道：「妳真的想太多了。」然後也不理會歐陽玲失魂落魄的模樣，毫不留戀地轉身離開。

回到長青堂，見寧汐似笑非笑地看著自己，舒恒心中一突。「妳想問什麼？」

「青梅竹馬？十多年的感情？唯一？」寧汐陰陽怪氣地說道。

「妳聽到了？」舒恒輕笑道。

「舒青告訴我的。」寧汐毫不猶豫地將友軍出賣了。

舒恒淡淡地掃了眼舒青。

舒青將身子縮了縮，努力減少自己的存在感。她又不是故意偷聽的，是寧汐吩咐她去二門接舒恒，不小心碰上的啊！舒青在心裡哀號，她怎麼這麼倒楣啊？

「妳別聽歐陽玲胡說，她雖然從小就在我娘親身邊長大，但是我四歲就上官學，和她見面的時間就只有在用晚膳的時候；十歲過後，我就搬去前院住，和她見面的機會就更少了。」舒恒解釋道。

「就這樣，人家就認你當唯一了？我家夫君魅力還真大。」寧汐繼續打趣道。

寧汐的這句「我家夫君」取悅了舒恒，舒恒一把抱起寧汐。「妳家夫君都要餓死了，快開飯吧！」

寧汐見好就收，輕笑著應了。

眼看已經入春，寧汐找來京中菱繡莊的老闆娘，打算選幾個好看的花樣給府裡的女眷們添幾身新衣。

菱繡莊的老闆娘人稱雲娘，早年喪夫後並未再嫁，而是立了個女戶、開了家繡莊，她家的繡活雖不是最好的，但雲娘畫的花樣卻是新穎又好看，所以京中富貴人家雖然家中也養著繡娘，還是愛去她的店裡做衣服。

雲娘是個健談的婦人，或許是見過的貴人多了，見到寧汐也不拘謹，一邊給寧汐量尺寸，一邊談論著京中的趣聞。

寧汐聽著也樂呵，等她量完後，笑著說道：「府裡丫鬟們的尺寸，過段時間，我讓峨蕊給妳送過去。」

雲娘一聽，搖了搖頭。「還是我讓店裡的掌櫃來府上取吧，最近京城不太平，峨蕊姑娘一個小姑娘還是少出門為好。」

聞言，寧汐斂了笑容。她最近一直待在府裡，竟不知京裡又出事了。「京城出什麼亂子了？」

雲娘見寧汐竟然不知道，便來了興致，精神奕奕地說道：「就這兩天，京裡突然湧進很多難民，一個個衣衫襤褸、面黃肌瘦，可憐見的。昨日京兆尹的夫人來我店裡選花樣，說她家那口子最近可是為難民的事急得茶不思、飯不想呢！」

寧汐皺了皺眉。最近沒聽說哪裡受災了啊，哪裡來的難民？

雲娘見寧汐面帶疑惑，遂湊到她耳邊，壓低聲音說道：「聽說這些難民是北邊來的，那邊鬧匪亂，只是被地方官員給瞞了。」

寧汐心下一沈。朝堂怕是又要掀起風雲了。

正如寧汐所料，此刻御書房內的氣氛安靜得磣人。

皇上冷著一張臉，看著跪了一地的官員，眼中冒著滔天的怒火。

啪。是筆斷裂的聲音。跪著的官員們，身子不由得瑟縮了一下，仍舊不敢出聲，生怕自已成了帝王盛怒下的犧牲品。

「好，好得很，你們一個個都好得很。」沈默了許久的皇上終於發出了聲音。

官員們卻沒有因此放鬆半分，反而心都提到了嗓子眼。

皇上冷笑地看著這群平時在朝堂上為點小事都能爭得你死我活的臣子，如今卻是連大氣都不敢出一下。「一個個相互勾結、結黨營私，在你們的眼裡，朕是不是就是個瞎子、聾子？」說到這兒，皇上自嘲地笑了一聲。「朕也的確是個瞎子、聾子，只要你們不上奏，朕就確實什麼都知道不了，這天下究竟是朕的天下，還是你們的天下？」

「臣等不敢。」

「不敢？我看你們敢得很。」皇上深深吸了口氣。「通政使，你怎麼說？」

被點了名的通政使顫巍巍地道：「啟稟皇上，這事臣之前真的不知，江北那邊也從未收到過此類奏摺。」

「是你沒收到過，還是你擅自壓了下來？」皇上的語氣瞬間嚴厲起來。

聞言，通政使將頭狠狠地磕到了地上。「如此重大之事，臣豈敢壓下？臣就算再糊塗，也萬不敢向陛下隱瞞此等大事啊！」

皇上眯了眯眼，掃了眼地上的所有人，轉動著手上的扳指。「就算這件事真的與你們無關，可以前你們收了多少賄賂，瞞了朕多少事，別以為朕不知道，你們這些人身上，沒一個是乾淨的。」

「臣有罪。」眾人齊呼。

皇上嘴角揚起。「你們自然有罪，身上不乾淨的人，一個都別想跑掉；不過在論你們的罪之前，先說說江北之事該如何處理？」

皇上此話一出，官員們終於活躍起來。

參政知事率先說道：「臣認為應該馬上派兵前去剿匪，以振皇上威名。」

皇上手中的動作一停。「那你們當中可有人願意前往？」

此話一出，底下的官員又開始吞吞吐吐了。江北那邊的事不是一朝一夕形成的，而且能隱瞞京中如此之久，誰知道到底是個什麼情況？很大的可能就是那裡的官員早就和山匪勾結，狼狽為奸了，這可不是什麼好差事，自然沒人願意去。

皇上見狀，嘴角冷意更甚，將桌上的奏摺一併掀了下來，吼道：「一群廢物，都給朕滾！」

等這群官員顫巍巍地退出去後，皇上不禁揉了揉額頭。這群文官，平時說得比誰都起勁，到了關鍵時刻就掉鏈子，沒一個頂事的。

「去將忠毅侯和賢王叫來。」皇上無力地說道，未等宮人退出去，又改口說道：「不用叫賢王了，去把周王叫過來。」

舒恒早周王一步到御書房，皇上見到他，嘆了口氣，問道：「愛卿，江北的事你如何看？」

因為前世的經歷，舒恒自然早就知道江北匪亂之事，只是前世事發比現在晚了一年多，這世也不知為何會提前爆出來。「臣認為此事關聯甚多，既然江北那邊敢將匪亂之事瞞下，想來那邊的大部分官員已經和山匪同流合污了；要啃下江北這塊硬骨頭，難，但是再難，江北也必須徹查。」

皇上挑了挑眉。不愧是他看重的人，沒像其他人那般畏畏縮縮。「那愛卿認為何時向江北出兵為好？」

舒恒神色堅定地道：「越快越好。」晚一刻，江北那邊的人民就要多受一刻苦。

「好，不愧是舒家男兒。」皇上今日第一次笑了出來。「朕命你率領兩千將士前往江北剿匪，明日出發，周王為監軍。」

舒恒聽到監軍人選，眼眸閃了閃，不知皇上是何意？皇上一向器重賢王，此等大事一般都會交給賢王，現在卻將監軍之位交給周王，難道是怕賢王折在了江北？這個想法剛冒出，舒恒自己都樂了，怎麼可能是因為這個原因，這可不是面前這位帝王的作風。

周王剛進來就聽到皇上要他做監軍一事，當下苦著一張臉，不滿地道：「兒臣的仕女圖還沒畫完呢！」

皇上橫了他一眼。「孽障，到現在還整天玩物喪志。此次前去江北，你如果給忠毅侯扯了後腿，朕就把你書房裡那些寶貝畫作都燒了。」

一聽皇上要燒他的畫作，周王馬上嚴肅起來，連連說會做一個盡職盡責的監軍。

等舒恒兩人離開後，皇上輕輕靠在了椅子上，對於周王這個兒子，他的感情是矛盾的。周王是他的第一個兒子，還是他年少所慕之人所生，他自然對周王是有所期待的，但年少情人的背叛讓他恨上了跟她有關的一切，因此連帶地對周王也不待見了起來，對周王的成長就有意放縱不管；可是眼看著周王心性偏離正軌，他又生出了幾分愧疚，想將周王的心扳回正道上。「別說朕沒給你機會，你可別讓朕失望啊……」皇上輕聲喃喃道。

等舒恒回到忠毅侯府，寧汐才知他翌日要前往江北一事，馬上叫舒青給收拾衣物。

寧汐這般乾脆的做法讓舒恒心裡有些挫敗。果然寧汐心裡對他還是不夠重視，其他妻子在這種情況下，一般不是都該哭訴自己的不捨嗎？哪會像寧汐那般從容自若地指揮丫鬟給他收拾行李。

其實寧汐現在的心情並沒有她面上表現得那般冷靜，她不瞭解朝堂之事，但也明白江北之事絕對不簡單，舒恒此次江北之行不是什麼好差事，她心裡自然也擔心，但是皇上都下旨了，金口玉言，哪有反悔的餘地？她此刻只能提醒自己冷靜點，多給舒恒備些藥物和衣服等物品，以備不時之須。寧汐回過頭，見舒恒還站在原處看著她，心裡更慌了，轉了話題。「你明日就要走了，不去和母親說一聲嗎？」

舒恒「哦」了一聲，鬱鬱不樂地走去舒母的院子，心裡更加堅定心中的猜測——寧汐果然一點兒也沒有捨不得他。

等舒恒和舒母說過此事後，舒母淡淡地看了他一眼，沒有囑咐他注意安全、一路小心之類的話，只是嚴肅地說了句。「記住，你已經是娶了妻子的人，做事之前想一想你家裡還有妻子等你歸來。」

舒恒點了點頭，便又回到了長青堂。

回來的時候，屋內已經沒了丫鬟們的身影，舒恒看了眼桌上的包裹，眼神一黯。也收拾得夠快的，不知道的還以為寧汐巴不得他離開呢！

「這麼快就收拾好了？」舒恒低聲道。

「嗯。」寧汐點了點頭。

然後，兩人皆沒有說話，屋內安靜極了。

也不知過了多久，寧汐突然開口道：「舒恒，我等你回來。」

聞言，舒恒驀地看向寧汐，只見寧汐一臉溫柔地看著他，瞬間，舒恒笑了起來。

成婚後第一次離京的舒恒，第一天夜裡輾轉反側地睡不著，心裡惦記著在京中的寧汐。不知道沒有他在，寧汐有沒有好好吃飯？可是一想到寧汐那性子，又覺得自己多想了，他不在，大概寧汐會吃得更香吧！

不得不說，舒恒還是挺瞭解寧汐的。他離開的第一天，寧汐照常吃、照常喝，沒發覺一點不妥，可是晚上睡覺的時候，寧汐竟然失眠了。她睜著雙眼，無神地盯著頭頂的床幔，想想剛嫁過來那會兒，她還不習慣身邊多躺了一個人，現在一個人睡卻又覺得心裡空落落的，果然，習慣是個可怕的東西。

寧汐就這樣無聊地過了幾日後，收到了許氏的帖子，原來是許氏在英國公府辦了個宴席，請寧汐出席。寧汐心裡一樂，可以出門玩了。

當日，寧汐早早起身，在告知舒母後便出了門。

剛進英國公府二門，已經兩歲的湯圓就衝了過來。寧汐抱起他，笑道：「怎麼越長越胖了？三姨母都快抱不動了。」

小湯圓摟住寧汐的脖子，笑嘻嘻地說：「父親說湯圓不胖，三姨母才不會抱不動。」

恰好寧嫵後腳跟了過來，聞言，對寧汐說：「都是許逸凡給慣的，都快成小胖墩兒了。」

寧汐瞋了寧嫵一眼。「小孩子胖點才可愛。」

寧嫵聳了聳肩。得，她怎麼忘了，除了安國公府的那一眾人，就屬寧汐最寵湯圓了，反而是她這個親娘看起來像個後娘一樣。

楊絮菀抱著自己的女兒出來，見寧汐兩人都站在門口，笑道：「怎麼都在這兒站著？快進去坐坐。」

湯圓看到小妹妹，立即蹭蹭蹭地從寧汐身上溜了下去，跑到楊絮菀面前，眼饞地看著她懷中的小女孩。「舅母，我可以和妹妹玩嗎？」

楊絮苑將女兒交給身邊的奶娘，摸了摸湯圓的頭，溫柔地說：「可以啊！不過妹妹還小，湯圓要替舅母照顧好妹妹，好嗎？」

或許是意識到自己責任重大，湯圓板著臉，鄭重地點了點頭，那副模樣逗笑了在場的三人，然後湯圓便跟著奶娘到一邊玩去了。

寧汐兩人隨楊絮苑向後院走去，邊走邊問道：「大伯母怎麼想起辦什麼宴會了？」她記得大伯母並不喜歡操辦這些事。

楊絮苑搖了搖頭。「不是母親想辦，是三嬸那邊鬧著讓母親辦的。」

寧汐有些意外，小秦氏這又是在鬧哪樣？

一旁的寧嫵聽著也很疑惑。

楊絮苑的嘴角揚起一個淡淡的笑。「四妹妹已經十五了，還沒找到婆家，三嬸該急了吧？」

因為寧汐回門那天寧巧做的事，導致寧巧被小秦氏關了一陣子，之前小秦氏看好的親事自然就不成了；再加上許氏也想給寧巧一個教訓，寧巧的婚事便被擱置下來，這一拖便是一年的時間。小秦氏眼見寧顏一天天大了起來，心裡急著要給寧巧訂親，便跟許氏提了提這事，許氏見最近這段時間寧巧也乖巧許多，就同意了。

寧汐到了花廳，和已經到了的夫人們打過招呼後，小聲問楊絮苑。「不是說是給寧巧選親嗎？怎麼來的都是大戶人家的夫人？」

難道這些夫人都是來給自家庶子選妻的？她不過一段時間沒出門而已，難不成現在風氣都變了，嫡母們都開始關心起庶子了？

「三嬸自然有她的打算，趁著這個機會先給寧顏看看也是不錯的。」楊絮菀在寧汐耳邊小聲說了句。

寧汐頷首，明白了小秦氏的打算。知道自己不過是個陪客，便和寧嫵說起了話，至於寧妙，因為身體的原因，早讓人打了招呼，說不會回來。

寧汐和寧嫵說了會兒話後，小秦氏就帶著寧顏和寧巧過來了。她們進來後，在座的夫人皆抬頭看了眼，有些人明顯對寧巧不感興趣，眼睛直接落在了寧顏身上，打量起來。

這種氣氛讓寧汐覺得不舒服，拉了寧嫵出花廳。

「三妹妹，妳說這次三嬸會給寧巧找個什麼樣的人呢？」寧嫵隨口問道。

寧汐搖了搖頭。「我不知道，不過大概還是高門庶子吧！」也不知小秦氏怎麼想的，偏偏對高門這般執著。

「對了，今日何郡王妃也來了。」寧嫵突然說道：「聽說何郡王妃最近幾年的身子越發差了，難不成想來給自己的丈夫相看側室？」今日宴請的京中貴胄，哪個家裡沒個女兒？所以那些夫人並不只是衝著寧家女兒來的。

聞言，寧汐皺了皺眉。何郡王不就是上世寧巧嫁的人嗎？不過那也是何郡王妃過世後的事了，寧汐還是不放心地問了句。「何郡王也來了嗎？」

「不知道，男客都在外院，有大哥接待。」

寧汐皺了皺眉，想著寧巧現在還在花廳，還有小秦氏看著，應該不會出什麼亂子才是。

但寧汐還是放心得太早了。

用過午膳後，寧汐回了寧嫵的院子休息，結果還沒待上兩刻鐘，就有丫鬟匆匆忙忙地跑來稟報。「世子夫人請兩位姑奶奶去一趟正廳。」

寧汐皺了皺眉，怎麼是去正廳？

到正廳的時候，便見寧巧白著一張臉，跪在地上抽泣，許氏和小秦氏冷著張臉面對寧巧而立，何郡王則滿臉愧疚地安慰著坐在椅子上的郡王妃。

寧汐心裡一沈，竟然真出事了。

「怎麼了？」寧嫵問許氏。

許氏看了眼寧巧，嘆了口氣，不知該如何開口。

小秦氏心裡早就氣炸了，當下便接了話去。「還不是妳們這個好四妹，英國公府的面子都被她丟完了。」

小秦氏這話一出，寧巧的眼淚更是像斷了線的珠子一樣，止都止不住地往外掉。

一旁的何郡王聞言，臉色也有幾分難看，看了眼跪在地上的寧巧，眼中有幾分憐惜，便對小秦氏說道：「三夫人，此事是本王的錯，若非本王醉酒，也不會害得四小姐失了清譽，本王願意負責。」

何郡王這樣說，許氏和小秦氏的臉色便好看了些，畢竟今日吃虧的人是英國公府的女兒，不管怎麼樣，她們也不想把事情鬧大，現在何郡王願意負責，自然再好不過。

何郡王妃的臉色有些蒼白，但見何郡王已經這般說了，便道：「既然郡王已經開口了，我也不好再說些什麼，那便選個好日子，把四小姐抬進府吧！」

寧汐挑眉。這是作妾的意思了。

其他人也聽出了何郡王妃的意思，臉色都有些不好，但是何郡王畢竟對郡王妃有愧，也不敢反駁她。

「寧巧畢竟是英國公府的女兒，何郡王今日欺負了我家女子，竟然用一個妾室就想打發，也未免太不把我們英國公府放在眼裡了。」許氏冷著臉說道。

何郡王妃冷笑一聲。「今日之事究竟是怎麼回事還沒弄清楚，世子夫人憑什麼就能一口咬定是我家郡王欺負了妳家四小姐，而不是四小姐算計了我家郡王呢？」

許氏眯了眯眼睛。今日之事真相如何她們確實不得而知，而且寧巧以前的確也生過不軌之心，但是就算再怎麼懷疑寧巧，今日之事英國公府也絕不能服軟。

——未完，待續，請看文創風498《冤家勾勾纏》下（完）

2017年2月出版

冤家勾勾纏

文創風 497～498

上一世，他為了忠君令她抑鬱而終，
這一世，他誓言再不負她、傷她，
所有阻礙在他們之間的人，他都要一一除去……

願得一人心　白首不相離／紅葉飄香

即便她是身分尊貴的郡主，還有個皇帝舅舅又如何？
他身邊及心中最重要、最關心的人永遠不是她寧汐。
新婚之夜，他那青梅竹馬的表妹突然生病，還昏迷不醒，
他在表妹屋外守了一夜，而她則天真地認為兩人兄妹情深；
兩年後她懷孕了，尚在驚喜中就被表妹的一番話打蒙了，
表妹說自小在侯府長大，願意屈身給她夫君做妾，望她成全。
笑話，她為何要與其他女子分享丈夫？何況這人還是自己的摯友！
不料她拒絕後，表妹竟下藥生生打掉她的孩子，害得她再不能受孕！
為了安撫她，侯府將表妹遠嫁江南，呵，這算哪門子的懲罰？
於是，她與舒恒的夫妻緣分走到了盡頭，至死都是對相敬如冰的夫妻，
幸而上天垂憐，讓前世抑鬱而終的她重生回到了未嫁人前，
這一世，她不奢求潑天的富貴，也不奢望什麼情愛了，
只求能活得肆意些，想笑就笑，想哭就哭，不再委屈了自己便好，
無奈，只是這麼個小小的希望，竟也是求之卻不可得。
她不懂，他既不愛她，又何苦與她糾纏不清，甚至求了皇帝賜婚呢？

為流浪貓狗加油 和貓寶貝 狗寶貝 廝守終生(一定要終生喔！)的幸福機會

對人來說，貓寶貝狗寶貝只是生活的一部分，
但妳（你）對牠們來說，卻是生活的全部，領養前請一定要考慮清楚——

▲ 善良又有正義感的好漢 白白

性　　別：男生
品　　種：米克斯
年　　紀：3、4歲
個　　性：親人、熱情、聰明聽話，
　　　　　但有時會賴皮
健康狀況：2016年8月已接種疫苗
目前住所：台中市霧峰區

本期資料來源：台灣寵物認養協尋資料庫

第276期推薦寵物情人

『白白』的故事：

當白白還是一個月大的幼犬時，竟被人遺棄在台中的中清路中央，有好幾次差點被來往的車輛給撞到，幸好有善心人將牠救下，之後便被一名路過的男孩給帶回家。

然而，男孩的母親並不同意男孩收養白白，要男孩把白白送走，狗狗山的志工恰巧看見這一幕，心想著：這麼小的幼犬若淪落在外頭要怎麼生存呢？志工的心中感到相當不捨，於是她說：「把牠給我吧。」就這樣，白白展開了在狗狗山中途的生活。

白白的身材健壯、有著漂亮的臉蛋，可是個性卻有些小小好強；牠還相當重視自己的飯碗，經常守在一旁保護著，可這樣的白白，卻有一顆善良的心。白白對跟自己同區裡三隻較弱勢的狗格外地溫和及照顧，不僅會將牠們帶在身邊避免受欺負，甚至連飯都會分享出來，也因為如此，中途給了白白一個「好漢」的稱號。

如果有拔拔或麻麻願意給這隻「好漢」一個幸福的家、願意當牠的好夥伴，歡迎來信leader1998@gmail.com（陳小姐），或傳Line：leader1998，或是搜尋臉書專頁：狗狗山。

認養資格：

1. 認養者須年滿20歲，有獨立經濟能力，並獲得全家人的同意。
2. 須同意簽認養寵物切結書，並能讓中途瞭解白白以後的生活環境。
3. 同意送養人日後之追蹤探訪，對待白白不離不棄。
4. 同意讓白白絕育，且不可長期關、綁著白白，亦不可隨意放養。
5. 為讓中途對您有更深入的瞭解，中途會先有份線上問卷請您填寫。

來信請說明：

a. 個人基本資料：姓名、性別、年齡、家庭狀況、職業與經濟來源等。
b. 想認養白白的理由。
c. 過去養寵物的經驗，及簡介一下您的飼養環境。
d. 若未來有當兵、結婚、懷孕、畢業、出國或搬家等計劃，將如何安置白白？

文創風 497

冤家勾勾纏 上

國家圖書館出版品預行編目資料

冤家勾勾纏 / 紅葉飄香著. --
初版. -- 臺北市 : 狗屋, 2017.02
冊 ; 公分. --（文創風）
ISBN 978-986-328-694-3（上冊：平裝）. --

857.7 105023767

著作者	紅葉飄香
編輯	黃淑珍
校對	沈毓萍　簡郁珊
發行所	狗屋出版社有限公司
地址	台北市104中山區龍江路71巷15號1樓
電話	02-2776-5889～0
發行字號	局版台業字845號
法律顧問	蕭雄淋律師
總經銷	知遠文化事業有限公司
電話	02-2664-8800
初版	2017年2月
國際書碼	ISBN-13　978-986-328-694-3

本著作物由北京晉江原創網絡科技有限公司授權出版

定價250元

狗屋劃撥帳號：19001626

網址：love.doghouse.com.tw　E-mail：love@doghouse.com.tw